LES BOURGEOIS DE MINERVE

MARYSE ROUY

LES BOURGEOIS DE MINERVE

ROMAN

ÉDITIONS QUÉBEC AMÉRIQUE

329, rue de la Commune O., 3ᵉ étage, Montréal (Québec) H2Y 2E1 (514) 499-3000

Données de catalogage avant publication (Canada)

Rouy, Maryse, 1951-

   Les Bourgeois de Minerve

   ISBN 2-89037-967-1

   1. Moyen Âge – Romans, nouvelles, etc. I. Titre.

PS8585.O892B68 1999   C843'.54   C99-940032-0
PS9586.O892B68 1999
PQ3919.2.R68B68 1999

Les Éditions Québec Amérique bénéficient du programme de subvention globale du
Conseil des Arts du Canada.

Les Éditions Québec Amérique tiennent à remercier la SODEC
pour son appui financier.

Nous reconnaissons l'aide financière du gouvernement du Canada par l'entremise du
Programme d'aide au développement de l'industrie à l'édition (PADIÉ) pour nos
activités d'édition.

Canadä

©1999 ÉDITIONS QUÉBEC AMÉRIQUE INC.
www.quebec-amerique.com

Dépôt légal : 1er trimestre 1999
Bibliothèque nationale du Québec
Bibliothèque nationale du Canada

Mise en pages : PAGEXPRESS

NOTICE HISTORIQUE

Dans le courant du XIIe siècle, des hérétiques, que l'Église de Rome appelle cathares, et qui se nomment eux-mêmes *bons chrétiens* ou *vrais chrétiens*, propagent leur foi en Languedoc. À l'encontre de nombreux membres du clergé catholique, qui vivent dans la richesse et le péché, ils montrent l'exemple d'une existence de pauvreté et d'ascétisme. Les cathares font de nombreux adeptes dans toutes les couches de la société. Leur mouvement inquiète fortement les autorités ecclésiastiques qui essaient tout d'abord de le combattre sur son propre terrain, par la prédication de saint Bernard, puis celle de saint Dominique.

Mais les prédicateurs catholiques échouent, et le pape lève une croisade dont Simon de Montfort prend la tête en 1209. Les Croisés s'emparent sans trop de difficultés des villes languedociennes. Ils brûlent les hérétiques qui refusent de se convertir et, dans certains cas, massacrent toute la population. Beaucoup de cathares meurent, tant parmi les religieux (les *parfaits*) que les simples adeptes (les *croyants*). Les rescapés demeurent malgré tout fidèles à leur culte. Désormais réduits à la clandestinité, ils sont traqués à la fois par les autorités civiles et par l'Inquisition, tribunal ecclésiastique que le pape a confié aux frères prê-cheurs, les dominicains, en 1233, et dont le mandat con-siste à réprimer l'hérésie et à convertir ses adeptes.

À partir de 1240, l'étau se resserre autour des derniers partisans du catharisme. Plus de deux cents *parfaits*, qui se sont réfugiés dans le château de Montségur, finissent, en 1244, sur un gigantesque bûcher. L'hérésie, désormais moribonde, survit quelques dizaines d'années dans des villages montagnards isolés, puis finit par disparaître.

AVERTISSEMENT

Le récit que l'on va lire est raisonnablement fidèle à ce que l'on sait de l'histoire languedocienne telle qu'elle a été vécue entre la croisade et le bûcher de Montségur, à un moment où le catharisme, bien que traqué par l'Inquisition et condamné à la clandestinité, continue d'être actif.

À l'exception de la prise de Minerve, les événements et les personnages décrits relèvent du domaine de la fiction.

Car le Filhs de la Verge, qu'es clars e resplandens,
E dec sanc preciosa per que la Merces vens,
Gart Razo e Dreitura e˙lh prenga cauzimens
Que los tortz e las colpas sian dels mals mirens!

« Que le Fils de la Vierge, qui est lumière et splendeur,
Et qui donna son précieux sang pour que Miséricorde triomphe,
Veuille protéger Raison et Droiture et prendre soin
Que les torts et les crimes retombent sur ceux qui veulent le mal! »

La Chanson de la Croisade albigeoise[*]

[*] Éditée et traduite par Eugène Martin-Chabot, Paris, Société d'édition « LES BELLES LETTRES », 1973, p. 318-319.

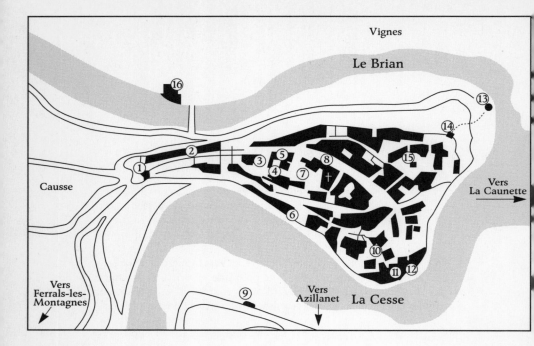

PLAN DE MINERVE ET DE SES ENVIRONS

1. porte Fausse
2. château
3. quartier d'En-Haut
4. hôpital
5. taverne
6. porte Saint-Nazaire
7. place Saint-Étienne
8. Grand-Rue
9. résurgence de la Cesse
   (ponts naturels)
10. Barri
11. barbacane du Barri
    (prison)
12. porte Basse
13. puits
14. passage couvert
15. place de la Citerne
16. moulin

PERSONNAGES

FAMILLE CATHALA (cathare)
La vieille : Marie.
Son fils : Hugues.
Femme d'Hugues : Brunissende.
Enfants d'Hugues et de Brunissende : Bernard (ouvrier agricole chez Pierre Chauvès et Augustin Prades), Agnès et François.

FAMILLE CHAUVÈS
Le vieux : Guillaume.
Ses deux fils : Justin, le consul, éleveur de moutons, et Pierre, le curé.
Femme de Justin : Blanche.
Enfants de Justin et de Blanche : Jules, le fils aîné qui succédera à son père à la ferme, et Pons, le garde.
Servante du curé : Mélanie.
Fils du curé et de la servante : Innocent.

FAMILLE LEFÈVRE
Les trois frères : Étienne, le tonnelier, Jean, le forgeron, et Jourdain, le dominicain.
Femme d'Étienne : Anne.
Femme de Jean : Bérangère.
Fils de Jean : Gui.

FAMILLE MELGUEIL (cathare)
Le père : Sicard, le tisserand.
Sa femme : Berthe.
Ses fils : Girart et Baptiste.

FAMILLE PRADES (cathare)
Le père : Augustin (veuf), le vigneron.
Ses trois fils : Jacques, le nouveau marié qui a épousé Linette, Bertrand, le garde, et Blaise.
La vieille servante : Sibille.

FAMILLE RIEUSSEC
Le père : Rieussec, croisé, compagnon de Montfort.
Ses deux fils jumeaux : Roger, le commandant de la garde, et Gélis, le bayle.

FAMILLE VIGNAL (cathare)

La vieille : Mengarde.

Ses deux fils : Jacques (décédé) et Pierre.

Veuve de Jacques : Esclarmonde.

Enfants de Jacques et d'Esclarmonde : Arnaud, ouvrier agricole chez Pierre Chauvès et Augustin Prades, et Ava.

Femme de Pierre : Serena.

Enfants de Pierre et de Serena : Jordane, Athon, Joseph, l'idiot, et Marie, le bébé.

AUTRES PERSONNAGES

Azéma et Dossat : gardes à la porte Saint-Nazaire la nuit du meurtre.

Baille, Delprat et Monge : ivrognes.

Barthès Aurélien : inquisiteur.

Bousquet et Lèbes : gardes à la porte Fausse la nuit du meurtre.

Bousquet Perrin : berger et homme à tout faire chez la veuve Martin.

Dancausse et Monge : gardes à la barbacane de Saint-Rustique la nuit du meurtre.

Delbosc : marchand.

Desbiau : témoin de l'arrivée des cathares.

Dulcie : jeune *croyante*.

Élias : *parfait*.

Félix : valet de Mignard.

Gaillarde : prostituée.

Gauthier : étranger.

Guilhabert : *parfait*.

Guillemette (veuve) : gérante de l'hôpital.

Guiraud : fils de Delbosc.

Martine (veuve) : éleveuse de moutons, maîtresse des frères Rieussec.

Mignard : tavernier.

Mignarde : femme de Mignard.

Minot : meunier.

Monge Amiel (cathare) : berger pour Pierre Chauvès à la belle saison et ouvrier agricole en hiver.

Pastou : berger mystérieusement disparu.

Péreille : *parfaite*.

Raimond : bedeau.

Saturnin : dominicain assassiné.

Thomas : *socius* du *parfait* Guilhabert.

PREMIÈRE PARTIE

CHAPITRE PREMIER

Le corps décharné qui gisait sur la terre battue ne laissait aucun doute sur son état. Crâne tonsuré, cape noire sur une robe blanche, pieds nus dans des sandales : c'était un frère prêcheur. Tous les habitants du quartier, consternés, entouraient son cadavre. Personne ne les avait avertis de la venue d'un dominicain, mais il était là, à côté du puits, et il était mort. Pour le malheur des Minervois, il portait sur son crâne la trace du coup qui lui avait ôté la vie.

La noce de la veille, aux prises avec les dernières fumées de l'ivresse, était un peu hébétée, mais à mesure qu'elles se dissipaient, chacun se représentait les conséquences inévitables de cette mort violente. Les inquisiteurs allaient s'abattre sur le bourg comme un vol de corbeaux. On s'imaginait questionné, battu, brûlé sur la place de l'église, emmuré à Carcassonne. Par-delà la muraille d'enceinte, dans le silence pesant, un volet claqua joyeusement, incongru, et les têtes se tournèrent vers la fenêtre où le nouveau marié, la face réjouie, agitait un drap taché pour prouver à tous l'honnêteté de son épouse. Quelqu'un s'essaya à la plaisanterie traditionnelle :

— Ils ont dû saigner un poulet, il faudra les compter.

Personne ne répondit. Toute l'attention se reporta sur la silhouette blanche et noire qui menaçait leur avenir.

Le visage glabre du dominicain était maculé de coulures de sang qui avaient noirci en séchant. Ses yeux étaient restés grands ouverts, figés dans une expression d'étonnement, comme si ce qui lui était arrivé était la dernière chose à laquelle il se fût attendu. Il avait le corps abîmé sur toutes ses parties visibles et des brindilles restaient prises dans les fibres de la cape, salie de poussière et déchirée par endroits, qui semblait avoir été soigneusement arrangée sur lui. Il était clair que le prêcheur avait été traîné là après sa mort. Mais par qui? Et d'où venait-il? Les gens qui entouraient la dépouille se jetaient à la dérobée de brefs regards interrogateurs dont la suspicion n'était pas tout à fait absente.

C'était la servante du curé qui avait découvert le cadavre. De saisissement, elle avait lâché le seau de bois qu'elle portait; oublié, il traînait maintenant au pied du muret de pierre qui protégeait le puits. Les habitants du quartier de Saint-Rustique, réveillés par son cri d'horreur, avaient accouru hors des murs, les yeux encore gros de sommeil, le bonnet sur la tête et la chemise hâtivement enfoncée dans les braies.

Le curé était arrivé le premier. Il faisait grise mine. À cause de la protection que la cité avait accordée aux hérétiques réfugiés dans ses murs lors de la croisade, trois décennies auparavant, Minerve n'avait pas bonne réputation à l'évêché. Ce meurtre n'allait pas améliorer les choses. Le consul, son frère, s'était immédiatement joint à lui et à sa servante, puis le tonnelier et le forgeron dont les ateliers s'ouvraient sur la place, le vigneron qui avait marié son fils aîné la veille et le tisserand. Avaient surgi enfin, d'un même pas, le commandant de la garde et le bayle. Ces hommes, dont les maisons bordaient la place de la citerne avoisinante, furent là très vite. Bientôt le petit groupe s'était enrichi des femmes qui avaient été un peu plus longues à s'habiller. Puis, de proche en proche, la rumeur avait gagné les confins du quartier en sorte qu'il n'avait guère fallu de temps pour que tout le monde soit là.

Le curé se pencha au-dessus du cadavre et voulut lui fermer les yeux, mais la rigidité du corps l'en empêcha, et les gens, mal à l'aise devant ce regard mort, se mirent à donner des signes d'impatience. Le consul sentait que l'on attendait qu'il parle : il était le premier magistrat du village et les Minervois comptaient sur lui pour savoir ce qu'il convenait de faire. Or cette situation sans précédent le déroutait et rien ne lui venait à l'esprit. C'était un homme un peu lent que l'on avait élu à cette fonction en raison de la notabilité de sa famille. À l'ordinaire, il se contentait de suivre les conseils de son père, mais le vieux Chauvès n'était pas là : le serviteur qui le transportait dans une brouette depuis qu'il n'avait plus l'usage de ses jambes l'avait oublié au coin du feu. Le consul se gratta machinalement la tête et essuya de sa manche la sueur qui lui coulait du front malgré le temps plutôt frais. Il regarda tout le monde, puis le cadavre et, en faisant du bras un geste navré, il dit bêtement :

— Il est mort.

Ces trois mots levèrent le charme qui rendait les assistants muets. Tout le monde se mit à parler en même temps, chacun racontant de quelle façon il avait appris la nouvelle :

— J'étais levé depuis un moment quand j'ai entendu…

— Je finissais juste mes prières quand un cri…

— Je donnais les ordres au valet quand j'ai été interrompue…

Les circonstances étaient tragiques, mais le premier soin de chacun était d'essayer de convaincre son voisin qu'il était éveillé lorsque la servante du curé avait donné l'alerte. Parce que le soleil était levé depuis longtemps, les fêtards honteux n'eurent avoué pour rien au monde la simple vérité : ils dormaient profondément lorsque le cri de Mélanie les avait brutalement tirés du lit.

Les enfants étaient passés sans transition du sommeil à l'agitation. Ils criaillaient d'excitation en courant d'un groupe à l'autre afin de ne rien manquer. Blaise, le plus jeune fils du vigneron, fut expédié plus loin d'un coup de pied au derrière lorsque son père s'avisa qu'il profitait de la confusion générale pour fouiller la besace du mort. Prades ramassa les biens du prêcheur répandus sur le sol du fait de l'indiscrétion de son cadet : un quignon de pain et trois livres à la couverture usée qu'il remit dans le sac avant de le déposer sur le corps. Le garçon déguerpit, mais ne s'éloigna pas trop : ce qui restait à voir valait bien le risque d'attraper d'autres horions.

Le consul, dont la pensée tournait désespérément à vide depuis le début, eut enfin une inspiration et dit :

— On ne peut pas le laisser là. Amenons-le à l'hôpital.

Les murmures approbateurs qui accueillirent sa suggestion lui redonnèrent de l'assurance. Avisant Pons, son fils cadet, et Bertrand Prades, deux vigoureux gaillards qui faisaient office de gardes, il les interpella :

— Pons et Bertrand, portez-le !

Il lui apparut alors qu'il serait bon d'ajouter un peu de décorum et il ordonna au bedeau :

— Raimond, va sonner le glas…

Tandis que le bedeau partait en courant, le cortège s'organisa derrière les porteurs qui grimpaient péniblement les marches hautes et abruptes du passage couvert menant à l'abri des fortifications. Venaient devant, lourds et bedonnants, les deux frères Chauvès, le consul et le curé. Leurs faces couperosées de rudes buveurs reflétaient encore l'ahurissement provoqué par la soudaineté du réveil. Juste derrière eux se tenaient le bayle et le commandant de la garde, frères eux aussi, mais jumeaux et beaucoup plus jeunes. Ils contrastaient fortement avec les deux autres par une démarche alerte et un regard vif. Les hommes suivaient, s'arrangeant tant bien que mal et triturant de leurs larges mains laborieuses, peu habituées à l'inactivité, les bonnets de nuit qu'ils avaient ôtés. Les femmes venaient ensuite. Elles avaient mis leurs fichus sur la tête en signe de respect devant la mort. Chuchotant à perdre haleine, elles émettaient toutes sortes d'hypothèses qui couraient le long du cortège. Les enfants, maintenus ferme à leurs côtés, échangeaient des grimaces de dépit tout en guettant l'occasion de leur échapper.

La sonnerie du glas résonna soudain et tous les chiens du bourg hurlèrent à la mort. Les gens se turent, rappelés à la solennité du moment. Le commandant tapota l'épaule du curé et lui dit quelque chose à l'oreille. Pierre Chauvès sursauta, prit un air contrit, puis se mit à psalmodier les prières des morts auxquelles répondit le chœur des villageois. N'eussent été de l'inhabituelle façon de transporter le corps et du débraillé de l'assistance, on aurait pu croire à un véritable cortège funéraire.

Ils traversèrent la place et prirent par la ruelle de la Citerne afin de rejoindre la Grand-Rue qu'ils remontèrent en frissonnant : le soleil de mars était encore trop faible pour que les chemises attrapées en toute hâte au sortir du lit soient une protection suffisante. Le glas avait alerté le reste de la population, et les gens du Barri, massés le long de la Grand-Rue se joignaient au convoi quand il parvenait à leur niveau. On leur apprenait alors le peu que l'on savait et ils priaient avec les autres. Les habitants du quartier d'En-Haut s'étaient rassemblés sur le parvis de l'église. Informés par le bedeau, ils se demandaient, comme le reste du village, pourquoi ce dominicain était venu mourir au pied de leurs murailles.

Que le cadavre ait été trouvé à côté du puits leur paraissait de mauvais augure. La survie de la citadelle de Minerve dépendait de ce puits, car elle était totalement dépourvue d'eau. Sa situation, sur un éperon rocheux, au confluent de la Cesse et du Brian qui coulaient – en hiver, seulement – au fond de deux gorges profondes, en faisait une forteresse redoutable. Mais aux jours chauds de l'été, quand la citerne était vide, le puits était vital. Trente ans auparavant, Simon de Montfort et son armée de croisés l'avaient compris, et c'est en assoiffant les Minervois qu'ils avaient obtenu leur reddition : il avait suffi de démolir le passage couvert et de couper ainsi l'accès au point d'eau. Et voilà que du puits, qui les avait trahis autrefois, venait de nouveau le malheur.

Parmi tous ces gens agités et inquiets, il en était un qui avait eu beaucoup de mal à dissimuler sa surprise : comment un cadavre, qu'il avait abandonné la veille sur le causse, avait-il pu se retrouver ce matin à côté du puits ? Et s'y retrouver *seul* ? Très vite son étonnement avait fait place à la crainte. Pourquoi ce corps avait-il été traîné là, sinon pour lui créer des ennuis ? À son insu, le meurtre avait dû avoir un témoin. Un témoin qui lui voulait du mal. Qui ? Il avait aperçu plusieurs personnes sur le causse, mais il aurait juré qu'elles étaient toutes trop éloignées pour avoir pu se rendre compte de ce qui s'était passé. De plus, il lui était difficile d'imaginer que ces gens, qu'il connaissait bien, aient pu faire une chose pareille. Car cela ne pouvait venir que d'un individu ayant des intentions malveillantes à son égard. Or il ne se connaissait pas d'ennemi, du moins pas à Minerve. Il lui vint à l'esprit qu'il s'agissait peut-être simplement de quelqu'un qui, ayant assisté par hasard à ce qui était arrivé, voulait en profiter pour en tirer quelque avantage. Persuadé d'avoir vu juste, il sentit monter en lui une violente colère. Que le malfrat qui avait combiné cette stupide mascarade ne s'illusionne pas : il n'allait pas se laisser faire ! Il songea que l'autre devait être en train de l'observer et se composa une expression résolue et menaçante en guise d'avertissement.

Quand le cortège déboucha devant l'église, tout le bourg se trouva réuni sur la place Saint-Étienne.

La veuve Guillemette les attendait devant l'hôpital, les mains aux hanches, la tête haute, consciente de son importance. Le corps meurtri qu'on lui amenait l'impressionna peu, car elle était habituée à accommoder morts et vivants. Elle ouvrit grand son huis et précéda les porteurs, suivis des notables, jusqu'à un recoin de la salle. Isolé par une cloison de planches, ce réduit servait de morgue et le corps y fut déposé sur un châlit de bois. Le curé esquissa une bénédiction et dit à Guillemette :

— Fais ce qu'il faut.

La salle meublée de quelques paillasses était vide, à l'exception d'un mourant qui râlait sporadiquement : malades et indigents, poussés par la curiosité, s'étaient traînés sur la place. L'étranger, hébergé à l'hôpital en attendant qu'on lui fît suffisamment confiance pour lui permettre de loger ailleurs, était également sorti. Le lieu était parfait pour une rapide consultation qui permettrait de prendre les décisions attendues par les villageois.

Le consul bafouilla un peu, sans rien dire de précis, et le curé se tut. Le bayle et le commandant, qui avaient profité du parcours pour discuter à voix basse, proposèrent de réunir le conseil de toute urgence. Les deux autres approuvèrent. Le commandant suggéra également de renvoyer les gens à leur ouvrage après avoir annoncé la réunion. Il demanda au consul s'il voulait s'adresser à eux, mais Justin Chauvès préféra le laisser faire : il craignait de s'embrouiller dans ses phrases.

Les quatre hommes sortirent et les conversations cessèrent. Roger de Rieussec, de sa forte voix habituée au commandement, couvrit toute la place Saint-Étienne :

— Le conseil du village va se réunir tout de suite. Que ceux qui ont vu ou entendu quelque chose d'utile viennent se présenter à l'église et que les autres rentrent chez eux. Raimond battra le rappel dès que nous aurons du nouveau à annoncer.

Les gens reformèrent des petits groupes peu pressés de se disperser. Nul n'avait la tête au travail, et il fallut la fermeté du commandant et des gardes pour que la foule s'écoule peu à peu vers le Barri et le quartier de Saint-

Rustique. Plusieurs hommes demeurèrent à la taverne de Mignard pour épiloguer sur l'événement à grands coups de claret. Leurs femmes les avaient regardés s'éloigner d'un œil torve, plus inquiètes de l'accorte Mignarde qui servait les boissons que de l'effet du vin. Mais ce qui les préoccupait davantage encore était la présence d'une jeune femme se tenant un peu à l'écart et ne paraissant pas disposée à partir.

La trentaine l'avait épargnée, qui avait alourdi les autres et les avait définitivement reléguées parmi les vieilles. Cette différence accentuait leur rancœur. «Le vice, ça conserve», sifflaient-elles hargneusement. Malgré le mépris qu'elles affectaient à son égard, elles ne pouvaient s'empêcher de commenter entre elles, pour les déplorer, les divers attraits de Gaillarde. Les cheveux, d'abord, longs et épais, d'une belle teinte châtaine traversée d'éclats fauves. Elle les portait libres sur les épaules, comme les jeunes filles, et ils la faisaient ressembler à une cavale derrière laquelle leurs hommes ne se faisaient pas faute de courir. Les dents, si blanches que la bouche rougie par quelque artifice en paraissait plus appétissante. Et ces rubans colorés qui paraient l'indécente chevelure, avec quel argent avaient-ils été payés? Avec celui qu'elles avaient tellement de mal à gagner, le dos rompu, devant leurs métiers à tisser, elles le savaient bien, alors qu'elle, elle n'avait qu'à écarter les cuisses. Mais le pire, la chose par excellence qu'elles auraient voulu effacer de sa face haïe, c'était le sourire ironique qu'elle arborait en les regardant, ce sourire qui les narguait. La plupart des femmes craignaient que Gaillarde ne séduise leur mari, et elles s'obstinèrent à rester là tant qu'elle ne fut pas partie. Alors seulement, elles se dirigèrent vers leurs foyers.

Les gardes portèrent dans l'église les bancs qu'ils étaient allés emprunter à la taverne. Une dizaine d'hommes préoccupés s'apprêtaient à y tenir conseil. Avant d'ouvrir la séance, ils attendirent l'arrivée du vieux Guillaume Chauvès dont les avis, inspirés d'une longue expérience, étaient toujours précieux. Quand il fut arrivé, sur sa brouette poussée par un valet, la réunion commença.

Au contraire de la plupart des femmes qui lambinaient en chemin pour prolonger la conversation, Ava et Jordane Vignal pressaient le pas en direction de leur demeure du Barri sans échanger une parole. Les deux cousines avaient le même âge et à peu près la même silhouette. Mais la ressemblance s'arrêtait là : quand tout dénotait la tendresse dans le visage d'Ava dont le regard noisette et les cheveux blond-roux éclairaient encore la pâle carnation, Jordane tranchait fortement par un teint de brune, des yeux verts et une abondante chevelure d'un noir bleuté qui lui arrivait à la taille. De toute sa personne émanait une vitalité qui faisait paraître sa cousine plus douce. En ce jour, leurs jeunes visages, habituellement rieurs, étaient sérieux.

Avant de franchir le seuil, Jordane ébouriffa au passage la tête broussailleuse de Joseph, l'idiot, qui grogna de bonheur. Elle était la seule à montrer de l'intérêt et de la compassion pour ce jeune frère disgracié que tous considéraient comme une bouche inutile, et il l'adorait inconditionnellement. Quand elles entrèrent, la vieille Mengarde tisonnait le feu tout en berçant Marie, le bébé dernier-né. Elle leva la tête et dit avec aigreur :

— Enfin quelqu'un ! Qu'est-ce qui se passe, aujour-d'hui, pour que tout le monde disparaisse ?

Jordane se pencha vers sa grand-mère et lui cria :

— On a trouvé un mort à côté du puits de Saint-Rustique. C'est un frère prêcheur.

— Ne crie pas autant, protesta la vieille, je ne suis pas sourde !

Les deux cousines échangèrent un sourire amusé.

— Raconte-moi comment c'est arrivé, enchaîna l'aïeule, et parle normalement.

— Je ne le sais pas, mamée, personne ne sait rien.

La vieille grommela :

— Je ne compte pas dans cette maison. On ne me dit jamais rien. Pourtant, ce n'est pas parce que je suis vieille que je suis bête. Il y en a ici de plus bêtes que moi, je vous le dis ! Elle martelait son discours en frappant rageusement le sol de son bâton.

— Mais je vous assure, mamée, que je n'en sais pas plus. Ne vous fâchez pas.

— Qu'est-ce que tu dis ? aboya la vieille. Tu ne peux pas parler plus fort ?

Jordane s'accroupit aux pieds de sa grand-mère et lui raconta patiemment le déroulement de la matinée.

Pendant ce temps, Ava gravit l'échelle qui menait au grenier à foin pour y retrouver les deux hommes cachés. Ils se levèrent à sa vue. Grands tous les deux, maigres et barbus, ils étaient pareillement vêtus d'un manteau à capuche qui recouvrait une tunique bleue. Le plus âgé, Guilhabert, referma l'Évangile de saint Jean qu'il tenait à la main et le rangea dans l'étui en cuir de sa ceinture. Il l'utilisait pour instruire Thomas, son *socius**, dans la religion des *vrais chrétiens*.

---

* *Socius* : les prédicateurs cathares allaient toujours par deux ; le *socius* est le compagnon.

Ava se mit à genoux, s'inclina à trois reprises jusqu'à baiser la terre[*] et prononça, à chaque révérence, la formule rituelle :

— « *Bons chrétiens*, donnez-moi la bénédiction de Dieu et la vôtre. Priez Dieu pour moi, afin qu'il me garde de mauvaise mort et qu'il me conduise à bonne fin, entre les mains des fidèles chrétiens. »

Par trois fois, le *parfait*[**] lui répondit :

— « Reçois la bénédiction de Dieu et la nôtre. Que Dieu te bénisse, arrache ton âme à la mauvaise mort et te conduise à bonne fin. »

La jeune fille se releva et il lui donna le baiser de paix. Il le fit par l'entremise du livre, car il ne devait pas avoir de contact avec une femme.

Ava tendit ensuite aux deux hommes le pain et la cruche d'eau qu'elle avait apportés pour leur déjeuner et, tandis qu'ils mangeaient, elle les informa de ce qui était arrivé. Son récit parut beaucoup les surprendre. Il les inquiéta aussi et Guilhabert exprima ses craintes :

— La garde va être très attentive, il faudra agir avec prudence.

— Ici, vous ne risquez rien, dit Ava.

— Nous allons demeurer dans ce grenier et attendre d'autres nouvelles. Nous verrons avec ton oncle comment nous y prendre pour donner la *consolation*[***] à Marie Cathala sans faire courir de risque à personne.

Ava redescendit à la cuisine. À part son plus jeune cousin, tout le monde était rentré. Pierre Vignal, le chef de famille, les avertit :

---

[*]   Tout ce qui concerne le rituel cathare provient de l'ouvrage de René Nelli, *La vie quotidienne des cathares du Languedoc au XIIIe siècle*.
[**]   *Parfait, bon homme* ou *bonne dame* : ministre du culte cathare.
[***] *Consolation* : ce sacrement, au rituel unique, a pour rôle de baptiser ceux qui adhèrent à l'hérésie, d'ordonner les religieux ou d'intercéder auprès de Dieu pour obtenir le pardon des fautes des mourants.

— Il faut faire comme si c'était un jour ordinaire. Pendant que je vais chez Cathala avec Arnaud, mettez-vous toutes au travail.

Alors que sa femme, Serena, coupait le chou pour la soupe, que sa belle-sœur Esclarmonde s'installait au métier à tisser et que les jeunes filles se rendaient à la vigne où Arnaud, le frère aîné d'Ava, devait les rejoindre plus tard, il partit avec son neveu chez Hugues Cathala. La nuit passée, Vignal et Cathala effectuaient leur tour de garde à la barbacane du Barri. À la faveur de l'obscurité et du sommeil de leurs concitoyens, ils avaient introduit dans le bourg les deux *bons hommes* qu'Arnaud attendait pour les conduire chez son oncle.

La semaine précédente, la mère d'Hugues, mourante, avait exprimé le souhait d'être *consolée* avant la fin. L'extrême-onction que le curé était venu lui donner en grande pompe ne lui suffisait pas : elle ne s'y était prêtée que pour éviter des ennuis à sa famille, laquelle aurait été pointée comme hérétique si la vieille avait quitté ce monde sans le secours de l'Église. Depuis la croisade, tous les cathares en faisaient autant, mais pour eux, ces simagrées étaient sans valeur, et ils ne mouraient en paix que pourvus de la bénédiction des *bons hommes*. Les hérétiques de Minerve avaient aussitôt mis en branle le réseau secret de bergers qui, par delà le causse et la montagne, avait alerté les deux *parfaits*. Il y avait urgence, car la vieille s'affaiblissait de manière alarmante mais, par chance, les religieux, convoyés par Amiel Monge, un berger du village, étaient arrivés la veille, dernier jour de garde de Vignal et de Cathala, et la cérémonie allait pouvoir être célébrée sans attendre.

Quand il poussa la porte des Cathala, Pierre Vignal crut un instant qu'il était trop tard tant la présence de la mort était palpable. Mais Hugues le détrompa d'un geste et l'entraîna vers le grenier : c'était le seul endroit discret de ces maisons exiguës dont l'unique pièce était toujours surpeuplée. Arnaud leur emboîta le pas non sans avoir pris soin de repérer, au préalable, parmi les femmes présentes, Agnès, la cadette des Cathala. La jeune fille garda les yeux baissés, mais la rougeur qui lui montait au visage disait assez qu'il ne lui était pas indifférent. Satisfait, il suivit les deux hommes sous le regard légèrement ironique de son ami Bernard, le frère d'Agnès, qui fermait la marche.

La veille au soir, quand Amiel s'était présenté à la barbacane avec les *parfaits,* le jeune berger avait demandé à Vignal et à Cathala s'il n'y avait pas contrordre à cause de l'arrivée des frères prêcheurs.

— Des frères prêcheurs ? s'étaient exclamés les gardes éberlués, quels frères prêcheurs ? On n'en a pas vu au village.

— Pourtant, avait affirmé Amiel, ils marchaient sur le causse à la fin de l'après-midi, et ils se dirigeaient droit vers ici.

Et il raconta que les deux silhouettes blanches et noires leur étaient apparues au loin alors qu'ils étaient avec Prades, à l'endroit convenu, en train de régler les détails de l'entrée clandestine des *parfaits* dans la cité. Les dominicains se rendaient à Minerve : par ce sentier, ils ne pouvaient pas aller ailleurs. Les quatre hérétiques s'étaient même demandé s'il ne valait pas mieux tout annuler, car la présence de membres de l'Inquisition dans la cité augmentait considérablement les risques encourus par les *parfaits* et les *croyants* qui les cachaient. Mais il y avait

Marie Cathala qui ne pouvait plus guère attendre, et ils avaient finalement décidé de ne rien changer à leurs plans, sauf si Prades jugeait que c'était trop dangereux, auquel cas il laisserait un message aux deux gardes. Le vigneron s'en était allé aussitôt, car il craignait que l'on remarque son absence à la noce de son fils. Il les avait quittés en disant :

— Ne vous tourmentez pas, je ferai ce qu'il faut.

Le berger et les *parfaits* étaient restés à l'abri d'une touffe de chênes kermès tandis que Prades s'en allait. Un accident de terrain avait très vite dissimulé le vigneron ; peu de temps après, ils cessaient également de voir les prêcheurs, masqués par les irrégularités du causse, et ils n'avaient plus aperçu âme qui vive du reste de la journée.

À leur arrivée à la barbacane du Barri, au milieu de la nuit, ils avaient été stupéfaits d'apprendre de leurs complices que les dominicains ne s'étaient pas présentés au village. Où avaient-ils bien pu aller ? Cette question les avait beaucoup tracassés et, le lendemain, la découverte du cadavre avait aggravé leur inquiétude. Qu'avait-il bien pu se produire sur le causse – à l'insu des trois hommes dissimulés, quoique tout près de leur cachette – pour que du couple de dominicains entrevu la veille, il n'en reste qu'un, mort de surcroît ?

Vignal et Cathala avaient peur. À cause de la macabre découverte du matin, qui coïncidait inopportunément avec leur tour de garde, ils s'attendaient à être appelés par les notables pour être interrogés comme témoins, au même titre que ceux qui servaient à la barbacane de Saint-Rustique, à la porte Fausse et à la porte Saint-Nazaire. En effet, le frère prêcheur trouvé à côté du puits n'était pas mort à cet endroit-là : de toute évidence il y avait été traîné. Les gardes des postes plus éloignés avaient donc eu, autant que les autres, la possibilité de voir quelque chose de significatif. On pouvait du moins supposer que les membres du conseil raisonneraient ainsi. Il ne fallait surtout pas que Vignal et Cathala se contredisent devant l'assemblée. Pour cela ils devaient se concerter. S'ils s'étaient donné rendez-vous à l'extérieur, dans un endroit isolé, leur rencontre aurait pu paraître suspecte : un témoin les découvrant ensemble aurait sans doute deviné qu'ils s'accordaient pour donner une même version – fausse ou tronquée – de la nuit passée. Par contre, voir Pierre Vignal entrer chez un ami dont la mère était au plus bas n'étonnerait personne.

Même si leur affaire n'avait aucun lien avec la mort du prêcheur, l'enquête sur le meurtre pouvait faire découvrir la présence des *parfaits* à Minerve : les deux hommes étaient conscients d'être en danger, et avec eux leurs familles, tous les *croyants* de la cité et les religieux venus à leur appel.

Vignal et Cathala se confirmèrent l'un à l'autre qu'ils n'avaient rien aperçu d'anormal pendant la nuit et ils questionnèrent Arnaud.

— Moi non plus, je n'ai rien vu, à part le père Desbiau. Je conduisais les *bons hommes* chez nous en frôlant les murs des maisons pour qu'on ne nous voie pas lorsque j'ai trébuché sur le bâton qui tient ses volets fermés depuis l'extérieur. En entendant le bruit, un chien a aboyé. Et puis – vous savez comment ça se passe – tous les autres chiens du quartier s'y sont mis. Desbiau a ouvert en criant après les jeunes qui empêchent les honnêtes gens de dormir et il a vidé son pot de chambre dans la ruelle. Nous étions collés au mur et nous n'avons pas bronché. Je suis sûr qu'il ne nous a pas vus : il a cru que c'étaient des invités de la noce qui faisaient du tapage. Il est aussitôt retourné se coucher et nous sommes repartis tout doucement.

— J'espère que tu ne te trompes pas, dit son oncle : il n'y a jamais eu de *croyants* dans sa famille, et il se ferait un devoir de nous dénoncer.

— N'ayez pas peur, j'en suis sûr !

— Et ensuite, demanda Cathala, vous êtes arrivés sans encombre ?

— Oui, tout à fait. Je les ai installés et je suis allé rejoindre mes amis à la noce.

— Est-ce que quelqu'un s'est rendu compte de son départ ? s'enquit Vignal auprès de Bernard.

— Non, pensez-vous ! Les filles étaient déjà rentrées et les gars étaient soûls depuis longtemps.

— Apparemment, tout va bien, conclut Cathala : on pourra dire sans crainte qu'on n'a rien vu.

— Bon. Alors, à ce soir, dit Vignal. On fera passer les *bons hommes* par les greniers.

Ils allaient redescendre quand Vignal ajouta :

— Inutile de dire aux femmes qu'Amiel et les *parfaits* ont vu deux dominicains hier sur le causse : elles sont déjà bien assez inquiètes.

Les trois autres approuvèrent et s'engagèrent dans l'échelle à sa suite.

≈

Jordane et Ava étaient parties d'un bon pas. Elles avaient longé les fortifications jusqu'au passage couvert, salué le garde de la barbacane Saint-Rustique qui leur avait fait un compliment, lui avaient répondu par un éclat de rire et avaient quitté l'enceinte du village. Parvenues au puits où le cadavre avait été trouvé, elles s'étaient arrêtées un instant, mais il n'y avait plus rien à voir. Alors, elles avaient franchi le lit à sec du Brian et grimpé la falaise pour gagner le plateau où poussaient les vignes.

En le contournant, Jordane jeta un regard de ressentiment à l'emplacement qu'avait occupé le trébuchet de Simon de Montfort. Ce passé, qu'elle n'avait pas connu parce qu'il était trop lointain, restait cependant assez proche pour leur nuire encore. Minerve avait été prise par les croisés et, trente ans après, le Languedoc était toujours aux mains des vainqueurs qui ne semblaient prêts ni à oublier ni à pardonner.

Jordane avait du mal à comprendre comment des roches, même énormes et lancées avec violence par le plus gros trébuchet que l'on pût imaginer, aient été capables d'ouvrir des brèches dans les murailles de Minerve qui paraissaient d'une solidité à toute épreuve. Les remparts et le passage couvert avaient été réparés et les nouvelles pierres avaient une teinte plus claire ; pourtant, malgré ces traces visibles, l'imagination de la jeune fille n'arrivait pas à se représenter les murs avec des trous béants.

En marchant vers la vigne, elle se disait, comme tous les Minervois l'avaient fait un jour ou l'autre, que l'histoire aurait été différente si les assiégés avaient pu détruire la redoutable machine de guerre que Simon de Montfort avait fait construire et que les Minervois avaient nommée, avec rancune, la Malevoisine. Ceux qui avaient tenté l'aventure, n'hésitant pas à sacrifier leur vie, avaient frôlé la réussite. Le souvenir de ces hommes était révéré et, lorsque Marie Cathala racontait cet épisode de la croisade, à la veillée, tous se taisaient pour l'écouter, même s'ils connaissaient l'histoire par cœur.

Marie avait été une bonne conteuse, et avec sa prochaine disparition, les veillées allaient perdre beaucoup de leur charme. La jeune fille se promit que ses histoires ne tomberaient pas dans l'oubli. Il suffirait pour cela de persuader quelqu'un qui aurait bien retenu tous ces récits de les raconter à son tour. Elle-même, si elle l'osait, serait capable de le faire, car elle en avait tous les mots en tête et elle entendait encore les intonations de la voix de Marie, devenue un peu chevrotante ce dernier hiver, qui disait avec passion :

« Ils étaient quelques-uns – les plus forts, les plus souples, les plus courageux de la cité –, déterminés à tout oser pour débarrasser Minerve du trébuchet. Avec la complicité d'une nuit sans lune, ils sont descendus des remparts, se coulant comme des ombres afin de se confondre avec la muraille et se faisant aussi silencieux que possible pour éviter d'attirer l'attention de ceux d'en face. Ils ont franchi avec précaution le cours d'eau à sec, escaladé la falaise à l'endroit où la paroi est la plus abrupte – à cet endroit du récit, les auditeurs se demandaient toujours comment ces hommes étaient parvenus à s'agripper à l'escarpement, et ils hochaient la tête, admiratifs devant l'exploit – et se sont approchés de la machine en rampant. Les abords de la Malevoisine étaient déserts : un vrai miracle ! Ils s'apprêtaient à y mettre le feu lorsque l'homme de garde, qui ne s'était éloigné que pour satisfaire un besoin naturel, les a vus et a poussé un cri. Il est mort aussitôt, transpercé par une flèche, mais c'était trop tard : il avait donné l'alerte. La Malevoisine était sauvée et les Minervois étaient perdus. »

Ava bavardait, inconsciente du fait que sa cousine avait cessé de l'écouter. Quand Jordane reporta son attention sur elle, Ava commentait la noce de la veille. Cette fête avait inauguré les manifestations sociales marquant la fin du carême. Tout au long des longues soirées hivernales, les gens allaient à la veillée chez les uns et les autres, ou recevaient leurs amis, mais leurs relations se limitaient au strict voisinage, et c'étaient les sympathies des parents qui en décidaient, pas celles des enfants. Tout en mangeant des châtaignes cuites sous la cendre, les adultes parlaient entre eux, et les jeunes, réunis sur un même banc, en faisaient autant, mais à voix basse, afin de ne pas gêner leurs aînés. Parfois, ils se taisaient pour écouter, quand un vieux évoquait les temps anciens, mais le plus souvent, ils se chamaillaient ou se racontaient des histoires drôles, étouffant leurs rires dans leurs mains. À rencontrer toujours les mêmes personnes, des affinités devenaient évidentes et aussi des attirances, parfois assez fortes pour déboucher sur un courtisement, à la belle saison, lorsqu'on pouvait courir les landes du causse à l'abri du regard des parents. À l'automne, on en mariait quelques-uns, et il arrivait même que l'on baptise bien vite, quand l'ardeur du printemps avait porté ses fruits. Mais le cercle était restreint, et si l'on n'y trouvait personne à son goût, il fallait attendre les festivités des beaux jours pour rencontrer des gens nouveaux. De même que l'automne, le printemps était la saison des unions et le mariage de la veille avait été fort profitable aux deux cousines.

Le travail de la vigne, parce qu'il se faisait loin des éventuelles oreilles indiscrètes, se prêtait bien aux échanges de secrets. L'événement qui occupait toute la cité avait été abondamment commenté à la maison et, faute d'en savoir davantage, il n'y avait plus grand-chose à en dire : elles pouvaient donc maintenant se consacrer à leurs affaires de cœur. Les deux cousines avaient été élevées ensemble et elles s'entendaient comme des sœurs, mieux même puisque chacune avait sa propre mère, ce qui excluait la jalousie et la rivalité. Comme il n'y avait pas d'inconvénient à partager la grand-mère, qui les englobait dans une semblable affection de même qu'elle haïssait ses deux brus avec équité, rien ne venait perturber leur complicité. Les deux jeunes filles avaient seize ans et vivaient leurs premiers émois sous le regard des garçons.

Ava avait enfin pu danser avec Bernard Cathala qui, tout au long des veillées de l'hiver, lui avait chuchoté à l'oreille des douceurs qui lui plaisaient beaucoup et Jordane avait été éblouie par un garçon de La Caünette dont elle brûlait de parler. Ava dut rengainer ses confidences : son idylle était déjà une vieille histoire dont elle rebattait les oreilles de sa cousine depuis des semaines. Évidemment, la veille, la relation avait évolué, mais le récit en serait pour plus tard : c'était à elle d'écouter.

Tout en ramassant les sarments qu'Arnaud avait coupés la semaine d'avant, Jordane jacassait éperdument. Il y avait pourtant bien peu à raconter : des regards, quelques sourires, une pression de main pendant la ronde. Mais lorsque deux petits groupes de jeunes, un de Minerve et un de La Caünette, s'étaient entendus pour se retrouver, le dimanche suivant, à mi-chemin de leurs villages respectifs, le jeune homme l'avait regardée fixement avec une expression interrogative et elle avait fait un signe d'assentiment. Elle avait donc un rendez-vous, et cette perspective la transportait. En une journée, elle s'était rendue plus loin qu'Ava en trois mois. Cette rapidité ne laissait pas d'alarmer sa cousine :

— Tu ne le connais pas, dit-elle, et ce n'est pas très prudent de t'engager aussi vite.

Mais Jordane était hors de portée des discours raisonnables :

— Tu as vu comme il est beau, ne cessait-elle de répéter, et il est tellement différent des garçons de Minerve !

À vrai dire, tout occupée de son propre amour, Ava savait à peine de qui sa cousine parlait. Elle ne s'était intéressée qu'à Bernard, et aucun des autres jeunes gens ne lui avait paru bien remarquable.

Arnaud arriva et elles se turent : tout cela était encore trop nouveau pour mettre un tiers dans la confidence. Surtout Arnaud, qui avait pour les deux jeunes filles la même attitude fraternelle et se mêlait volontiers de leurs affaires lorsqu'il jugeait que c'était nécessaire. Si Ava ne nourrissait aucune incertitude quant à son avenir avec Bernard Cathala, car c'était le meilleur ami d'Arnaud et les deux garçons envisageaient avec plaisir de devenir beaux-frères – doublement beaux-frères, même, puisque Arnaud semblait attiré par la jeune Agnès – Jordane, pour son compte, craignait des difficultés. Il était à prévoir que son cousin aurait les mêmes réserves qu'Ava et essaierait de se mettre en travers d'une fréquentation lui paraissant hasardeuse.

Mais l'esprit d'Arnaud était loin de la noce : il était trop préoccupé par la présence des *parfaits* chez eux, dans ce contexte de meurtre et de disparition, pour s'en laisser distraire. Sans remarquer leur silence soudain, il annonça aux jeunes filles que la *consolation* de Marie Cathala aurait lieu le soir même. Il ajouta qu'il faudrait malheureusement attendre une semaine avant que quelqu'un de sûr ne garde l'une des portes et puisse faire quitter la citadelle aux deux religieux. Une semaine, c'était long, et il serait bien difficile de les cacher aussi longtemps. Son anxiété était communicative, et Jordane et Ava, leur fagot sous le bras, reprirent le chemin du bourg avec une expression soucieuse pendant qu'Arnaud allait chercher ses outils dans la petite cabane de sarments où ils étaient rangés.

❧

Les bourgeois réunis dans l'église ne savaient pas trop par quel bout prendre le problème que leur posait la présence du cadavre. Outre le vieux Chauvès et ses deux fils, il y avait là le commandant de la garde et le bayle, Augustin Prades, le vigneron, Melgueil, le tisserand, Jean et Étienne Lefèvre, le forgeron et le tonnelier, tous du quartier de Saint-Rustique. Hormis la veuve Martin qui, parce que femme, n'y avait pas sa place, tous ceux dont les maisons entouraient la citerne, la partie la plus riche de la cité, présidaient aux destinées de leurs concitoyens. Siégeaient également Mignard, le tavernier, et Delbosc, le marchand, du quartier d'En-Haut. Des Minervois vivant hors des murs, le meunier Minot était le seul admis. Quant au Barri, peuplé des familles les plus modestes du bourg, il n'était pas représenté au conseil.

Assis face à face, deux de ces hommes se regardèrent brièvement, puis ils baissèrent les yeux. Tous deux étaient sur le causse la veille et ils s'étaient vus de loin. Par leur échange muet, ils s'étaient signifié l'un à l'autre qu'ils cacheraient ce fait au reste du conseil. Le meurtrier, soulagé d'un grand poids, pensa que son vis-à-vis devait ignorer que c'était lui qui avait tué, sans quoi, malgré son désir de garder secrets ses propres agissements, il l'aurait sans doute dénoncé.

Autour de la table, les mines étaient longues. Après une pesante discussion, au cours de laquelle chacun donna son point de vue avec la voix hésitante et les redites propres à ceux qui n'ont pas l'habitude de s'exprimer devant une assemblée nombreuse, ils parvinrent à cerner trois éléments auxquels il fallait apporter une solution : il importait d'inhumer le corps, d'avertir l'évêque et, si possible, de trouver le coupable avant l'arrivée des inquisiteurs qui ne manqueraient pas de venir. Ainsi la justice ecclésiastique ne s'attarderait peut-être pas au village. Tant d'horreurs se racontaient au sujet de pauvres gens à qui on appliquait la question et qui avouaient n'importe quoi pour ne plus souffrir ! Quand ils étaient en possession des aveux, les inquisiteurs condamnaient leurs victimes au *mur** ou au bûcher. Non ! On ne pouvait pas laisser les intransigeants dominicains investir Minerve et soumettre toute la population à leur rage de vérité. Tout un chacun avait une peccadille – ou bien plus – à cacher et tenait à garder son secret.

Pour l'inhumation, il fut aisé de se mettre d'accord : tous étaient conscients de la nécessité de se concilier l'évêché en traitant au mieux la dépouille du prêcheur. Dans l'église, sous les dalles du chœur, elle serait bien mieux qu'au cimetière. En logeant le mort avec les défunts seigneurs de Minerve, on montrerait du respect pour l'Église. Et il ne fallait pas craindre d'en montrer beaucoup : Minerve avait trop été associée à l'hérésie par le passé pour ne pas être immédiatement suspecte. La cérémonie fut fixée au lendemain matin.

---

* *Mur* : prison à vie.

Ils discutèrent ensuite de l'obligation d'envoyer un messager à l'évêque de Carcassonne. Certains étaient d'avis de l'expédier au plus tôt, comme preuve de bonne volonté, d'autres souhaitaient attendre dans l'espoir de pouvoir dire en même temps qu'ils avaient trouvé le coupable. Les partisans des deux solutions étaient à peu près aussi nombreux et argumentèrent longuement. Ils finirent par s'accorder sur la proposition du vieux Chauvès qui suggéra de remettre la décision à deux jours. Ce court délai satisfit tout le monde, et l'on s'aperçut qu'il était midi passé. Pour la plupart, les hommes présents n'avaient pas déjeuné et ils commençaient à avoir très faim. Mignard offrit de faire apporter une collation par sa femme, ce que tous acceptèrent avec empressement. Depuis la porte de l'église, il héla un galopin et l'envoya quérir la tavernière. C'était Athon Vignal qui rôdait en quête de nouvelles sur l'ordre de son père. Le garçon courut transmettre le message et s'attacha ensuite aux pas de la femme Mignard, la suivant jusque dans sa cuisine. Quand il lui proposa de l'aider à porter la nourriture à l'église, elle le regarda, étonnée. Puis, s'approchant de lui, elle souleva son menton de l'index, le fixa dans les yeux et dit avec ironie :

— Tu es bien serviable, toi. Qu'est-ce que tu veux au juste ?

Athon avait douze ans, et le démon venait souvent le visiter la nuit sous la forme d'une femme brune dont les seins ronds et fermes, prêts à jaillir du corsage trop tendu, ressemblaient fort à ceux que Mignarde, légèrement courbée vers lui, mettait sous son regard fasciné. Il s'empourpra jusqu'au blanc des yeux et ne put articuler un mot. La femme le lâcha et dit avec un grand rire :

— Si jeune, et il y pense déjà !

Attendrie par sa gêne et son air malheureux, elle ajouta :

— Allez, porte le pain et viens avec moi.

Athon la suivit, soulagé que l'attention de la femme se détourne de lui.

Mignarde aurait pu déposer les victuailles au centre de la table et laisser les hommes se servir. Elle s'en garda bien. Pendant que son mari coupait de larges tranches de pain sur lesquelles il déposait une copieuse portion de jambon sec, elle servit le vin et dit un mot à chacun en se penchant, dans une attitude habituelle et machinale, un peu plus qu'il n'était nécessaire. Elle s'attira les compliments du commandant et du bayle, les célibataires du groupe. Elle répondait en riant haut et feignait de leur porter toute son attention. En réalité, pour l'heure, ce qui l'intéressait, ce n'étaient pas les flatteries, mais les conversations qui, toutes, roulaient sur ce qui avait été dit au cours de la réunion. Au bout d'un moment, Mignard, dont elle était largement la cadette, et qui crispait les mâchoires à chacun des rires de sa femme, ne supporta plus ses chatteries. Quoique sachant que la beauté de sa femme était un gros atout dans son commerce et sa coquetterie nécessaire pour attirer le client, il ne parvenait pas à surmonter la jalousie que lui inspiraient les attentions des autres hommes. Il la renvoya sèchement en disant qu'il pouvait finir tout seul. Son mouvement d'humeur fit éclore quelques sourires en coin qu'il choisit de ne pas voir. Cachant son dépit, la femme partit après avoir gracieusement salué tout le monde.

Le retour triomphal de Mignarde dans la salle de la taverne la consola d'avoir dû écourter son service : on l'attendait avec impatience et elle put parader en posant à la femme informée. En fait, elle ne savait rien de plus que ce que Raimond s'en allait proclamer dans le bourg : la date et le lieu des funérailles. Mais elle affectait d'en avoir appris davantage pour se faire valoir. Les hommes qui avaient traîné après le rassemblement du matin étaient partis depuis longtemps et il ne restait plus que les ivrognes qui faisaient sa clientèle habituelle pendant le jour, aux heures où les autres travaillaient. Grâce à elle, ils auraient enfin du neuf à commenter, même si le chapitre des obsèques n'offrait pas grande possibilité de développement. Depuis le matin, ils répétaient les mêmes phrases, à peu de variantes près :

— Je n'en reviens pas, Monge, disait Baille incrédule, tu gardais la barbacane de Saint-Rustique qui surplombe le puits, et tu n'as rien vu ni rien entendu !

— Non, rien du tout, se désolait Monge, et Dancausse non plus.

— Tu en es bien sûr ? insistait-il, il me semble que ce matin tu allais raconter quelque chose et que tu as changé d'avis.

— Mais non, tu te trompes, je ne sais absolument rien, répliquait Monge agacé.

— Laisse-le tranquille, intervenait Delprat, puisqu'il te dit qu'il n'a rien vu.

En effet, Monge n'avait rien vu, ou si peu de chose… La veille au soir, pendant que Dancausse commençait d'actionner le mécanisme qui commandait la fermeture de la porte, Mignard, à bout de souffle, était entré dans la cité au tout dernier moment. Monge lui avait dit en riant qu'il s'en était fallu de peu qu'il ne passe la nuit dehors, mais le tavernier n'avait pas répondu. Le garde, intrigué, l'avait observé plus attentivement et s'était aperçu qu'il était fort pâle. Sans lui laisser le loisir d'insister, Mignard s'était rapidement éloigné de la barbacane, et Monge n'y avait plus pensé. Mais le lendemain, à la taverne, quand il avait appris le meurtre du dominicain, il s'était souvenu de l'étrange attitude de Mignard. Le regardant d'un air malin, il avait dit :

— Moi, je ne sais rien du frère prêcheur, mais je connais quelqu'un qui hier soir avait l'air d'avoir vu le Diable.

Tandis que ses compagnons le pressaient de questions et qu'il se faisait prier, savourant son importance, Mignard s'était approché et lui avait resservi du claret en chuchotant à son oreille :

— Il y en a qui feraient mieux de se mêler de leurs affaires…

Monge, stupéfait, avait regardé le tavernier : Mignard ne semblait pas du tout plaisanter et son regard avait dissuadé l'ivrogne de poursuivre.

Baille insista encore un peu puis, devant le silence obstiné de Monge, il haussa les épaules et enchaîna :

— Le dominicain a dû être tué loin des murs et amené à côté du puits pour nous causer des ennuis.

— C'est sans doute quelqu'un de La Caunette qui a fait le coup, disait Delprat en essuyant du revers de la main le vin qui avait coulé sur son menton.

— Tu as raison ! approuvait Baille en levant sentencieusement le doigt, jamais un homme du village n'aurait pu commettre un crime pareil : il n'y a que des honnêtes gens à Minerve.

Et Delprat renchérissait :

— Oui, plutôt que de chez nous, le coupable doit être de La Caunette.

Ils continuaient, se donnant la réplique en vieux habitués :

— Ça ne peut être qu'un de ces étrangers qui nous ont envahis, hier, pour venir à la noce de Jacques Prades avec cette fille qu'il est allé chercher au village voisin.

— Comme s'il n'y avait pas assez de belles filles à Minerve !

— Aussi, le curé ne devrait pas donner à n'importe qui le droit de se marier avec des étrangers : on ne sait jamais qui on fait entrer dans la cité.

— Oui, mais le curé, il a reçu de beaux écus brillants du vigneron pour que son fils épouse la Linette.

— Et le curé, des beaux écus à envoyer à l'évêque de Carcassonne, il n'en a jamais assez.

Le chœur des ivrognes prenait un air affligé pour conclure :

— Où allons-nous, je vous le demande, si on ouvre le village aux étrangers ?

Et dans chaque maison du quartier d'En-Haut, dans chaque demeure cossue de Saint-Rustique, dans chaque masure du Barri, il y avait un vieillard chenu ou une vieille percluse, un sage chef de famille ou une forte matrone qui disait : « Où allons-nous, je vous le demande, si on ouvre le village aux étrangers ? » À la noce, ils avaient tous remarqué quelqu'un dont le visage ou l'allure sortait de l'ordinaire de manière inquiétante. « Ce grand échalas qui regardait partout avec des yeux fouineurs, vous aussi, vous l'avez vu ? Et le borgne qui agitait son bâton comme pour frapper les gens ? Et le bossu qui disait des saletés à l'oreille des femmes ? Et… Et… » Et ils hochaient la tête d'un air entendu avant d'ajouter : « Je vous le dis, moi, des têtes d'assassins ! »

Les jeunes, la veille, avaient sympathisé avec ceux du bourg voisin et ils soupiraient en écoutant les adultes. Ils n'auraient pas osé leur répliquer, mais ils n'en pensaient pas moins. Pourquoi le coupable ne serait-il pas du village ? Car tous ces gens, que leurs parents proclamaient honnêtes et incapables de faire le mal, c'étaient ceux qu'ils dénigraient d'habitude : le commandant, qui oubliait le tour de garde de ses favoris pour rappeler les autres plus souvent qu'à leur tour ; le bayle, qui s'enrichissait sur le dos de tous en collectant l'impôt ; le meunier, qui gardait toujours un peu plus que le poids de farine dû ; le curé, qui disait une messe plus longue pour les riches défunts… Pour ne parler que des nantis, car les voisins, qui empoisonnaient les chiens ou volaient les poules, ils n'étaient pas toujours jugés honnêtes, eux non plus. Mais tout était oublié : les rancœurs, les jalousies et la méfiance instinctive. La cité était menacée : on se serrerait les coudes. Si les étrangers venus la veille et repartis chez eux n'offraient personne à incriminer, il resterait l'étranger résidant, l'homme qui était arrivé l'année précédente, et dont personne ne savait rien.

Cette méfiance des gens, Gauthier, l'étranger, l'avait sentie tout de suite, le matin, sur la place Saint-Étienne : on s'était un peu écarté à son passage, on lui avait jeté des regards en coulisse, on avait négligé de le saluer. La peur s'était aussitôt emparée de lui, car il savait que l'on n'hésiterait pas à le sacrifier, faute de coupable. Sitôt rentré, il s'en était ouvert à Guillemette qui partagea ses craintes. Depuis son installation chez elle, il réchauffait les nuits de la veuve qui s'était réjouie de l'aubaine de cet homme vigoureux dont le travail était apprécié chez Prades et qui ne jetait pas ses gains dans l'escarcelle avide des taverniers.

Il la pressait de l'épouser, mais elle résistait : son statut de veuve lui permettait de mener sa vie à son goût, et elle hésitait à se remettre sous la coupe d'un homme, même de celui-là, qu'elle appréciait fort. Maintenant, elle regrettait d'avoir atermoyé : devenir son mari aurait aidé Gauthier à s'intégrer au village. Alors que là, il était tout aussi étranger qu'à son arrivée, l'été d'avant. À sa peur de le perdre, elle comprit combien elle lui était attachée, mais il était trop tard pour l'épouser, et elle devrait se contenter de le défendre à titre de logeuse satisfaite de son locataire.

❧

Au sortir de l'église, Athon dévala les ruelles pentues qui menaient au Barri et s'engouffra dans la maison dont la porte battit derrière lui.

— Ce garçon va finir par tout casser ! maugréa sa grand-mère.

Mais personne ne fit écho au reproche, car tous étaient pressés de savoir si Athon avait appris quelque chose. Il ne savait rien de nouveau, et il affirma qu'aucun témoin n'avait répondu à l'appel des notables. On se rassura et on l'envoya porter les nouvelles chez Cathala. En invoquant la nécessité de rester informé, il obtint de se faire dispenser de travail pour le reste de la journée et il partit rejoindre son ami Blaise Prades avec lequel il avait accoutumé de commettre force bêtises. Augustin Prades, avant de se joindre au conseil, avait envoyé le plus jeune de ses fils prendre soin des animaux. S'il n'avait pas terminé, Athon l'aiderait et ils s'échapperaient ensuite. Tout en courant, il se demandait comment ils pourraient bien s'y prendre pour écouter ce qui se passait dans l'église. Blaise aurait sans doute une idée.

Le père Desbiau ne parlait plus à ses voisins depuis longtemps, car il les soupçonnait de lui voler son bois et ses œufs, et il méprisait les réunions populaires, auxquelles il ne participait jamais. Il n'en était pas moins curieux pour autant et le glas du matin l'avait intrigué. Quand il entendit Raimond battre le rappel sur la Grand-Rue toute proche, il prit sa canne et se dirigea vers la barbacane. Le bedeau s'assura d'avoir réuni tous les habitants du Barri, puis il fit son annonce. Desbiau apprit ainsi la découverte du cadavre et ce que l'on comptait en faire ainsi que l'appel des membres du conseil à toute personne ayant assisté à un événement inusité.

Raimond avait fini. Il s'éloigna, laissant les gens commenter ce qu'ils venaient d'entendre. Desbiau, sans parler à quiconque, s'en retourna chez lui. Malgré son désir de ne se mêler en rien à la vie de la cité, il se demandait s'il ne devrait pas faire état de ce qu'il avait vu la nuit précédente. Si c'étaient les assassins qui étaient passés devant sa porte? La prochaine fois, c'est peut-être lui qu'ils tueraient, pour le voler. Il rit dans sa barbe: l'or, ils ne le trouveraient pas, car il était bien caché dans le poulailler, sous une épaisse couche de fientes séchées. Aussitôt après, il se renfrogna: les meurtriers n'auraient pas son trésor, c'était une affaire entendue, mais à quoi cela l'avancerait-il s'il était mort? Il fallait agir, il en était sûr maintenant, mais il hésitait encore à se rendre au conseil: il s'était enfermé depuis si longtemps dans une solitude haineuse que la perspective d'aller parler à des gens le bouleversait. Il ne pourrait jamais s'y résoudre: c'était au-dessus de ses forces. Il allait entrer chez lui quand les paroles de Raimond résonnèrent dans sa tête comme si le bedeau était encore devant lui à les proclamer :

— Il est du devoir de chacun de signaler tout ce qui sort de l'ordinaire.

Or ce que Desbiau avait vu la nuit précédente sortait tout à fait de l'ordinaire. Il regrettait d'avoir feint de se recoucher et d'être resté à guetter les fauteurs de troubles. S'il s'était remis au lit, il n'aurait pas maintenant ce cas de conscience. Après une ultime hésitation, à l'instant de franchir le seuil, il se décida. Se dirigeant résolument vers le quartier d'En-Haut, il attaqua péniblement la rude montée vers la place Saint-Étienne, claudiquant bas et jurant haut, pour aller raconter ce qu'il avait vu au conseil réuni.

Quand il entra dans l'église, ils venaient de finir leur repas. Le début de la digestion, tombant sur la fatigue de la veille, les avait un peu avachis sur la table. La vue de Desbiau les ramena à leurs préoccupations. Ils rectifièrent machinalement la pose et le regardèrent se diriger vers le consul. Le vieux était tordu comme un cep. Dans sa jeunesse, il s'était malencontreusement trouvé sur le passage du galop furieux de son seigneur qui poursuivait un sanglier, et en avait gardé d'indélébiles marques sur le corps et le visage. Aucune femme, jamais, n'avait voulu de lui, redoutant sans doute de se réveiller le matin aux côtés de cette face de gargouille. Au fil des ans, son caractère s'était aigri au point que pas un villageois ne se souvenait de l'avoir entendu rire. Tout le monde s'en méfiait un peu, car on le croyait malfaisant. Il se planta devant le consul, redressa le mieux qu'il put son corps torturé et énonça d'une voix forte :

— Cette nuit, j'ai vu quelque chose.

Tout le monde se fit attentif. Certains visages, même, se crispèrent, comme s'ils craignaient la révélation à venir. Le vieil homme les regarda tour à tour avec hargne pendant que son chien, un cabot galeux aussi hostile que son maître, faisait le tour des assistants en grondant, et raconta :

— C'est le chien qui m'a réveillé. Quelqu'un faisait du bruit dehors. J'ai cru que c'étaient les jeunes de la noce. Les jeunes, ça ne respecte rien.

Il avait enfourché son cheval de bataille, et le débit s'accéléra :

— Ça fait du tapage, ça chante la nuit, ça vole les figues… Et on les laisse faire! De mon temps, c'était différent! Il aurait fait beau voir qu'on se comporte mal! Moi, à la place de leurs parents…

Si personne ne l'avait détourné de son obsession, la diatribe aurait pu durer longtemps, mais le commandant, que ces radotages agaçaient, l'interrompit :

— Et ce bruit, Desbiau, qu'est-ce que c'était?

— Des *bons hommes*.

— Des *bons hommes*!

L'exclamation fusa de toutes parts, consternée, indignée ou simplement surprise.

Le curé prit l'initiative :

— Combien étaient-ils?

— Deux, comme toujours. Et quelqu'un qui les guidait.

— Qui?

— Je ne sais pas. Je ne l'ai pas reconnu.

Sur la droite du curé s'échappa un soupir de soulagement. Ou peut-être plusieurs? Chauvès n'aurait pu dire de qui ils provenaient. Il savait qu'il restait bon nombre de *croyants* dans le bourg, mais à son grand dépit, il était incapable de les identifier. La lèpre hérétique se logeait partout, même au conseil. Qui avait soupiré? Les Lefèvre? Prades? Le commandant? Pas le commandant, bien sûr : son père était venu du nord pour combattre les cathares et il devait les détester autant que lui. Melgueil, peut-être. Probablement Melgueil : les ateliers de tisserands étaient connus pour être des foyers de l'hérésie. Pierre Chauvès ne pouvait pas incriminer ceux qui étaient à sa gauche, mais il ne pouvait les absoudre pour autant : ils n'avaient rien manifesté, c'était tout. En fait, il n'était sûr que de lui-même et de sa famille. Les suppôts du Malin étaient tellement méfiants, tellement secrets, que tout le monde pouvait en être sans que quiconque le soupçonne. Il allait reprendre la parole quand le commandant s'interposa et dit au vieux :

— Merci, Desbiau, d'avoir fait votre devoir. Rentrez chez vous maintenant, et surtout, ne parlez à personne de ce que vous avez vu!

— Comment, répliqua le vieux outré, vous n'allez rien faire?

— On va discuter. Et on va décider de ce qui est le mieux pour le bien du village.

Desbiau sortit de mauvaise grâce et la discussion s'enflamma aussitôt.

— Les *bons hommes* sont à Minerve : il faut les prendre et les livrer à l'Inquisition, fulmina le curé.

— Oui, c'est ce qu'il faut faire, approuvèrent son frère et le meunier.

Les autres étaient plus circonspects et furent plutôt du côté du bayle qui objectait :

— Je ne suis pas sûr que ce soit une bonne idée : on va attirer l'attention sur la cité et ils vont venir interroger tout le monde. Personne n'a rien à y gagner.

L'argument était de poids, et les fronts se plissèrent sous l'effet de la réflexion. Le consul intervint à son tour, croyant avoir trouvé une échappatoire :

— Si on envoie les *bons hommes* à Carcassonne, les inquisiteurs ne viendront pas ici.

— Les inquisiteurs viendront de toute façon. C'est un dominicain, un de leurs frères qui a été tué ; ils voudront voir ce qu'on a fait du corps et découvrir son meurtrier, répliqua le bayle.

Le vieux Chauvès, silencieux jusqu'alors, leur assena une vérité qu'ils n'avaient pas prise en compte :

— Vous parlez de livrer ou non les *bons hommes*, mais ces *bons hommes*, où sont-ils ? Vous ne les avez pas. Et si vous voulez mon avis, vous n'êtes pas près de les tenir. Ils sont méfiants et ont beaucoup de complices au village.

Il laissa passer un temps et ajouta :

— Au village… et sans doute ici aussi.

Un silence gêné s'ensuivit, seulement coupé par les ricanements de ses fils et du tavernier. Le commandant, ignorant l'allusion, enchaîna :

— Guillaume Chauvès a raison, nous ne les tenons pas. Nous ferions mieux de les oublier et de chercher le meurtrier du frère.

— C'est peut-être eux, les meurtriers, s'emporta le curé.

Son père le fit taire brutalement :

— Arrête de dire des bêtises. Tout le monde sait bien que ces gens-là ne tueraient jamais un être humain : ils ne tuent même pas une poule !

— Ils font bien pire, continua le curé qui ne parvenait pas à se calmer : ils entraînent les âmes à la damnation éternelle.

Dans le cerveau des assistants impressionnés défila une théorie de diables cornus poussant dans les flammes, avec leurs fourches pointues, les malheureux qui s'étaient trompés de foi lors de leur séjour terrestre.

Le commandant, dont l'imagination n'était pas vive, se ressaisit le premier :

— On doit absolument découvrir qui a tué le prêcheur et on a déjà perdu trop de temps. Il faut faire une enquête.

Le vieux Chauvès le soutint :

— C'est ça. Et pour commencer, il faut trouver le deuxième cadavre.

Un concert de voix lui répondit, qui toutes interrogeaient :

— Le deuxième cadavre ?

— Oui, le cadavre du deuxième prêcheur. Vous savez bien qu'eux aussi vont toujours par deux, comme les hérétiques, donc si le deuxième n'est pas là pour nous expliquer ce qui est arrivé, c'est qu'il est mort, lui aussi.

Ils se turent, le temps de digérer l'évidence. Puis ils parlèrent tous en même temps, mais pas un ne contestait le raisonnement du vieux tellement il leur paraissait juste.

Le commandant les fit taire.

— Bon, dit-il, puisque tout le monde est sûr qu'il y a un autre cadavre, je vais envoyer les gardes à sa recherche.

Il appela Pons et Bertrand et leur dit :

— Partez du puits, chacun de votre côté, et faites le tour des lices. Si vous ne trouvez rien, cherchez à l'intérieur des murs : toi, Pons, tu ratisses le Barri et toi, Bertrand, le quartier de la Citerne. Puis, s'il n'y a toujours rien, rejoignez-vous dans le quartier d'En-Haut que vous explorerez ensemble. Regardez partout : dans les cours, derrière les réserves de bois, dans… enfin, partout, quoi !

Ils partirent et le commandant revint à son idée.

— Pour l'enquête, ça ne change rien, il faut la faire.

— Bien sûr, approuva Chauvès, une enquête comme les inquisiteurs la feraient.

— Mais comment font-ils? demanda le tavernier. Moi, je n'en ai jamais vu.

— Moi, si, reprit le commandant.

À l'étonnement général, Delbosc, le marchand, qui n'avait encore rien dit, intervint :

— Moi aussi, j'ai déjà vu ça.

Et devant les regards surpris, il précisa :

— Du temps où c'était moi qui m'occupais de l'approvisionnement de l'échoppe, j'ai vu siéger le tribunal. À Lastours. C'était public. Pour faire peur aux gens sans doute.

— Je propose, dit Chauvès, que le commandant dirige l'enquête puisqu'il sait ce qu'il faut faire. Delbosc l'assistera, et nous, on les aidera si nécessaire. Est-ce que vous voulez qu'on fasse comme ça?

Il les interrogea tour à tour et ils acquiescèrent, même Mignard qui pourtant hésita un peu, car il avait pour les deux hommes une violente antipathie : comme tous les individus mâles non pourvus d'épouse, il les trouvait trop assidus auprès de sa femme.

— Puisque tout le monde est d'accord, vas-y, Rieussec, prends les choses en main, dit Chauvès.

❧

Les commentaires allaient bon train, chez Mignard, lorsque la porte s'ouvrit. Les yeux s'arrondirent de stupéfaction et la conversation s'interrompit net : le vieux Desbiau venait d'entrer dans la salle. De mémoire de pilier de taverne, on ne l'avait jamais vu dans l'établissement. Mignarde reprit ses sens la première et s'approcha de l'insolite client avec son amabilité commerciale habituelle. Visiblement, il ne savait trop comment se comporter dans ce lieu étranger. Elle le guida vers une table à laquelle il s'assit et elle eut un haut-le-corps à la vue du chien galeux qui se coulait en dessous. Un peu rassurée du fait que la bête se contentait de lui montrer les dents sans avoir l'air de vouloir passer à l'attaque, elle proposa à son maître du claret qu'il accepta d'un signe de tête. En lui apportant le pichet, elle ne put réfréner sa curiosité et engagea la conversation d'un ton avenant :

— Alors comme ça, père Desbiau, vous avez décidé de venir faire un petit tour…

Il bougonna de manière inaudible. Elle ne se laissa pas décourager et continua :

— Vous savez ce qui est arrivé, je suppose…

— Je sais ce que je sais, cracha-t-il en réponse.

À la table à côté, Monge, Delprat et Baille étaient tout ouïe. Dans le silence provoqué par la réplique inattendue du vieux grognon, on entendait les charançons ronger le bois de la charpente. Mais Desbiau n'en dit pas davantage. Alors Baille, n'y tenant plus, demanda :

— Et ce que vous savez, vous êtes seul à le savoir ?

— Peut-être.

— Si vous avez vu quelque chose, il faut le dire au conseil, intervint Mignarde.

— Le conseil, ricana le vieux. Il est beau, le conseil ! Des incapables ! Des complices des hérétiques !

— Des hérétiques ? questionna Monge qui avait sursauté.

— Oui, des hérétiques. Ils les protègent.

Il avala d'un trait son claret et, toujours suivi du chien, quitta la place en marmonnant :

— Le conseil, il est beau, le conseil !

Comme tous les après-midi, Gaillarde se présenta à la porte Saint-Nazaire. Elle se rendait sur le causse où elle possédait une ruche dont elle prenait grand soin. Pour faire l'intéressant devant un passant, le garde lui dit d'un ton faraud :

— Fais bien attention que les abeilles ne piquent pas ces beaux tétons !

Elle répliqua vertement :

— Ne parle pas de ce que tu n'as jamais vu.

Puis elle ajouta avec insolence :

— Mais si tu as envie de voir, demande des sous à ta femme et viens ce soir.

Tandis que le passant s'éloignait en riant, l'homme, notoirement affligé d'une harpie qui lui tenait la bride courte, grommela :

— Si on ne peut plus plaisanter…

Précédée de son chien, elle s'engagea dans le chemin des Bucs en direction des ruches. Mais elle ne resta qu'un instant auprès des abeilles, gravit la falaise jusqu'au causse et continua sa marche une longue demi-heure. Arrivée à un endroit que rien d'apparent ne distinguait du reste de la lande, elle s'arrêta, s'assura qu'il n'y avait personne en vue et se glissa dans une grotte à l'entrée dissimulée par une touffe de buis.

Elle fut accueillie par les manifestations de joie de Pastou. L'homme avait le corps massif et noueux des paysans, et il l'aurait dominée d'une tête s'il avait redressé sa taille, mais il se tassait pour être plus petit et son attitude enfantine contrastait avec la rudesse de son aspect physique. Il entraîna Gaillarde vers la paroi rocheuse. Elle le suivit docilement, s'accota au rocher, délaça son corsage et fit un berceau de ses bras. Il y prit sa place, à petits coups de tête, comme un bébé affamé, et elle caressa tendrement les tempes qui commençaient à grisonner tandis que, les yeux clos, il tétait le sein vide avec des bruits de succion et des soupirs de contentement.

Elle accompagna la tétée d'un chant qui autrefois rythmait la danse, lors des moissons et des vendanges, du temps où il savait parler et où son regard, maintenant si vide, se posait amoureusement sur elle.

En un vergier sotz fuella d'albespi
tenc la dompna son amic costa si,
tro la gayta crida que l'alba vi.
Oy Dieus, oy Dieus, de l'alba! tan tost ve[*].

Le rituel était immuable et, malgré la douleur et la pitié aussi vivaces qu'au premier jour, elle s'y prêtait volontiers, se faisant un devoir de donner à cet homme détruit le seul bonheur qu'il pouvait encore apprécier.

Quand le chant fut terminé, elle le repoussa doucement, se rajusta et se dirigea vers le fond de la grotte. Dans la vague lumière filtrée par les branches de l'arbuste, on distinguait un corps allongé. Elle s'en approcha. Le gisant était maigre, le regard fiévreux et ses mains tremblaient convulsivement. Il semblait fort mal en point. La veille, lorsqu'elle l'avait conduit jusque-là avec l'aide de Pastou,

---

* Anonyme :
  Dans un verger, sous la feuille de l'aubépine,
  la dame eut son ami à ses côtés,
  jusqu'à ce que le guetteur crie qu'il voyait l'aube.
  Oh Dieu, oh Dieu, que l'aube vient vite !

il était en proie à une excitation nerveuse qui faisait place aujourd'hui à un abattement maladif. Il disait des mots sans suite et transpirait abondamment. Elle essuya son front et lui parla, mais il ne semblait pas l'entendre ni même s'apercevoir de sa présence. Elle avait amené du vin dans un flacon et tenta de lui en faire boire, mais elle n'y parvint pas : sa tête roulait au moment où elle approchait le goulot ou bien il faisait un mouvement de bras inconscient qui l'éloignait de sa bouche. Pour le rafraîchir, elle fit couler sur son front l'eau de la gourde, mais il n'y eut pas d'amélioration. Elle commençait de s'alarmer. Pourvu qu'il ne meure pas ! Ce ne serait pas juste qu'il meure ainsi…

Ne pouvant rien pour lui, elle s'en alla après avoir longuement expliqué à l'innocent qu'il devait le nourrir, s'il allait mieux, avec le pain et le fromage qu'elle laissait. Pastou approuva, mais elle n'était pas sûre qu'il eût bien compris.

En retournant au village, Gaillarde se demanda, comme elle n'avait cessé de le faire depuis la veille, ce qui s'était passé sur le causse. Quand elle était partie rejoindre Pastou, après avoir quitté Mignard qui, comme quelques autres Minervois, préférait la rencontrer hors des murs, elle avait aperçu un homme qui se dirigeait en toute hâte vers la cité. Elle l'avait d'abord pris pour le vigneron, mais s'était aussitôt rendu compte que c'était impossible : Prades mariait son fils, il ne pouvait pas être sur le causse. Qui, alors ? Minot, peut-être ? Ils avaient à peu près la même silhouette. Pourtant, c'était à Prades qu'il ressemblait le plus… Il y avait décidément beaucoup de monde sur le causse en ce jour de fête où tout le village aurait dû être en train de festoyer place de la Citerne. Gaillarde brûlait de savoir ce qui était arrivé. Mais elle finirait par l'apprendre, elle en était sûre : on lui confiait tant de choses…

❧

Roger de Rieussec était très content de la tournure que prenaient les événements. On venait de l'investir d'une autorité qui le comblait. Cette suprématie, qui aurait dû lui revenir de droit, ainsi qu'à son frère, était difficile à imposer avec les maigres effectifs militaires dont il disposait : deux gardes permanents, Pons Chauvès et Bertrand Prades, auxquels s'ajoutaient quatre bourgeois choisis en alternance dans la population pour assurer la garde de jour et huit autres pour celle de nuit. Il soupçonnait qu'aucun de ces hommes n'hésiterait à obéir au consul plutôt qu'à lui en cas de dissension entre eux. On était loin, hélas, du pouvoir que son père avait détenu.

Venu d'Île-de-France avec la croisade dans le sillage de Simon de Montfort, il avait su gagner la reconnaissance du vainqueur qui l'avait récompensé de ses services en lui donnant Minerve après en avoir dépossédé le vicomte Guillaume, seigneur du lieu, et brûlé – avec la bénédiction du légat du pape – les hérétiques qui s'étaient réfugiés dans la citadelle. À l'époque, Rieussec, qui s'appelait encore Provins, disposait d'une petite garnison qui suffisait à imposer le respect à une population vaincue et amputée de beaucoup de ses membres. Minerve lui avait paru plus florissante que sa petite seigneurie française, et il avait décidé de s'y établir. L'été suivant, sa femme l'avait rejoint, accompagnée de leurs jumeaux en bas âge. La population les haïssait, et ils n'étaient jamais parvenus à avoir de bonnes relations avec les villageois. Lui s'en moquait, car il rejoignait les troupes de Montfort à chacune de ses campagnes et retrouvait là ses compagnons de ribote. Sa femme, par contre, ne s'était jamais habituée à être sa vie durant l'étrangère haïe. Rieussec avait succombé au siège de Toulouse, qui avait aussi vu la mort de son protecteur, et son épouse lui avait survécu cinq ou six ans. À son veuvage, elle avait quitté le château vicomtal pour s'installer dans une maison de la place de la Citerne dans l'espoir de lier amitié avec ses voisines, mais leurs rapports n'étaient pas allés au-delà de la froide politesse, et elle avait dû se contenter de la compagnie de sa vieille nourrice qui n'avait pu apprendre la langue du pays et marmonnait toute la journée dans un langage qui demeurait incompréhensible à tout autre qu'à elle et à ses garçons. Avant de mourir, elle avait obtenu des autorités carcassonnaises que les jumeaux succèdent à leur père dont ils se divisèrent les fonctions. Enfants, ils avaient partagé les jeux des garçons du bourg, et on feignait de les traiter comme des natifs, mais ils savaient qu'on se méfiait d'eux et que les Minervois, dans leur dos, les désignaient toujours sous ce vocable de « Français » si lourdement chargé de haine et de ressentiment.

Roger de Rieussec avait de l'ambition et aurait souhaité gouverner le village. Cependant, comme après la mort de son père sa mère s'était gardée de demander de l'aide à Carcassonne pour ne pas attirer l'attention sur la vacance du pouvoir et risquer ainsi de perdre l'héritage de ses fils, les bourgeois en avaient profité pour reprendre peu à peu les privilèges d'avant la croisade, privilèges que Rieussec jugeait abusifs : ils élisaient des représentants qui gouvernaient la cité. Les frères Rieussec, au lieu d'être les chefs incontestés du village, comme l'avait été leur père, étaient à sa solde et siégeaient à égalité avec ces ânes du conseil qu'ils méprisaient. Les fils Chauvès, surtout : malgré leur bêtise, le consul était le premier magistrat de la cité et le curé détenait l'autorité morale. Le vieux, par contre, pouvait être un adversaire dangereux, mais il ne serait pas éternel, et Roger de Rieussec comptait bien cumuler, quand l'ancien ne serait plus là pour soutenir son fils, les fonctions de commandant et de consul qui, ajoutées à l'autorité de bayle de son jumeau, leur donneraient la toute-puissance au village. Ainsi, ils en deviendraient les seigneurs, réintégreraient le château que leur mère avait inconsidérément quitté et pourraient même, peut-être, prendre le titre de vicomte. Retenant un sourire de satisfaction, il dit :

— On va d'abord interroger les hommes qui étaient de garde. S'ils ne sont pas venus d'eux-mêmes, c'est sans doute qu'ils n'ont rien vu, mais on va quand même les entendre. Dès que Pons et Bertrand seront revenus, je les enverrai chercher.

Pour faire patienter le conseil, Mignard traversa la place et revint muni de deux cruches de vin. En buvant, ils discutèrent de l'affaire. Tous étaient d'accord pour dire qu'elle serait difficile à résoudre et leur apporterait beaucoup d'ennuis.

Une heure plus tard, les gardes revinrent. Bredouilles. Ils avaient cherché partout et Bertrand avait même eu l'idée de sonder la citerne avec une gaule.

— Qu'est-ce qu'on fait, maintenant ? demanda-t-il à son chef.

— Pour commencer, allez quérir les hommes qui étaient de garde cette nuit. Bertrand, va chercher ceux du quartier d'En-Haut et Pons, ramène-nous Cathala et Vignal.

Quand les gardes furent partis, le commandant proposa d'organiser une battue, le lendemain, après l'enterrement :

— Il faut réunir tous les hommes valides et faire trois groupes : l'un ira du côté du Brian, l'autre vers la Cesse et le dernier sur le causse.

— Si le meurtrier a décidé de cacher le cadavre, on ne le trouvera jamais, soupira le meunier : il y a des centaines de grottes dans la falaise sans compter les avens et les combes du causse.

Personne ne le contredit, car ils étaient tous du même avis, mais ils ne pouvaient pas rester les bras ballants : il fallait faire quelque chose.

Lorsque Pons Chauvès vint lui transmettre la convocation du commandant, Pierre Vignal posa le panier qu'il tressait sans conviction. Il attendait depuis des heures qu'on vienne le chercher, obsédé par le mystère de la disparition du deuxième dominicain qui lui donnait beaucoup d'inquiétude. Il s'empressa de suivre le garde, content que l'épreuve de l'interrogatoire survienne enfin, de sorte qu'il en soit bientôt débarrassé. Ils allèrent ensemble chez Cathala, qui lui aussi était prêt. Hugues ouvrit lui-même la porte et Pons fut déçu de ne pas avoir à entrer. Il avait espéré apercevoir Agnès dont la beauté l'avait frappé, la veille, alors qu'elle dansait avec son voisin Arnaud. L'année d'avant, ce n'était encore qu'une fillette dont il connaissait à peine l'existence, mais pendant l'hiver, elle était devenue une jeune fille, et elle les éclipsait toutes. Il n'avait pas eu l'occasion de l'approcher, mais il comptait bien y remédier dimanche prochain, quand les filles se mêleraient aux garçons lorsqu'ils se croiseraient, comme par hasard, lors de la rituelle promenade dominicale hors des murs. En attendant, il aurait bien aimé lui faire un signe, sourire ou clin d'œil, afin de lui montrer son intérêt et ainsi préparer le terrain.

Pons ne craignait pas de déplaire, car il était habitué aux succès féminins. Bien qu'elle lui tarifât ses faveurs comme à tous ses autres clients, il se croyait le préféré de Gaillarde, et cela n'avait pas peu contribué à lui donner confiance en son pouvoir de séduction. De par ses fonctions de garde, il se croyait obligé d'adopter un air martial plein d'assurance, et ce qui dans les premiers temps n'était qu'attitude était en passe de devenir naturel. Le droit acquis de porter les armes le remplissait de fierté et avait compensé sans peine le désagrément d'être cadet. Pons n'imaginait pas que l'on puisse lui résister. Il était beau garçon, au demeurant, mais enclin à l'embonpoint, et on devinait que tôt ou tard il ressemblerait à son père et à son oncle. Pour l'heure, il était plus costaud que lourd, et ce qui deviendrait de la couperose lui donnait un air de bonne santé. Les filles s'accordaient à le trouver plaisant, et il le savait.

Tout en cheminant, les trois hommes conversaient. Pons était fier que son chef ait été choisi pour mener l'enquête, car il avait le sentiment que cet honneur rejaillissait sur lui. Content de montrer qu'il était bien informé, il révéla à ses compagnons les dispositions prises par le conseil pour éclaircir l'affaire. Il leur parla aussi du deuxième frère prêcheur dont on cherchait le corps. Vignal fit l'innocent :

— Ah bon ? Il y avait un deuxième frère ? Quelqu'un l'a vu ?

— Non, personne, répondit Pons. Et, avec une certaine condescendance, il fit part aux deux hommes des déductions de son grand-père comme si elles étaient de son cru.

Cathala demanda ensuite si des témoins s'étaient présentés et Pons parla de la visite de Desbiau. Cathala et Vignal pâlirent. Ils tentèrent de savoir ce que le vieux avait raconté, mais Pons dut se rendre compte qu'il outrepassait son rôle et ne voulut plus rien dire. C'est avec une grande appréhension que les deux hérétiques se présentèrent à l'église où, escortés par Bertrand Prades, les autres gardes étaient déjà arrivés.

Pendant que les conseillers attendaient les témoins, Delbosc avait soulevé un problème :

— Il va falloir écrire les questions et les réponses dans un livre. Les inquisiteurs font comme ça.

— C'est vrai, avait approuvé Roger de Rieussec. Quand ils viendront, si nous n'avons pas de registre à leur montrer, ils ne croiront pas que nous avons fait l'interrogatoire dans les règles.

Tous les regards s'étaient tournés vers le curé, qui était le seul à savoir écrire, mais il avait protesté :

— Moi, je ne peux pas.

Il montrait sa main droite enfermée dans un gros bandage.

— Hier, je me suis blessé en taillant du jambon. La coupure est profonde et je ne pourrais pas tenir une plume.

Sentant qu'on ne le croyait pas, il avait défait son pansement sous les regards suspicieux. La blessure était réelle et recommença même de saigner. Tout le monde eut l'air un peu mal à l'aise pendant qu'il emmaillotait sa main dans le linge taché de sang.

Rieussec voulut savoir si l'on connaissait dans le bourg quelqu'un sachant écrire, mais tous secouèrent la tête en signe de dénégation. Le découragement commençait à les gagner. Comment résoudre cette difficulté imprévue? C'est alors que le vieux Chauvès eut une idée. Il demanda à son fils :

— Et parmi tes élèves, il n'y en a aucun qui pourrait te remplacer?

L'image de son premier-né, Innocent, qui était le plus doué de ses écoliers, et de loin, s'imposa aussitôt au curé, mais il songea qu'il ne serait pas très subtil d'attirer l'attention des autorités ecclésiastiques sur sa progéniture et sur son concubinage avec Mélanie au moment où le pape Grégoire prêchait, à grand renfort de bulles, la chasteté à ses prélats. Il se représenta la salle du presbytère avec les gamins occupés à recopier laborieusement les mots du *Pater* et dit finalement :

— Les deux meilleurs sont Blaise Prades et Athon Vignal, mais ils n'écrivent pas vite parce qu'ils ne viennent pas assez souvent : leurs parents les gardent pour un oui ou pour un non.

Ce disant, il jeta un regard accusateur à Prades qui se défendit :

— Pendant l'été, on a besoin de lui, c'est sûr, mais tout cet hiver, on l'a envoyé régulièrement.

— Vous l'avez peut-être envoyé, mais il ne s'est pas toujours rendu à destination. Il a dû se perdre en chemin, ironisa le curé.

Prades serra les dents, mais ne répliqua pas : le garçon était intenable. Il se promit qu'il aurait sa volée en rentrant.

— Alors, intervint le commandant, y en a-t-il un qui peut le faire ?

— Il faudrait les prendre tous les deux, répondit le curé : l'un écrirait les questions, l'autre les réponses. Ainsi, ils se fatigueraient moins vite et ça ferait gagner du temps.

— Parfait, dit Rieussec. Bertrand, commanda-t-il au garde qui était arrivé pendant la discussion, va chercher ton frère Blaise et Athon Vignal.

— Ça ne va pas être facile, grommela l'interpellé. Dieu sait où ils traînent et quelles bêtises ils sont en train de faire !

Son père le rassura :

— Ils ne doivent pas être bien loin. Ton frère avait l'air de beaucoup s'intéresser à cette histoire.

— En effet, confirma Pons qui entrait, je les ai aperçus à l'instant : ils rôdent autour de l'hôpital.

Bertrand les repéra tout de suite : ils étaient sur le point de s'introduire chez Guillemette par la porte arrière, celle qui donnait sur la basse-cour. Trop absorbés par leur entreprise, ils n'avaient pas entendu arriver le garde qui, il est vrai, avait pris grand soin de se déplacer sur la pointe des pieds pour avoir le plaisir de les surprendre dans une situation délicate. Son frère lui jouait des tours pendables et Athon en était le plus souvent complice. Leur coup préféré était de surgir en hurlant «Attention, on vient !» lorsque Bertrand était parvenu à convaincre quelque beauté de le suivre loin des curieux sur l'herbe tendre d'une prairie isolée. Bertrand se réjouit d'avoir l'occasion de se venger des petits monstres : il allait leur faire une belle peur ! Il les saisit au collet et dit d'une voix sévère :

— Alors, on s'introduit chez les gens ? On voulait peut-être voir le mort de plus près ?

Les deux garçons n'en menaient pas large. Bertrand continua sans pitié :

— Je me demande ce que vous vouliez faire. Effacer des preuves, peut-être ? J'ai hâte de savoir ce qu'en pense le conseil. Allons, avancez, on y va !

Blaise commença de paniquer :

— Non, Bertrand, je t'en supplie ! Je ne t'embêterai plus jamais, je te le promets !

— Trop tard, ricana son frère avec férocité.

Athon joignit ses supplications à celles de son ami. Ils avaient maintenant les larmes aux yeux, mais Bertrand ne se laissa pas attendrir et les traîna jusqu'à l'église en se gardant bien de les informer de ce qui les attendait. Ils entrèrent en tremblant.

— Les voilà, dit Bertrand.

L'église était sombre et, en venant du dehors où il faisait soleil, ils ne distinguaient que des silhouettes. La voix de Rieussec, qui leur ordonna d'approcher, finit de les terroriser. Ils claquaient des dents et leurs genoux s'entrechoquaient. Le commandant ne s'aperçut de rien, mais les pères des deux garçons virent bien qu'ils avaient très peur. Vignal imagina que les craintes d'Athon étaient reliées à la présence des *parfaits* dans leur maison. Il chercha son regard pour le rassurer, mais le garçon était tellement effrayé qu'il ne voyait rien autour de lui. Il n'avait même pas remarqué la présence de son père. Prades, par contre, comprit la situation au premier coup d'œil qu'il jeta sur ses deux fils. Il ne douta pas un instant que la terreur des deux jeunes garçons était le résultat d'une plaisanterie fraternelle poussée un peu loin. Coupant la parole au commandant qui le regarda avec surprise, il expliqua clairement aux enfants ce que l'on attendait d'eux. Blaise comprit alors que son frère les avait bernés et il lui jeta un regard de haine pure, ce qui accentua le sourire satisfait de Bertrand.

On les installa à la table et le bedeau s'en fut quérir le livre dans le coffre des chartes que l'on conservait dans la sacristie. Dans ce registre, le curé compilait les naissances, mariages et décès, mais aussi les menus événements qui affectaient la vie du village : passage d'un colporteur ou d'un prêcheur, récolte exceptionnellement bonne ou mauvaise, ou bien un dérèglement des éléments tel qu'une neige persistante ou un de ces orages du mois d'août qui dévastent les vignes. Tout le monde considérait le livre avec respect : c'était la mémoire de la cité mystérieusement sauvegardée par le truchement de petits signes noirs sur du parchemin racorni.

Blaise fut désigné pour débuter et le commandant lui demanda d'écrire : « Interrogatoire des témoins pour le meurtre du frère prêcheur. »

Le garçon ne bougea pas, paralysé par le sentiment de son incompétence.

— Eh bien, dit Rieussec, qu'est-ce que tu attends ?

— C'est que je n'ai jamais écrit à la plume sur du parchemin. Je ne sais pas comment faire.

— Avec quoi écris-tu d'habitude ?

— Avec un stylet, sur des tablettes de cire.

— C'est pareil, non ? demanda-t-il au curé.

Chauvès soupira :

— C'est beaucoup plus difficile.

Prades, qui n'avait pas apprécié la remarque du curé sur l'absentéisme de son fils, en profita pour demander avec une pointe d'agressivité :

— À quoi ça sert de leur apprendre à écrire sur de la cire, si c'est sur du parchemin qu'il faut le faire ?

Le curé, piqué au vif, répliqua :

— Les tablettes servent à s'entraîner. Vous n'ignorez pas que le parchemin coûte très cher : on ne peut pas le gâcher pour des exercices.

— S'il essayait, il saurait s'il en est capable, suggéra le bayle horripilé. Il faudrait quand même régler ça avant la nuit.

Tout le monde approuva vigoureusement, et le curé se mit à expliquer au garçon de quelle façon tremper la plume afin qu'elle ne soit pas trop gorgée d'encre et ne fasse pas de pâtés. Blaise, le visage crispé par la concentration, se prépara à écrire. Le commandant répéta :

— Interrogatoire des témoins pour le meurtre du frère prêcheur.

C'est alors que surgit un nouveau problème. Blaise se tourna vers Rieussec et lui dit, sur le ton de l'évidence :

— Mais moi, je ne sais pas écrire ça !

— Comment, tu ne sais pas ? Mais alors, qu'est-ce que tu sais écrire ?

— *Pater noster, qui es in cælis…*

— Si tu sais écrire une chose, tu sais écrire l'autre !

— Non, déclara Blaise d'une voix nette. Moi, je sais écrire le latin, pas ce qu'on parle tous les jours.

L'exaspération commençait de gagner, et on jetait des regards peu amènes au curé qui se défendit :

— C'est normal que je leur apprenne le latin : tous ceux qui écrivent le font en latin.

Devant l'incompréhension manifeste, il ajouta :

— C'est la seule langue qu'on écrit.

Autour de la table, on murmurait. Sentant le vent de la sédition, le vieux Chauvès s'empressa de porter secours à son fils :

— Puisqu'on ne peut écrire qu'en latin, dit-il, c'est en latin qu'il écrira. C'est simple, dit-il au curé, tu lui répètes en latin tout ce qui se dit, et lui, il l'écrit.

Pierre Chauvès sursauta. Ce que son père proposait était impossible : du latin, il ne savait guère plus que les prières. Quand il avait une notation à faire dans son registre, il avait tout le temps de choisir les mots qu'il connaissait, mais traduire à mesure, il en était absolument incapable. Cependant, il ne pouvait pas le dire au conseil : son prestige, déjà bien ébranlé, n'y résisterait pas. À la place, il argumenta :

— Ce serait beaucoup trop long.

— Beaucoup moins long que si on ne commence pas, dit entre haut et bas – mais suffisamment fort pour être entendu – le meunier qui enrageait de gâcher sa journée et craignait d'en perdre d'autres du train où on allait.

Il s'attira un regard furieux du curé qui reprit :

— Il vaut mieux qu'il essaie d'écrire ce qu'il entend.

Il se tourna vers Blaise et lui dit d'un ton encourageant :

— Ça ne devrait pas être très compliqué : tu écris les sons comme si c'était du latin.

Blaise hocha la tête. Il croyait peu au résultat, mais n'avait d'autre choix que d'obtempérer. Le commandant reprit la parole :

— On y va ?

Et comme tout le monde approuvait, il répéta pour la troisième fois :

— Interrogatoire des témoins pour le meurtre du frère prêcheur.

CHAPITRE II

À la tombée du jour, quand le conseil se dispersa après avoir remis la séance au lendemain, les choses n'avaient guère avancé, car les gardes avaient affirmé, avec une belle unanimité, qu'ils n'avaient rien vu de suspect. Des *bons hommes*? Non, vraiment pas. Desbiau avait dû rêver. En réalité, tout le monde savait que l'infirme avait dit vrai. Mais, comment trouver les clandestins? songeaient avec dépit les villageois qui auraient souhaité leur capture. Les habitants qui étaient dans le secret, quant à eux, tentaient de calmer leurs craintes : les *croyants*, habitués à cacher ces visiteurs illicites, seraient discrets et solidaires. Ils s'appliqueraient à être prudents. Pour le jour suivant, après l'inhumation et avant la battue, le conseil avait prévu d'interroger Gauthier, le seul étranger du bourg. Peut-être en sortirait-il quelque chose? De toute manière, c'était la seule idée qui leur était venue.

À l'exception de Vignal, de Cathala et d'un ou deux casaniers pressés de rentrer chez eux, les conseillers se dirigèrent vers la taverne en quittant l'église. Ils trouvèrent la salle en ébullition : après leur journée de travail, tandis que les femmes préparaient le souper, les hommes étaient venus aux nouvelles. Tout l'après-midi, ils avaient prêté l'oreille dans l'espoir d'entendre l'appel du tambourin de Raimond, mais rien n'était venu. Alors, ils s'étaient déplacés. Mignarde, devant cette affluence inaccoutumée, volait de table en table. Une mèche bouclée, échappée du chignon, tressautait sur sa poitrine et attirait les regards des hommes sur le sillon emperlé de sueur qui creusait son corsage. Le feu aux joues, elle posait vivement les pichets de claret sur les tables et criait, par-dessus le tumulte : « Un autre ! » à Félix, le valet qui tirait le vin dans la remise contiguë. L'arrivée de Mignard allégea sa tâche, même s'il amenait avec lui une dizaine de clients supplémentaires.

≈

La table était mise quand Pierre Vignal poussa la porte. Il entra, suivi d'Athon, et les visages anxieux des membres de sa famille se détendirent. Serena, qui s'était tracassée des heures durant, soulagea sa tension en interpellant Athon avec colère :

— Où es-tu allé traîner toute la journée, au lieu de venir donner des nouvelles ?

— Calme-toi, femme, dit Pierre. Il a été appelé au conseil pour écrire dans le registre les questions du commandant.

Le père illettré rayonnait de fierté. Dans les regards qui se posèrent sur lui, Athon vit du respect, et il se rengorgea.

— Tu vois, reprit Serena considérablement radoucie, j'avais raison de vouloir qu'il s'instruise.

— Oui, tu avais raison.

Il posa la main sur l'épaule de son fils et lui dit :

— Aujourd'hui, Athon, j'ai été fier de toi.

Tandis que les adultes s'attendrissaient, Jordane glissa à Ava :

— Regarde-le : on dirait le pigeon du voisin quand il se promène sur le rebord du toit, la tête en arrière et le jabot en avant.

Elles pouffèrent, et Athon, qui comprit qu'elles se moquaient de lui, tira la langue aux deux chipies. La vieille Mengarde n'était pas plus impressionnée que les jeunes filles par les talents du benjamin, surtout qu'ils étaient dus à une initiative de sa bru.

— Des bons à rien, ceux qui savent lire et écrire, dit-elle avec force depuis le coin de l'âtre. Dis-nous plutôt ce qui s'est passé au conseil.

— Avant qu'ils nous convoquent, répondit Pierre, Desbiau est allé témoigner.

— Desbiau, balbutia Arnaud qui avait pâli.

— Oui, Desbiau. Tu n'as pas fait assez attention, hier soir : il vous a vus. Il a bien compris que c'étaient des *bons hommes* qui passaient, mais heureusement, il ne t'a pas reconnu.

Arnaud se sentit un peu soulagé. Vignal reprit :

— C'est très ennuyeux, car on est obligés de les garder encore une semaine. Avec cette histoire de deuxième prêcheur, les gardes vont fouiner partout : il va falloir faire très attention.

— Et ceux qui étaient de garde la nuit dernière, ils ont vu quelque chose ? demanda sa belle-sœur.

— Non. Personne d'autre n'a rien vu.

Il ajouta :

— Je monte voir les *parfaits* pour leur raconter. Ils mangeront là-haut parce que ce serait trop dangereux qu'ils se mettent à table avec nous : quelqu'un pourrait venir et les trouver là.

Pendant qu'il gravissait l'échelle du grenier, Serena remplissait deux écuelles avec le brouet qu'elle avait spécialement préparé pour les religieux dans la marmite qu'ils amenaient toujours avec eux, car ils ne voulaient pas manger de la nourriture ayant pu être en contact avec de la graisse animale. Jordane saisit une des écuelles et un morceau de pain et, fronçant le nez de dégoût, elle dit à sa cousine qui la suivait, pareillement chargée :

— Je n'aimerais pas échanger leur soupe avec la nôtre qui sent si bon le lard.

Dès leur entrée dans la taverne, les conseillers furent assaillis de questions, mais ils n'avaient rien à répondre. Ni sur le meurtre, ni sur le deuxième dominicain, ni sur les *bons hommes*. Au grand agacement du commandant, qui avait espéré que la misanthropie de Desbiau leur garantirait le secret, tout le monde connaissait la présence des *parfaits* à Minerve. Malgré le laconisme du vieux, les clients de la taverne avaient interprété sans peine son allusion, et la nouvelle s'était répandue dans le village. Tout en buvant, les gens ne parlaient que de cela.

Par le passé, le catharisme n'avait pas porté bonheur à Minerve et nombreux encore étaient ceux, parmi les assistants, qui avaient vécu la croisade. Même s'il n'y avait pas de commune mesure entre les deux *parfaits* aperçus par Desbiau et la foule d'hérétiques réfugiée à Minerve après le massacre de Béziers et la prise de Carcassonne, la coïncidence de la présence cathare dans leurs murs et de la

74

menace catholique représentée par le cadavre du dominicain, rappelait les mauvais jours du siège de Montfort. Tout le monde en avait pâti : ils avaient souffert de la faim et de la soif, leurs maisons avaient été détruites par les projectiles de la Malevoisine, certains des leurs étaient morts et, surtout, ils avaient assisté à l'immolation des hérétiques par le feu. Les cent quarante hommes et femmes qui n'avaient pas voulu renier le catharisme après la reddition du vicomte Guillaume s'étaient élancés vers la mort en chantant, sous le regard horrifié des villageois qui avaient appris, tout au long du siège, à admirer leur générosité et leur abnégation. Le bûcher avait été élevé tout près de l'endroit où ils étaient en ce moment, à côté de l'église, et longtemps avait plané dans l'air de la cité l'atroce odeur des chairs grillées tandis que la suie retombait sur leurs maisons. Elle y était demeurée jusqu'à la pluie, des semaines plus tard...

Montfort avait pris Minerve à cause de la présence des hérétiques dans la cité du vicomte Guillaume. Trois décennies plus tard, les Minervois s'en souvenaient et ils ne voulaient pas que l'Église catholique puisse porter sur eux la même accusation. De plus, ils avaient fort peu apprécié que l'on aille perquisitionner chez eux – surtout que les gardes, interprétant les ordres à leur façon, n'avaient pas jugé bon d'étendre leur fouilles aux maisons des membres du conseil. Il y avait de la révolte dans l'air.

Les notables, se sentant mis en cause, ne s'attardèrent pas chez Mignard. Après avoir laissé Delbosc devant chez lui, ils partirent ensemble vers le quartier de Saint-Rustique. Ils encadraient la brouette du vieux Chauvès poussée par le valet qui écoutait de toutes ses oreilles, car il espérait récolter des informations de première main qui lui permettraient d'éblouir sa femme et ses voisins. Il en fut pour ses frais. Les hommes étaient-ils las de discuter de l'affaire, ou se méfiaient-ils les uns des autres ? Le fait est qu'ils causèrent de tout autre chose : des gelées tardives qu'ils craignaient pour la vigne, du gonflement des eaux du Brian que le meunier, préoccupé pour son moulin, avait hâte d'aller surveiller, de la noce de la veille, si bien réussie, dont ils firent compliment à Prades. Ils se séparèrent en se souhaitant un bon appétit et chacun rentra chez soi, à part Justin Chauvès qui se dirigea vers le Barri d'un pas pressé.

Minot, le seul à habiter hors des murs, continua son chemin et sortit de la citadelle par la barbacane de Saint-Rustique. Le fils aîné du consul, Jules, qui était de garde, lui fit remarquer qu'il rentrait chez lui bien tard : ils s'apprêtaient à fermer la porte.

— Le conseil devait avoir beaucoup à dire, hasarda-t-il d'un ton plein d'espoir.

Son tour de garde venait juste de commencer et il s'ennuyait déjà. Il aurait bien aimé avoir quelques nouvelles à commenter avec Gui Lefèvre, le fils du forgeron, qui avait été désigné pour veiller avec lui, mais Minot avait hâte de retourner chez lui et se contenta d'acquiescer. Déçu, Jules le regarda s'engager dans le sentier escarpé qui surplombait le Brian.

— Dire que nos pères sont en train de tout raconter en soupant, et que nous, ici, nous ne savons rien, déplora-t-il.

Gui haussa les épaules :

— À mon avis, tu n'as pas grand-chose à regretter. Tu penses bien que les gardes n'ont rien vu : on l'aurait su tout de suite.

— Ce deuxième prêcheur, tout de même, je me demande où il peut bien être.

— On finira par le trouver : Minerve, ce n'est pas grand.

Ils jouèrent aux dés afin de déterminer qui prendrait le premier quart et, pendant que Jules s'allongeait sur la paillasse, Gui s'accouda à un créneau, les yeux vagues, et se plongea avec délices dans l'évocation de la silhouette ronde de Louisette, la sœur de la mariée. Elle viendrait dimanche prochain. Elle le lui avait promis.

❧

À la barbacane du Barri, on s'ennuyait aussi. Les semaines de garde paraissaient interminables. Par chance, la tradition voulait que l'on mette ensemble des gens qui s'entendaient bien. Guiraud, le fils du marchand Delbosc et Amiel Monge se connaissaient depuis l'enfance. Comme ses collègues de l'autre barbacane, Guiraud déplorait de ne pas être chez lui.

— Ça m'enrage qu'en ce moment mon père soit en train de raconter à table la réunion du conseil et que moi, je doive attendre à demain pour savoir de quoi il retourne ! dit-il avec colère.

Amiel ne répondit pas. Il pensait que son père devait être à la maison, en train de parler lui aussi, seulement ce n'étaient pas les paroles du conseil qu'il rapportait, mais celles de la taverne. Entre deux rots, l'ivrogne répétait à satiété les mêmes phrases. Et il buvait encore, le vin de la maison cette fois. Sa femme ou sa fille posait la cruche sur la table et s'éloignait prestement, par crainte des coups.

Quand Amiel était là, le père n'osait pas les battre. Devenu plus grand que lui, à quinze ans passés, il s'était interposé entre son poing levé et la mère qui attendait le coup en rentrant la tête dans les épaules. Monge avait ouvert sur son fils des yeux incrédules, mais il avait lu dans ceux du garçon tant de haine et de détermination qu'il avait baissé le bras et évité désormais les gestes violents en sa présence.

Amiel, retenu pour la nuit à la barbacane, ne pourrait protéger ni sa mère ni sa sœur. Le vieux sac à vin, excité par l'événement qui remuait la cité, avait dû boire davantage encore que d'habitude. Peut-être cela l'endormirait-il plus vite ? Amiel l'espéra. Et dans les mois à venir, qu'adviendrait-il ? Il souffrait à l'idée d'abandonner les deux femmes, car il se préparait à passer la belle saison dans les pâturages, avec le troupeau du bourg, mais c'était son métier, et il n'y pouvait rien. Amiel ne parlait jamais de son père, car il en avait honte, et il garda ses soucis pour lui.

Guiraud attira l'attention d'Amiel sur une lanterne qui se déplaçait au-dessous d'eux, dans le Barri.

— Regarde, dit-il, des gens qui vont veiller. J'ai l'impression que ce sont les Vignal.

— Je crois, oui. Ils doivent aller chez Cathala : il paraît que la vieille est sur la fin.

Amiel, qui savait pertinemment que c'était pour la mourante que les *parfaits* étaient à Minerve, craignit que Guiraud ne fasse le rapprochement entre l'état de Marie Cathala et la présence des *bons hommes* au village. Il n'avait jamais parlé de religion avec lui et ignorait où allaient ses sympathies, mais le père Delbosc était connu pour être un fervent catholique, et il était habituel que

tous les membres d'une famille partagent la même foi. Il
chercha un moyen de détourner l'intérêt de Guiraud, mais
ce ne fut pas nécessaire : son compagnon avait entrepris
de décrire les charmes de la petite Cathala qui avait
tellement embelli durant l'hiver. Amiel le laissa dire et
replongea dans ses pensées.

Lui, il préférait Jordane Vignal. Il savait qu'elle n'avait
pas la beauté d'Agnès, ni la douceur d'Ava, mais elle était
mieux que cela : vive et enthousiaste, c'était elle qui
entraînait ses amies et déclenchait les rires dans leur petit
groupe. Amiel avait toujours vu sa mère triste et amère
alors que son père était vindicatif et injuste. Quant à sa
sœur, elle ne rêvait que de quitter la maison, mais s'était
juré de ne pas tomber sous la coupe d'un mari : ses pers-
pectives d'avenir étaient minces et, en attendant un
improbable dénouement heureux, elle vivait les dents
serrées.

Il y avait longtemps qu'Amiel rêvait de Jordane :
depuis le printemps, déjà assez lointain, où son corsage
avait commencé de gonfler, où ses hanches avaient pris de
l'ampleur, où sa voix s'était faite plus aiguë à l'approche
des garçons. Pendant l'hiver, il l'avait vue à plusieurs
reprises en allant rencontrer le père Vignal au sujet
d'Athon. Le jeune garçon voulait devenir berger et Amiel
avait accepté de le prendre avec lui afin de le former. Tout
en répondant au père, il regardait la fille, et elle l'attirait
chaque fois davantage. Amiel était content de partir avec
Athon : ce serait une sorte de lien avec Jordane.

La jeune fille plaisait aux jeunes gens, mais elle n'avait
pas encore d'amoureux agréé. Tous les jours, Amiel se
disait que le dimanche suivant, il l'aborderait, même si elle
ne lui manifestait aucun intérêt particulier. Mais le

dimanche venait, et il ne tentait rien. Au moment d'agir, une pensée, toujours la même, ressurgissait et le paralysait : « Fils d'ivrogne. Je suis un fils d'ivrogne et je ne pourrai jamais amener chez nous une jeune femme pour qu'elle vive sous le même toit que mon père et soit à la merci de ses violences. » Alors, malheureux, il restait avec les autres, sans montrer à Jordane combien elle l'intéressait.

Amiel regrettait d'avoir été empêché d'aller à la noce par la nécessité de conduire les *parfaits* : il lui semblait que, dans cette atmosphère particulière, il aurait osé se déclarer à Jordane. Mais avant son départ pour la transhumance, il restait encore un dimanche. Tout au long de sa nuit de garde, Amiel imagina ce qu'il dirait à la jeune fille pour la convaincre de devenir sa promise, puis son imagination le conduisit plus loin, dans une demeure où il vivrait seul avec elle, un lieu où il ferait bon s'aimer, dans la joie et les rires.

La lanterne que Guiraud et Amiel avaient vue était effectivement celle de la famille Vignal qui se rendait chez Cathala pour assister à la *consolation* de Marie. Ils y étaient tous, à l'exception de Mengarde qui ne sortait plus et gardait le bébé, de Joseph, l'idiot, dont on n'avait pas voulu s'encombrer et d'Ava qui allait servir de guide aux *bons hommes*. Les deux familles habitaient à quelque distance l'une de l'autre et, par bonheur, leurs demeures étaient situées dans le même pâté de maisons ; ainsi, il était possible de passer de l'une à l'autre par les greniers. Ils communiquaient tous, non par désir explicite des constructeurs, mais parce qu'il avait paru inutile de gâcher du pisé pour monter les cloisons jusqu'à la charpente du toit. Ce ne serait pas la première fois que cette particularité des bâtiments servirait à des déplacements furtifs : depuis la croisade et la répression contre les hérétiques, beaucoup d'entre eux lui devaient leur salut.

Il eût été plus simple que ce soit le grenier des Cathala qui héberge les *parfaits*, mais il n'y avait plus de foin pour leur servir de paillasse. De toute façon, Ava connaissait très bien les lieux : outre un refuge pour les clandestins, les greniers en étaient un pour les enfants qui y jouaient en hiver et pour les amoureux qui s'y rejoignaient en secret. Elle les avait sillonnés dès qu'elle avait su marcher, et aurait pu s'y diriger les yeux fermés, ce qui était fort utile en l'occurrence, car on ne pouvait pas utiliser une lanterne qui aurait été visible de l'extérieur, et la lumière de la lune était chiche en son premier quartier. La jeune fille avertit les religieux qu'ils auraient à faire très attention en traversant le quatrième grenier : c'était celui de Desbiau, et il ne fallait pas qu'il se doute de leur passage. Les autres étaient amis et partageaient le secret.

Elle passa la première et ils se glissèrent à sa suite dans les ouvertures, souvent étroites. Arrivés à l'endroit dangereux, Ava leur fit signe d'attendre et s'y introduisit seule. Comme dans tous les greniers, le foin était rare en ce début de printemps et, si elle n'y veillait pas, rien ne viendrait amortir le gémissement du plancher de bois lorsqu'ils passeraient au-dessus de la tête de Desbiau. Elle entra sur la pointe des pieds et, tout doucement, en se faisant la plus légère possible, elle étendit le foin de manière à constituer une sorte d'allée qui traversait les lieux. « Au retour, il ne faudra surtout pas que j'oublie de remettre le foin en place pour que le vieux ne se doute de rien », se dit-elle.

Retenant leur souffle, les *bons hommes* traversèrent quand elle leur fit signe de la rejoindre. Ils parvinrent de l'autre côté sans que le moindre craquement ait permis de déceler leur présence, servis par leur grande habitude de la clandestinité et de la discrétion. Si Guilhabert, homme d'âge, avait vécu des temps plus heureux dans les débuts de sa prédication, son *socius*, quant à lui, n'avait pas connu autre chose. Néanmoins, on ne s'accoutume jamais vraiment à la peur, et les deux hommes poussèrent un soupir de soulagement en essuyant leur front en sueur quand ils eurent franchi l'obstacle. Ava, par contre, née après la croisade qu'elle ne connaissait que par le récit des vieux, et qu'avec l'insouciance de la jeunesse elle croyait appartenir à une époque révolue, considérait son rôle de guide comme une sorte de jeu. Un jeu qui aurait sa récompense lorsqu'elle verrait Bernard dans le grenier des Cathala.

Le jeune homme était là, en effet, à les attendre, et il leur signifia que la voie était libre. Il laissa respectueusement les *parfaits* descendre en premier et profita d'un instant de solitude dans l'obscurité complice pour embrasser Ava. C'est avec un visage radieux qu'ils arrivèrent dans la salle où l'on s'apprêtait à célébrer la cérémonie funèbre. Ava rencontra le regard réprobateur de sa mère et s'efforça d'adopter une expression plus conforme aux circonstances.

— Ces maudits cathares, ils ont bien mal choisi leur moment pour venir à Minerve, maugréa Justin Chauvès en rajustant ses chausses.

— Qu'est-ce que vous avez décidé au conseil? demanda Gaillarde qui se rhabillait elle aussi.

— Moi, je voudrais bien qu'on les prenne et qu'on les envoie à l'évêque, à Carcassonne. Les démons! On ne sera tranquille que lorsqu'on les aura tous brûlés.

— Alors les gardes les recherchent?

— Non, admit-il à contrecœur. Plusieurs membres du conseil sont persuadés que ça fera du tort à toute la cité si on trouve des *bons hommes* à Minerve. Les envoyer à Carcassonne n'empêchera pas les inquisiteurs de venir au village, car ils voudront juger aussi les gens qui les ont appelés et cachés.

— Ceux qui ne sont pas *croyants* ne risquent rien, je suppose.

— Ça, ce n'est pas certain. Quand ces gens-là commencent d'interroger tout le monde, on ne sait pas ce qui va en sortir.

— Toi, de toute façon, avec ta position de consul, tu n'as rien à craindre.

— No…on. Non, bien sûr. Mais tout de même, on ne sait jamais.

— Et pour le deuxième frère, quelqu'un a une idée?

— Pas la moindre. Je te le dis, on n'est pas au bout de nos peines.

Il flatta les hanches fermes de la jeune femme et prit congé:

— Il faut que je parte: c'est l'heure du souper. À bientôt, la belle!

Dans l'étroite ruelle du Barri, il jeta un coup d'œil furtif pour s'assurer qu'on ne le voyait pas sortir et retourna rapidement chez lui. Quand il entra, un peu essoufflé d'avoir monté rapidement la côte qui menait de chez Gaillarde au quartier de la Citerne, son père et son fils cadet étaient déjà assis à table et sa femme était debout devant la soupière fumante, le visage pincé de réprobation. Comme chaque fois, elle avait deviné. Elle ne s'y trompait jamais : quand il arrivait de l'échoppe de Delbosc ou de l'atelier de Lefèvre, elle lui demandait d'où il venait et ils en causaient, mais quand il sortait de chez Gaillarde, elle s'enfermait dans un mutisme hostile qui pouvait durer plusieurs jours. Il s'était demandé quels indices l'informaient : ce n'était pas l'heure de son retour, car d'ordinaire il veillait à ne pas se mettre en retard, ce n'était pas non plus sa mise qu'il vérifiait soigneusement. Alors quoi? «Ton air de mâle conquérant, imbécile!» avait envie de lui dire son père qui savait que le repas allait être fort déplaisant pour tout le monde.

Blanche se mit à servir rageusement la soupe en disant entre ses dents :

— Cette sale pute! Si elle pouvait crever!

Elle posa l'écuelle de son mari avec tant de force qu'une partie du liquide brûlant se répandit sur la table. Justin ouvrit la bouche pour protester, croisa le regard furieux de sa femme et préféra se taire. Guillaume s'empressa de meubler la conversation.

— Il aurait fallu, Blanche, que vous voyiez Augustin Prades quand son vaurien de Blaise s'est assis à la table pour écrire dans le registre. Il pétait de fierté!

Pons s'y mit lui aussi : il raconta le tour que Bertrand avait joué aux deux garçons et cela fit bien rire le vieux qui ne les aimait guère, car ils profitaient de son infirmité pour lui faire des misères. Il leur narra la dernière en date qui lui avait fait particulièrement regretter de ne plus avoir ses jambes pour les rattraper. S'il avait été ingambe, ils auraient goûté de sa canne, les chenapans! Il sentait encore sur son cou la froide reptation de la couleuvre qu'ils avaient déposée sur lui, profitant du fait qu'il s'était endormi au soleil, devant la maison. Le contact du reptile l'avait réveillé en sursaut, et il avait fait de grands moulinets avec sa canne sans vraiment savoir ce qui lui arrivait. Il n'avait compris qu'en entendant les garçons se moquer : cachés derrière un tonneau de Lefèvre, de l'autre côté de la place, ils riaient à cœur joie.

Guillaume continua le récit de la réunion pour le bénéfice de sa bru qui faisait mine de ne pas écouter. Tout en lui donnant la réplique, Pons pensait : «C'était donc avec mon père qu'était Gaillarde, tout à l'heure, quand j'ai voulu y aller et qu'elle avait éteint sa lanterne.» Partager cette chose-là avec son père le gênait. Que Bertrand la fréquente, et d'autres hommes aussi, c'était normal. Mais son père... Il lui venait des images qu'il aurait voulu chasser : son père, les chausses baissées entre les cuisses de Gaillarde... L'image était obscène : elle était si belle et lui, si peu ragoûtant. Il repoussa la vision et leva les yeux vers ses parents. Ils avaient le visage obstinément fermé, hostile et douloureux. À les voir ainsi, Pons se promit que si c'était cela, le mariage, on ne l'y prendrait pas de sitôt.

Son grand-père avait cessé de parler, alors, il le relança :

— Et vous, papé, qu'est-ce que vous en pensez, de tout ça?

Le vieux réfléchit un peu et répondit :

— J'en pense du mal. Beaucoup de mal. C'est surtout la disparition du deuxième prêcheur qui me contrarie.

Vois-tu, quoi qu'on fasse, on ne s'en sortira pas sans y laisser des plumes.

Linette était un peu émue en portant la soupière sur la table. Pour finir sa première journée de femme mariée, elle devait franchir une ultime épreuve : servir la soupe à son beau-père. À midi, elle y avait échappé à cause de l'absence d'Augustin, mais là, elle ne pouvait pas reculer. Elle savait qu'elle devait se montrer à la hauteur. Il ne fallait pas qu'elle rate son entrée : son autorité future en dépendait. Devenue la maîtresse d'une maison qui en était dépourvue depuis plus d'un an, elle devait s'imposer immédiatement.

Prades n'avait pas remplacé sa femme morte. Fort acariâtre, elle avait transformé sa vie en enfer, et son décès avait été une délivrance. Même s'il savait qu'il fallait une femme dans la famille, il se souciait peu de recommencer l'expérience. Pour pallier cette carence, il avait escompté un rapide mariage de son fils aîné et il avait eu raison. En attendant, Sibille, la vieille servante s'était occupée de tout. Pour le reste, son commerce épisodique avec Gaillarde lui suffisait amplement. Augustin était bien disposé envers sa bru, qui lui paraissait avenante, mais elle ne le savait pas et tremblait un peu.

Linette observa un instant les quatre hommes qui parlaient entre eux en attendant qu'elle serve. Son beau-père avait l'air sévère, mais on le disait juste. Sibille, qui l'avait accueillie avec chaleur parce qu'elle était très vieille et aspirait à être délestée du poids de la maisonnée, l'avait tranquillisée : «Sois aimable et discrète et tout ira bien avec Augustin. Si tu fais correctement ton travail, il ne t'embêtera pas.» Bertrand, son beau-frère, la regardait par en dessous d'un air qui ne lui plaisait guère. «Un homme à femmes, jugea-t-elle, comme tous les soldats. Il va falloir que je me méfie et que je veille à ne jamais rester seule avec lui.» Blaise était encore un petit garçon. Il ressemblait un peu à son frère dont elle s'était occupée depuis sa naissance. Spontanément, elle lui sourit. Il hésita un peu, puis lui rendit son sourire : la femme de son frère semblait gentille, et puis sa soupe sentait bon. Elle croisa ensuite le regard de Jacques et fut légèrement agacée de l'air comblé de son jeune époux. Elle pensa avec contrariété à la nuit à venir. Nul doute qu'il voudrait recommencer, car il avait semblé très satisfait. Pour son compte, l'expérience s'était soldée par une douleur aiguë et un certain dégoût. Sa mère lui avait dit que plus tard elle y prendrait plaisir, mais après cette expérience, Linette n'y croyait guère.

En premier lieu, elle servit son beau-père. Elle couvrit de chou et de bouillon les morceaux de pain qu'il avait rompus dans son écuelle. Quand elle eut terminé, Augustin dit le bénédicité et, pendant un moment, on n'entendit plus que le bruit des bouches aspirant le liquide chaud. Il attendit d'avoir avalé la dernière cuillerée pour regarder sa belle-fille et lui dire :

— Elle est bonne, ta soupe, ma bru.

Linette sourit. Tout irait bien, elle en était sûre, maintenant.

Ce n'est qu'après avoir apaisé sa faim que Jacques voulut savoir ce qui s'était passé au conseil. Il n'était pas allé à la taverne et ignorait que la présence des *bons hommes* était connue. En l'apprenant, il s'exclama :

— Quelle guigne ! Est-ce qu'ils en savent davantage ?

Augustin racla sa gorge d'un air gêné et jeta à sa belle-fille un coup d'œil circonspect. Linette dit alors :

— N'ayez pas peur : je suis *croyante*.

⁂

Sicard Melgueil était soucieux quand il rentra chez lui. Il eût voulu rassurer sa femme, mais les événements ne permettaient pas d'être optimiste.

— Par malchance, dit-il, Desbiau a vu les *parfaits* cette nuit quand ils sont arrivés.

— A-t-il reconnu Arnaud ? demanda Berthe.

— Non, heureusement.

— Alors, ce n'est pas trop grave : personne ne sait où ils sont.

— Si, c'est grave. Leur présence est la preuve qu'il y a des *croyants* à Minerve : c'est suffisant pour amener les inquisiteurs ici.

— Et si vous découvriez le coupable du meurtre et que vous l'envoyiez à Carcassonne, ça ne réglerait pas la question ?

— C'est l'avis de Justin Chauvès, mais le bayle n'y croit pas et la plupart des autres non plus. De toute façon, on ne trouvera pas le meurtrier.

— Pourquoi ?

— Parce qu'aucun de nous ne sait faire correctement une enquête, même pas le commandant, malgré ses grands airs. On n'est pas capables de trouver un cadavre, comment veux-tu qu'on trouve un assassin ? Et tu peux bien te douter que si quelqu'un sait quelque chose, il ne le dira pas, de peur que ça lui cause des ennuis.

— Crois-tu que les *parfaits* vont se faire prendre ?

— Non, ça je ne le crains pas. Il ne devrait pas être trop difficile de les cacher une semaine.

Pendant le souper, Sicard répondit à ses enfants qui étaient curieux de connaître le déroulement de la séance extraordinaire du conseil. Baptiste, surtout, posa des questions : il voulait savoir ce qui était arrivé à Blaise et Athon après qu'il les avait vus entrer dans l'église, guidés par la main ferme de Bertrand, juste au moment où, accompagné de François Cathala, il allait les rejoindre. Ils s'étaient demandé pour laquelle des nombreuses sottises faites ensemble leurs compagnons comparaissaient devant les notables. Tout l'après-midi, les jeunes garçons avaient attendu avec angoisse d'être convoqués à leur tour, n'imaginant pas une minute que les deux autres puissent participer à l'enquête en tant qu'experts. Ils étaient fort tracassés pour leurs amis et pour eux-mêmes. Le récit de son père le laissa bouche bée, et il fut trop surpris pour se rendre compte tout de suite qu'il s'était fait du souci pour rien. Quand il l'eut compris, il fut tellement soulagé qu'il arbora un sourire extatique et cessa d'écouter.

Aussitôt après avoir avalé sa dernière bouchée, le tisserand s'apprêta à sortir.

— Tu es vraiment sûr que je ne peux pas venir avec toi? demanda Berthe. J'aimerais tellement recevoir la bénédiction des *bons hommes*!

— Oui, j'en suis sûr. Il est normal que je porte de la laine à des gens qui travaillent pour moi, mais il paraîtrait bizarre que j'y aille avec ma femme. D'ordinaire, nous n'allons pas veiller chez eux, et il ne faut surtout pas changer nos habitudes en ce moment.

Berthe se résigna de mauvais gré, mais elle n'insista pas davantage : elle savait qu'elle n'avait pas le droit de mettre tous ces gens en danger. Elle tendit un sac à son mari.

— Ce sont des fèves. Donne-les à Serena. Il ne faut pas que les Vignal aient seuls la charge de les nourrir.

❧

Devant sa famille, Melgueil avait minimisé la gravité de la situation parce qu'il ne voulait pas les alarmer davantage. Mais en sortant, lorsqu'il rencontra Prades qui allait lui aussi chez Cathala, il donna libre cours à son inquiétude :

— Je me demande… dit-il. Ce dominicain, s'il n'était pas mort ? Il a pu échapper au meurtrier et aller chercher du secours dans la maison de son ordre, à Carcassonne. Dans ce cas, il reviendra désigner le coupable, et s'il est de Minerve, les représailles seront terribles.

— Mais non, voyons ! Il serait reparti pour Carcassonne alors qu'il était tout près de la cité ? Ça ne tient pas debout. À mon avis, il ne reparaîtra pas, et il ne faut pas s'en faire avec ça.

Melgueil ne demandait qu'à le croire, mais malgré ses efforts, il ne parvenait pas à partager l'assurance qu'affichait Prades.

— Peut-être, en effet… répondit-il, mais ça ne pouvait pas plus mal tomber ! On se sentira mieux quand les *bons hommes* seront repartis.

❧

Chez Cathala, on n'attendait plus que Melgueil et Prades pour commencer. À l'entrée des deux hommes, tous se levèrent avec déférence, car c'étaient eux qui leur fournissaient leur gagne-pain, l'un en les faisant tisser, l'autre en les employant dans ses vignes. Les nouveaux venus se dirigèrent vers les *bons hommes* et firent devant eux les trois génuflexions rituelles. Guilhabert les bénit et leur donna le baiser de paix, puis tout le monde se mit en place et la cérémonie débuta.

Marie était allongée sur une paillasse installée le plus près possible du feu. Hugues et Brunissende la soulevèrent pour l'accoter aux oreillers qu'Agnès glissait dans son dos. Les assistants furent impressionnés par l'aspect de cette figure qui portait déjà les stigmates de la mort : les yeux profondément enfoncés étaient fermés, et il ne semblait plus y avoir de chair entre la peau parcheminée et l'ossature du visage. Seul le souffle un peu rauque qui sortait de ses lèvres décolorées prouvait qu'elle était encore en vie. Agnès releva avec tendresse une mèche de cheveux blancs et la fixa dans le chignon, puis elle mit sur le lit une nappe blanche sur laquelle elle posa délicatement les mains diaphanes de sa grand-mère. La jeune fille semblait plus belle encore, plus fraîche et plus vive d'être aussi proche de la mourante. Les préparatifs terminés, Agnès prit place avec les jeunes qui s'étaient regroupés dans un coin de la pièce, à côté des métiers à tisser, comme s'ils avaient voulu s'éloigner de la mort le plus possible. Les *parfaits* commencèrent à officier.

Guilhabert demanda à Marie si elle était en règle avec l'Église. La mourante ne pouvait pas lui répondre, peut-être n'entendait-elle même plus. Alors, comme il en avait été décidé avec les religieux, lors de la *convenensa**, l'année

---

* *Convenensa* : sorte d'accord par lequel un *parfait* s'engage à ne pas refuser la *consolation* à un *croyant* même si celui-ci n'est plus assez conscient pour réciter le *Pater*.

précédente, son fils fit les réponses à sa place. Le *bon homme* lui dit ensuite qu'elle devait renoncer à mentir et à jurer, et Hugues le promit pour elle. Il pensa que dans l'état où était sa mère, elle n'aurait guère la possibilité de rompre la promesse. Malgré les complications que cela entraînait pour tout le monde, il se réjouissait d'avoir pu lui donner la fin qu'elle désirait. Quand son temps à lui viendrait, y aurait-il encore des *parfaits* pour le *consoler*? Les dominicains les traquaient avec un tel acharnement qu'il n'en resterait peut-être plus.

Guilhabert continua :

— «Si vous respectez votre promesse, nous avons l'espérance que votre âme aura la vie éternelle.»

Agnès était confiante quant aux chances de sa grand-mère d'accéder à la vie éternelle : toute sa vie durant, elle avait été bonne et attentive aux autres. Mais elle savait que son âme devrait avant cela se réincarner plusieurs fois jusqu'à ce qu'elle atteigne la perfection. Avant de revenir sur terre dans le corps d'un *parfait*, l'ultime étape, sous quelle forme revivrait-elle, humaine ou animale? Agnès se souvint de l'histoire que sa grand-mère lui avait racontée. Un jour, un *bon homme* marchait avec son *socius* dans la montagne. Tout à coup, il s'arrêta, montra un buisson et dit à son compagnon : «C'est ici que j'ai perdu un de mes fers quand j'étais cheval». L'autre fouilla le buisson et trouva, effectivement, un vieux fer rouillé. La jeune fille se demanda dans quel corps d'animal elle aimerait se réincarner. Pas dans celui d'un poisson ou d'un serpent, assurément : elle détestait les bêtes froides. Pas non plus dans celui d'un animal de basse-cour : ils finissent tous dans la marmite. Alors quoi? Un chien peut-être, ou un lièvre? Et pourquoi pas un oiseau? Oui, un oiseau. Une mésange comme celle qui niche dans un trou du mur du poulailler, une belle petite mésange bleue…

Soudain, elle s'aperçut, confuse, qu'elle s'était évadée bien loin de la *consolation* de sa grand-mère qui se déroulait devant ses yeux, et elle eut honte de ne pas être plus attentive à cette cérémonie qui accompagnait son aïeule bien-aimée dans les derniers moments de sa vie.

Le *parfait* avait déposé le *Livre des Évangiles* sur la nappe blanche. Il avait ensuite dit le bénédicité puis répété par trois fois *Adoremus Patrem et Filium et Spiritum sanctum.* Hugues dit à son tour l'*Adoremus* et ajouta :

— « Pour tous les péchés que j'ai faits, dits ou pensés, je demande pardon à Dieu, à l'Église et à vous tous. »

Le Parfait répondit :

— « Par Dieu, par nous et par l'Église, que vos péchés vous soient pardonnés. Nous prions Dieu qu'il vous les pardonne. »

Toute l'assistance reprit alors l'*Adoremus* et le *bon homme* termina en invoquant l'Esprit de Dieu :

— « Père saint, accueille ta servante dans ta Justice et envoie sur elle ta Grâce et ton Esprit saint ! »

Marie Cathala était maintenant *consolée*, elle pouvait mourir en paix.

❦

Quand le dernier client eut quitté la taverne, Mignard se frotta les mains de satisfaction :

— Voilà qui est bon pour les affaires ! Pour peu que ça dure, nous allons faire de jolis profits.

Il s'attabla lourdement et dit à Félix :

— Va nous chercher une cruche de claret : on l'a bien méritée.

Épuisée, sa femme s'écroula sur le banc. Mignard fit signe à Félix de s'asseoir avec eux.

— Viens trinquer, tu l'as bien gagné, toi aussi.

Ils burent lentement et en silence tandis que la fatigue de la journée leur tombait dessus. Au bout d'un moment, Mignarde demanda :

— Tu ne sais vraiment rien de plus que ce qui a été dit ici ?

— Non, rien. Desbiau a vu les *bons hommes*; même si personne ne le dit, tout le monde en est sûr. Mais où sont-ils, et pourquoi… ?

— Marie Cathala est en train de mourir, glissa Félix.

— C'est vrai, approuva Mignard, mais on ne sait pas s'ils sont *croyants*.

— Pourquoi les *parfaits* seraient-ils ici, si ce n'était pas pour une *consolation* ? demanda sa femme.

— Est-ce que je sais, moi ? Pour instruire des *croyants*, ou pour une *convenensa*… Heureusement, nous, on a toujours été en dehors de tout ça, se réjouit le tavernier. On ne risque rien.

— Pour ça, oui, mais…

Mignarde s'interrompit sous le regard courroucé de son mari. Félix était intrigué, mais il fit comme s'il n'avait rien remarqué : son patron n'était pas commode, et il ne voulait pas avoir l'air de s'intéresser à ce qui ne le regardait pas. Il se demanda de quoi les Mignard avaient peur. Se pourrait-il qu'ils sachent quelque chose sur le meurtre ? L'incident du matin avec Monge n'avait pas échappé au valet qui pensa que tout cela était troublant.

Le tavernier s'empressa de lancer la conversation dans une autre direction. Il dit à Félix :

— Demain tu iras chercher du vin chez Prades : on risque d'en manquer. Pourvu qu'il lui en reste assez ! À cette saison, d'habitude, les réserves commencent d'être basses.

Puis, comme la cruche était vide, ils s'en allèrent dormir.

— Bonne nuit, Félix, dit Mignard à son valet qui se dirigeait vers l'appentis où il avait une paillasse. Dors bien : demain, il va y avoir du travail.

Le tavernier se glissa sous l'édredon aux côtés de sa femme qui était déjà couchée et la morigéna avec aigreur :

— Fais donc attention à tes paroles ! Tu vas faire naître des soupçons.

— C'est vrai, dit-elle contrite, mais j'ai tellement peur d'être découverte !

Il s'attendrit et la réconforta :

— Ne t'en fais donc pas, tout le monde ignore d'où tu viens.

— Mais ce dominicain, ce n'était pas… ?

— Si, mais il est mort.

— Et l'autre ?

— L'autre est mort aussi. S'il était vivant, il serait venu demander du secours au village.

Rassurée, elle se lova contre lui et lui mordilla l'oreille, mais Mignard était trop fatigué, et il ignora l'invite. La jeune femme soupira : c'était ainsi quand on avait un vieux mari dans son lit. Très vite, il ronfla, mais elle fut longue à s'endormir et, tandis que ses mains s'égaraient sous la couverture, elle se plut à imaginer que c'étaient celles de quelqu'un d'autre… de Roger de Rieussec, le fringant commandant, par exemple… ou de son jumeau, qui lui ressemblait si fort… ou bien des deux…

Le fantasme de Mignarde, la veuve Martin le vivait à l'insu de tous. Qui aurait pu imaginer que cette femme sévère et confite en dévotions partageait ses faveurs entre les deux frères, ses voisins? Ce soir-là, comme tous les soirs, elle les attendait après le souper, assise au coin du feu, filant sa quenouille. Dès qu'ils auraient mangé le repas préparé par leur vieille nourrice, ils gagneraient les combles, se glisseraient dans le grenier voisin et descendraient l'échelle pour la rejoindre. Le stratagème était parfait : nul ne pouvait l'éventer. Il y fallait cependant une complicité, car Roger pouvait être appelé la nuit pour des raisons de service. Cela s'était produit une fois ou deux, et ils avaient vu surgir comme un fantôme la vieille Française qui venait avertir le commandant. La première fois, Martine, gênée, avait rabattu la couverture sur sa tête et, le lendemain, elle avait craint la rencontre de la nourrice. Mais lorsqu'elles s'étaient croisées au puits, il ne s'était rien produit : l'opinion que la femme avait de sa voisine – si elle en avait une – n'influencerait pas son attitude, car seuls comptaient les garçons qu'elle entendait protéger de la médisance comme du reste.

Les jumeaux avaient tout partagé depuis leur naissance : le lait de leur nourrice, les avanies des garçons plus vieux qu'eux et, plus tard, les œillades des filles. Ils n'avaient jamais été attirés que par les mêmes femmes qui, souvent, incapables de choisir, les prenaient tous les deux : ils étaient tellement semblables qu'elles n'avaient pas l'impression de pécher deux fois. C'était le cas de leur voisine qu'ils partageaient en toute fraternité depuis que son vieux mari avait eu le bon goût de périr des fièvres cinq ou six hivers plus tôt. Lorsque c'était arrivé, il y avait déjà longtemps que la vue de Martine, jeune femme à la taille bien prise et aux yeux ardents, exacerbait leurs désirs d'adolescents. Mariée, elle était inaccessible, mais devenue veuve, il leur sembla que leurs rêves n'étaient plus aussi illusoires.

Ils s'ingénièrent à croiser son chemin en la gratifiant chaque fois d'un regard enamouré. Pendant les premières semaines, elle fit l'indifférente, et puis, un jour, un battement de cils les mit en éveil, ensuite vint un regard appuyé et enfin un demi-sourire. Ils étaient au comble du bonheur, mais il leur restait à résoudre le problème de l'indispensable discrétion. Ils y réfléchirent pendant des jours sans trouver de solution. Ils ne savaient comment l'entraîner à l'écart du village surtout qu'après ses encouragements, elle avait repris une attitude neutre, et ils n'osaient pas l'aborder pour lui proposer un rendez-vous. Quant à frapper carrément chez elle, il n'y fallait pas songer : tous les voisins à l'affût en auraient fait des gorges chaudes.

L'un d'eux pensa enfin aux greniers. Cette nuit-là fut longue à venir pour les deux garçons qui se mouraient d'impatience, d'autant qu'ils durent attendre que soient endormies leur mère et leur nourrice. Les cœurs des deux garçons battaient fort quand ils posèrent le pied sur le dernier barreau de l'échelle de la maison voisine. Tout était silencieux : la veuve avait soufflé la chandelle et s'était mise au lit. Ils hésitèrent un instant, regardèrent le visage serein de la dormeuse, très légèrement éclairé par un rayon de lune, puis se glissèrent avec précaution sous la couverture, un de chaque côté. Ils craignaient qu'elle ne se mette à crier : peut-être avaient-ils mal interprété son attitude et s'effaroucherait-elle de leur présence ? Mais rien ne se produisit. Alors ils s'enhardirent et commencèrent à la caresser. Elle ne s'éveilla pas davantage. Son corps était souple dans le sommeil et il répondait merveilleusement aux sollicitations des jeunes gens. Elle gémissait doucement et rêvait sans doute que son vieux mari était ressuscité, miraculeusement doté de quatre mains, de deux bouches et d'une virilité inépuisable. Ils repartirent au petit matin sans qu'un mot ni un regard aient été échangés, et cela continua ainsi quelques semaines. Le jour, elle les ignorait, et la nuit, faisait semblant de ne pas les voir. Mais peu à peu, cela changea, et se mit en place une routine paisiblement conjugale : la soirée commençait au coin du feu par une conversation à bâtons rompus et finissait au lit.

Dès lors qu'elle eut les jeunes gens dans sa couche, Martine fit montre d'une incomparable austérité de mœurs assortie d'une non moins grande piété qui la faisait courir à chaque office. Forte de sa conduite jugée irréprochable, elle prêchait la vertu en toute occasion et se posait volontiers en censeur du comportement d'autrui. Au vu de ses corsages fermés haut, de sa démarche pleine de componction et de son visage grave, les gens avaient bien vite cessé de s'étonner qu'elle ne se remarie pas, et ils attribuaient au mysticisme le feu de ses prunelles. Les mères citaient en exemple à leurs filles cette femme admirable.

Martine était parfaitement heureuse dans sa double vie, jouissant à la fois de sa liberté de veuve, de la considération de ses voisins et de l'assiduité des fougueux jeunes gens. Les jumeaux Rieussec aussi étaient heureux de la situation, et ils ne s'étaient jamais fatigués de cette maîtresse aussi sensuelle que maternelle, qui savait fermer les yeux sur leurs escapades et encourageait même la fréquentation de Gaillarde sans laquelle leur célibat prolongé eût pu paraître suspect.

Ils arrivèrent tôt, impatients qu'ils étaient de lui faire le récit de la réunion qui avait amené le conseil à investir Roger d'aussi grandes responsabilités. Tandis que sa maîtresse l'épouillait tendrement et que son jumeau vantait ses qualités naturelles de chef, le commandant rayonnait.

∽

Les Vignal rentrèrent chez eux par la ruelle étroite et sombre tandis qu'Ava reprenait avec les *parfaits* le chemin des greniers. Mengarde guettait leur retour, et il fallut lui conter la cérémonie par le menu. Les moutons, dont on n'était séparé que par une cloison à mi-hauteur, s'agitèrent et se mirent à bêler. Dérangée par le bruit, la petite Marie s'éveilla à son tour et pleura. Pour la calmer, Serena lui donna le sein en chantonnant :

Som som veni veni veni
Som som veni veni som
Veni de per las vinhas
Per adormir la filhas
Veni de pers cantous
Per adormir fantous
Som som[*]...*

Pendant ce temps, le reste de la famille installa les paillasses pour la nuit. Elles couvraient toute la surface de la

---

[*] Anonyme :
Sommeil, sommeil, viens, viens, viens,
Sommeil, sommeil, viens, viens, viens.
Je viens des vignes pour endormir les filles,
Je viens des recoins
Pour endormir les enfançons.
Sommeil, sommeil...

salle. Il y en avait une pour le couple Vignal avec lequel dormait le bébé, une pour les garçons, une autre pour les deux filles et une dernière tout proche du feu : celle qu'Esclarmonde partageait avec sa belle-mère depuis son veuvage. Quand la chandelle était soufflée, Joseph, dont personne ne voulait et qui restait tassé dans un coin, rampait jusqu'à Jordane. Elle se poussait un peu et il se glissait contre elle.

Des chuchotements provenaient de chaque couche. Pierre et Serena profitaient du seul moment d'intimité dont ils jouissaient dans la journée pour s'entretenir de ce qu'ils ne voulaient pas partager avec le reste de la maisonnée. Les garçons, empêchés d'être complices par leur grande différence d'âge, se livraient à des agaceries que leur père devait faire cesser en élevant la voix. Avant que vienne le sommeil, les filles échangeaient d'ultimes confidences. Elles s'interrompaient en pouffant lorsque provenaient de la paillasse du couple des bruits suspects, qu'elles identifiaient parfaitement, bien qu'ils fissent tout leur possible pour les atténuer. Au coin du feu, par contre, il ne se passait rien : les deux femmes se haïssaient avec passion et ne s'adressaient plus directement la parole depuis des années. La situation n'était d'ailleurs pas meilleure entre Serena et Mengarde, car la vieille tenait sa bru pour seule responsable d'avoir engendré un idiot, mais Pierre était vivant, ce qui assurait à sa femme une certaine protection contre les attaques de sa belle-mère. Mengarde n'avait pardonné à aucune de ses deux belles-filles de lui avoir enlevé ses précieux garçons et, dans sa haine aveugle, elle faisait même grief à Esclarmonde de la mort de Jacques qui était pourtant survenue en l'absence de sa femme, lors des vendanges, quand un attelage effrayé par un essaim d'abeilles lui était passé sur le corps. Qu'Esclarmonde ait été à la maison à ce moment-là, Mengarde l'avait oublié et elle faisait sans cesse des remarques blessantes à l'encontre de sa belle-fille qui ne lui répondait jamais. Pour les échanges qu'elles ne pouvaient éviter, Pierre ou les enfants servaient d'intermédiaire.

Avant de s'endormir, Serena chuchota à son mari :

— J'ai peur. À force de fouiller partout, ils vont bien finir par dénicher les *parfaits*. Et alors, qu'est-ce qui va nous arriver ?

Pierre, pour la calmer, la serra contre lui :

— Ne t'en fais pas, dit-il : ils ne les trouveront pas, car beaucoup de gens sont prêts à nous aider. Ce n'est pas si long, une semaine. Il suffit de faire très attention. Et puis, ajouta-t-il, nous avons dans la maison le bain bénit par le *bon homme* : il va nous protéger.

Cependant, Pierre Vignal était loin d'être aussi serein qu'il voulait le faire croire à sa femme. C'était à cause de Prades. L'attitude du vigneron lui paraissait inexplicable : bien qu'il ait été au courant de la présence sur le causse de dominicains qui allaient vers le village, il n'en avait pas averti les gardes. Comme s'il savait qu'ils ne présentaient plus aucun danger. Quand l'idée effleurait Vignal que Prades puisse être responsable de la mort des dominicains, il la repoussait avec horreur. Le vigneron était un *croyant* scrupuleux : jamais il n'ôterait la vie à un homme. Mais le doute, insidieux, revenait, et Vignal, qui ne voulait en parler à personne pour ne pas risquer de le compromettre alors qu'il n'avait probablement rien à se reprocher, ne parvenait pas à se libérer de son malaise.

❧

Melgueil était déjà entré chez lui quand Prades croisa le curé qui sortait de chez son frère. Ils se saluèrent, et le vigneron, curieusement, se mit à raconter avec un grand luxe de détails qu'il revenait de chez Cathala où il était allé recruter les hommes pour la vigne et qu'il y était demeuré pour prier avec eux en raison de l'état critique de Marie. Prades insista beaucoup sur le fait que la vieille était mourante, et Pierre Chauvès en fut surpris, car son voisin savait, comme tout le monde, qu'il lui avait porté l'extrême-onction quelques jours auparavant. Quel besoin Prades avait-il de lui donner toutes ces justifications alors qu'il ne lui demandait rien ? D'ordinaire, le vigneron était plutôt discret sur ses agissements et là, il s'entêtait à donner toujours plus de précisions. Quand Prades s'éloigna enfin, le curé était fort perplexe. Il rentra chez lui et raconta l'incident à Mélanie.

— C'est bizarre, dit-elle, comme s'il avait quelque chose à cacher…

Prades rentra chez lui, furieux de sa propre sottise. Tout en parlant, il s'était rendu compte qu'il aurait mieux fait de se taire, mais il était lancé et n'avait pas su s'arrêter. Il était conscient d'avoir eu une attitude suspecte. Pas pour cet imbécile de curé, bien sûr, mais s'il en parlait à plus malin que lui, à son père par exemple, ou à Mélanie, ils en tireraient sans doute des conclusions gênantes. Tourmenté par le souvenir de cette scène, il eut beaucoup de mal à s'endormir.

❧

Après le départ de Chauvès, Gaillarde ne ralluma pas sa lanterne; les Minervois en mal d'affection n'auraient qu'à attendre le lendemain. Avec le consul, elle avait appris toutes les nouvelles et ne voulait plus recevoir personne. Elle ranima le feu pour faire chauffer la soupe et s'assit près de l'âtre. La pièce unique de sa demeure ne différait guère de celles du voisinage, mais elle paraissait plus grande du fait que Gaillarde en était la seule occupante. Partout ailleurs, il y avait un vieux ou une vieille qui surveillait la marmite, quelques enfants qui se disputaient, une ou deux femmes penchées sur le métier à tisser. Ici, il n'y avait qu'elle : tous les siens étaient morts, ou bien ils étaient partis. Ce soir-là, cependant, la solitude de la prostituée était moins morose que de coutume, car elle pouvait espérer que le jour tant attendu où elle se vengerait n'était plus éloigné.

Gaillarde se réjouit d'avoir eu l'idée d'emmener le cadavre à côté du puits. Mais que de mal elle avait eu à le traîner jusque-là! Le corps était lourd, la distance très longue et, malgré l'aide de Pastou, elle avait failli abandonner plusieurs fois. Surtout quand il avait fallu contourner la cité en empruntant le lit à sec de la Cesse : les galets, sur lesquels elle se tordait les pieds parce qu'elle ne les distinguait pas à cause de l'obscurité, avaient rendu la progression particulièrement difficile… Elle avait été tentée de laisser le cadavre à côté de la porte Fausse qui donnait directement sur le causse : cela eût été tellement plus facile! Mais elle tenait au puits à cause des souvenirs de défaite et de malheur qui lui étaient associés. L'équipée avait duré une grande partie de la nuit et elle en ressentait les conséquences dans son corps rompu. Mais en massant ses chevilles douloureuses, elle pensa que les notables de

Minerve étaient dans une situation dont ils ne sortiraient pas sans dommages et elle sourit : cela valait bien d'être courbatue !

Avant de se mettre au lit, elle remplit d'eau un baquet et se lava longuement, frottant durement son corps comme pour effacer jusqu'au souvenir des caresses subies. Puis elle changea les draps. Comme tous les jours. Luxe inhabituel au village, elle en possédait deux paires : une pour les clients et l'autre pour elle seule. Elle voulait qu'une fois partis, il ne reste rien, ni sur elle, ni dans son lit, de ces hommes qu'elle haïssait de toutes ses forces, car ils avaient fait son malheur. «Mais là, se dit-elle avec satisfaction, les choses vont changer. »

Avant de se mettre au lit, Étienne et Jean Lefèvre sortirent, comme de coutume, soulager leur vessie contre le mur de l'appentis. Quand le temps était clément, ils y restaient un moment à échanger quelques mots loin de la promiscuité familiale. Ce soir-là, ils étaient tourmentés.

— Tu l'as reconnu ? demanda Étienne.

— Bien sûr, répondit son frère.

C'était du mort qu'ils parlaient. Ils ne l'avaient vu qu'une fois, une dizaine d'années auparavant, mais il n'y avait pas de doute possible : le dominicain assassiné était frère Saturnin, le compagnon de route que l'on avait attribué à leur frère Jourdain lorsqu'il était devenu prêcheur. Étienne et Jean s'étaient rendus à Carcassonne pour assister à la cérémonie et, bien qu'ils n'aient jamais revu aucun des deux hommes depuis ce temps-là, ils étaient sûrs de ne pas se tromper.

— L'autre dominicain ne peut être que Jourdain, n'est-ce pas? demanda Jean dans l'espoir d'être contredit.

Mais Étienne le croyait aussi. Cette parenté avec un disparu qui touchait d'aussi près à un assassiné les navrait. Si elle était découverte, elle pouvait leur créer de gros ennuis. Qui sait? On les soupçonnerait peut-être d'avoir joué un rôle dans ces deux drames.

Jean ajouta :

— Il vaut mieux ne rien dire, tu ne crois pas?

— Tu as raison, approuva Étienne. Après tout, nous n'avons vu frère Saturnin qu'une fois, et nous pourrions très bien ne pas l'avoir remis.

Étienne se dirigeait vers la maison, mais Jean le retint :

— À ton avis, pourquoi Jourdain est-il revenu après tant d'années? À Carcassonne, il nous a dit qu'il ne voulait plus jamais nous revoir, tu t'en souviens?

Comment Étienne aurait-il pu oublier le regard illuminé de son frère alors qu'il leur promettait l'enfer? Il en avait fait des cauchemars pendant des années.

— Tais-toi, dit-il, ne parle pas de ça!

Mais Jean s'obstinait :

— Il venait peut-être pour nous dénoncer…

— Après si longtemps? C'est ridicule!

Jean ne se laissa pas convaincre :

— Comment savoir ce qui lui est passé par la tête? Il est à moitié fou… Tu sais ce que je pense? Un des autres a dû le rencontrer sur le causse ce jour-là, et il lui aura réglé son compte pour qu'il ne parle pas.

— Ce que tu dis n'a pas de sens, protesta Étienne violemment : on était tous à la noce!

— C'est vrai, convint Jean. Tout de même, je me demande ce que Jourdain est devenu…

— Ce n'est pas notre affaire. Allons nous coucher!

Allongé auprès de sa femme, Étienne Lefèvre ne parvenait pas à trouver le sommeil. Les soupçons de son frère ne lui sortaient pas de la tête. Lui aussi avait fait le même raisonnement, mais il ne voulait pas en parler : moins on en dirait sur le sujet, plus on limiterait les risques. Depuis la découverte du cadavre, il s'était souvenu que Prades avait disparu une bonne partie de l'après-midi où il mariait son aîné. À sa réapparition, un farceur lui avait demandé s'il était allé batifoler dans la nature avec la belle-mère de son fils ; le vigneron lui avait répondu qu'il s'était senti fatigué et avait fait une petite sieste. Lefèvre avait alors remarqué que Prades manquait de naturel : il aurait dû répliquer par une plaisanterie et non se justifier. Le tonnelier avait oublié l'incident jusqu'à la découverte du cadavre. Mais ensuite, cela lui était revenu, et depuis, il espérait être le seul dans ce cas. Incapable de se rappeler qui était présent à ce moment-là, il vivait dans la crainte que quelqu'un n'en fasse état. Il avait jugé inutile de mettre Jean au courant : ressasser à deux les inquiétudes ne ferait que les amplifier.

Le lendemain, les cloches réunirent la population sur le parvis de l'église. Ils vinrent tous. Même ceux qui étaient fidèles à une autre religion, car ils devaient affecter une grande piété et une stricte observance des exigences catholiques s'ils voulaient éviter les persécutions. Les conversations montaient haut. Tout le monde voulait parler, mais on avait peu à dire, sauf à rabâcher toujours les mêmes choses : un frère prêcheur avait été assassiné, son compagnon avait disparu et les *bons hommes* étaient à Minerve. «De quoi attirer le malheur sur tout le bourg», concluaient-ils invariablement.

Le curé, vêtu de ses attributs religieux, s'encadra dans la porte. Au même instant, Pons et Bertrand sortirent de l'hôpital, portant sur une civière le corps recouvert d'un drap. Ils pénétrèrent dans l'église, la foule à leur suite. Le mort fut déposé au pied du chœur, et le curé, penché au-dessus du vénérable autel de marbre blanc, commença d'officier. La place que chacun occupait dans l'église était fixée selon une stricte hiérarchie fondée sur la richesse et la notabilité. Seule une mort dans une famille fortunée permettait que l'on avançât d'un cran – et encore fallait-il reculer quand une maison s'enrichissait d'un nouveau membre, comme c'était le cas aujourd'hui avec la Linette de chez Prades. Lorsqu'il y avait un malade, sa place était tout simplement laissée vide en attendant qu'il revienne. C'est ainsi que les familles des membres du conseil étaient en avant et qu'au fond de l'église se tenaient Gauthier, l'étranger, et Gaillarde, que d'aucuns auraient voulu exclure du lieu saint en raison de sa vie scandaleuse, mais que l'on n'osait pas chasser, de crainte qu'elle ne se venge en donnant publiquement le nom de ses clients.

Blanche Chauvès et Berthe Melgueil étaient côte à côte et surplombaient le trou où on allait enterrer le domini-cain. Les dalles avaient été soulevées de manière à dégager un espace peu profond de la longueur d'un corps. On aper-cevait quelques ossements et les deux voisines se deman-daient à qui ils avaient appartenu. Ils étaient anciens et blanchis par les années, et nul ne pouvait dire si c'était squelette d'homme ou de femme. Le dernier seigneur de Minerve, le vicomte Guillaume, dont nul ne savait rien depuis son exil, était peut-être encore vivant ; en tout cas, s'il ne l'était plus, ses os étaient ailleurs. La dernière fois qu'on l'avait vu, il quittait la cité pour ne plus y revenir, accompagné de ses chevaliers et de ses sergents, lourdement chargés de leurs armes et bagages. De ce jour, Guillaume de Minerve, vaincu par les croisés, avait cessé d'être leur seigneur, et la cité, devenue prise de guerre, fut octroyée à Rieussec, un baron de Montfort, en récompense de sa fidélité.

Les restes que l'on voyait sous les dalles de l'église étaient ceux de l'un des parents du vicomte. Mais qui était mort en dernier, du vieux seigneur ou de la dame de Minerve? C'était trop ancien, elles ne s'en souvenaient pas. Elles le demandèrent à leurs maris qui les rabrouèrent : ils avaient bien d'autres préoccupations que d'établir une généalogie exacte de la maison seigneuriale déchue.

Le reste de la communauté n'était pas plus attentif au service religieux : tout le monde parlait et, de temps en temps, un chien qui avait suivi son maître en attaquait un autre, obligeant les propriétaires à les séparer à grands coups de bâtons. Au fil des conversations, une rumeur naquit. D'où provenait-elle? D'un membre du conseil? De l'une des épouses qui voulait faire impression sur ses amies en montrant qu'elle détenait une information confidentielle? Toujours est-il qu'un bruit partit, disant que le conseil avait l'intention d'interroger Gauthier, l'étranger, après la cérémonie.

Les premiers initiés, se penchant à l'oreille de leurs voisins, murmurèrent :

— Savez-vous? Ils vont interroger Gauthier.

— Gauthier? leur répondait-on, et l'on ajoutait d'un air convaincu : il faut se méfier des étrangers.

Et à leur tour, les gens nouvellement informés confiaient à la personne la plus proche :

— Gauthier, vous savez? l'étranger qui est chez Guillemette. Eh bien – ne le répétez pas –, mais il est peut-être pour quelque chose dans le meurtre du prêcheur…

Et le voisin, à son tour, chuchotait :

— Ne le dites à personne, mais on croit que c'est Gauthier, l'étranger, qui a fait le coup.

La rumeur enfla, se répandit, gagna toute l'église et devint de plus en plus précise. À la fin de la cérémonie, tout le monde était sûr que c'était ce maudit étranger qui avait commis le meurtre dont ils allaient tous pâtir. La colère grondait. Pendant que l'on mettait le corps dans le trou, l'église se vida. Les notables sortirent en premier et s'en allèrent chez Mignard boire un pichet avant la réunion. Les gens de moindre importance sortirent ensuite, et les plus humbles fermèrent la marche. Quand Gauthier franchit le seuil, bon dernier, un vide se creusa, dont il était le centre, et la haine sourdait si fort qu'elle le paralysa. On le regardait avec hostilité en murmurant, puis des poings se levèrent, quelqu'un cria : «Assassin !», et la première pierre jaillit. Elle l'atteignit au visage. Il y porta la main, hébété, et la ramena pleine de sang. Alors, il voulut fuir et fonça en aveugle en direction de l'hôpital, son seul refuge. Mais la foule compacte l'empêcha de passer et le repoussa au centre de l'espace vide où il reçut une autre pierre. Échevelée, hurlante, se tordant les mains, Guillemette se précipita, essayant de le défendre :

— Ce n'est pas lui ! Il a passé toute la nuit avec moi !

Mais personne ne l'entendait. La foule, excitée par le sang, était sourde et aveugle. Les pierres pleuvaient et Gauthier essayait de protéger son visage avec ses bras, mais les projectiles étaient trop nombreux : ils arrivaient de partout à la fois. Au début, il criait et pleurait, mais peu à peu, ses gémissements devinrent plus faibles et il s'effondra. Alors, ils s'acharnèrent. Quand le curé, qui était allé enlever son surplis, parvint à son tour devant la porte,

Gauthier était réduit à une loque sanglante qui ne tressautait plus que sous l'impact des pierres. La silhouette noire du prêtre les ramena à la réalité. Ils baissèrent les bras, regardèrent avec des yeux dessillés le corps massacré, et s'éloignèrent, lentement et en silence, honteux, mais unis dans la complicité de ce crime atroce.

Bientôt, il ne resta plus devant l'église que les membres du conseil, sortis en toute hâte de la taverne, mais trop tard, et Guillemette qui s'était effondrée sur le corps de son homme et sanglotait à s'étouffer.

❧

Gaillarde, qui avait observé la scène de loin sans y participer, partit la dernière, murmurant avec hargne et mépris : « Criminels et lâches. Que le Diable les emporte tous ! »

Les gens s'étaient aussitôt enfermés chez eux et, quand elle traversa la cité, les rues étaient vides. Le garde de la porte Saint-Nazaire, à qui personne encore n'avait raconté les événements, essaya d'engager la conversation sur le mode plaisant, mais elle ne lui répondit pas et continua son chemin. Il fit au sujet de son humeur un commentaire ironique qu'elle ne releva pas non plus. Il en fut très surpris, car d'ordinaire elle était prompte à la réplique.

Gaillarde s'en alla hors des murs et se rendit directement à la grotte pour voir si son malade se rétablissait. Elle constata qu'il n'allait pas mieux : il n'avait même pas bougé de sa couche d'herbes sèches. Elle se pencha à ses côtés pour lui prodiguer quelques soins tandis que Pastou, figé comme une statue, se tenait debout aux pieds du gisant. Gaillarde essuya son front moite, entrouvrit ses lèvres desséchées et fit couler un peu d'eau de la gourde. Pour la première fois, il l'avala. Puis ses paupières battirent, il ouvrit les yeux et vit Pastou. Son regard s'exorbita, il poussa un grand cri de frayeur et perdit connaissance.

Les membres du conseil réunis dans l'église étaient en état de choc. Ils venaient de perdre leur seul suspect dans des conditions rien moins qu'honorables.

— On pourrait dire aux inquisiteurs qu'on a châtié le coupable, proposa le consul d'une voix hésitante.

Son père répliqua avec ironie :

— Le coupable d'un crime qui n'a pas eu de témoin, un coupable qui n'a même pas été interrogé...

Il fut interrompu par l'entrée fracassante de Guillemette. Elle avait des yeux de folle et son visage ainsi que ses mains et ses vêtements étaient tachés de sang. Elle hurla :

— Vous n'aviez pas le droit ! Ce n'était pas lui. C'était mon homme, Gauthier, et cette nuit-là, il était couché avec moi et il est resté toute la nuit dans mon lit. Il n'a pas pu tuer le prêcheur ! C'était un homme de bien, Gauthier. Dis-leur, toi, Justin Chauvès, puisqu'il travaillait pour ta maison !

Le consul se leva, posa la main sur l'épaule de la femme et murmura quelques mots d'apaisement.

Elle cessa de crier et sa voix prit le ton de la lamentation pour dire :

— C'était un homme de bien. Il ne buvait pas. Il ne me battait pas. C'est sûr que j'allais finir par l'épouser. Et maintenant, il est mort.

La scène dura longtemps. Plusieurs fois, Guillemette passa de l'abattement à la fureur : elle se plaignait de son malheur, effondrée et larmoyante, puis elle se redressait, faisait de grands gestes désordonnés et leur reprochait en fulminant de ne pas avoir essayé d'empêcher le crime. Chaque fois que l'un d'eux essayait de protester de leur innocence, arguant du fait qu'ils étaient chez Mignard, elle se remettait à hurler, les accusant d'être complices des meurtriers.

Les membres du conseil auraient bien voulu être ailleurs, mais aucun n'osait bouger ni interrompre la femme déchaînée qui les prenait à partie. Chaque fois qu'elle se dirigeait vers le fond de l'église, ils espéraient qu'elle allait sortir, mais elle revenait, reprenant inlassablement les mêmes accusations et les mêmes plaintes.

Quand elle ouvrit la porte, ils crurent qu'ils en avaient enfin terminé avec elle, et le soulagement commençait déjà d'apparaître sur leurs visages, mais elle se retourna et leur cria haineusement :

— Il est mort, mais l'assassin du prêcheur court toujours. Je dirai, moi, aux inquisiteurs, ce qui se passe dans ce village de tueurs !

Et elle partit, les laissant pétrifiés. Le commandant fit signe aux deux gardes d'aller l'aider à enlever le corps. Aussitôt qu'ils furent sortis, ils entendirent la femme crier d'une voix suraiguë :

— N'y touchez pas ! Que plus personne n'y touche !

Les gardes battirent précipitamment en retraite et retournèrent penauds dans l'église. Pendant un moment, nul ne fit de commentaires, puis le vieux Chauvès prit la parole :

— Nous n'avons plus le choix, dit-il, il faut envoyer un messager à Carcassonne.

Après un silence, il ajouta :

— Et que Dieu nous protège !

— Que Dieu nous protège ! répondirent-ils en chœur avant de s'en aller, le pas lourd et la tête basse.

CHAPITRE III

Comme ils l'avaient craint, la battue ne donna aucun résultat. Après avoir mangé, les hommes s'étaient réunis sur la place Saint-Étienne, armés de bâtons pour fouiller les broussailles. Rieussec avait pris la tête de l'un des groupes, Pons et Bertrand des deux autres. Des heures durant, ils avaient parcouru vignes et jardins, landes et sentiers, avaient exploré les grottes les plus proches de la citadelle, sondé les crevasses du Brian et de la Cesse, sans trouver la moindre trace du disparu.

Au début de l'après-midi, lorsqu'ils s'étaient retrouvés sur les lieux de leur forfait matinal, ils étaient restés silencieux, n'osant pas regarder leurs voisins. Mais les recherches les amenèrent à échanger quelques mots indispensables et, peu à peu, ils se remirent à parler comme ils l'auraient fait en temps normal. Le travail en commun effaça leur gêne et, quand les trois groupes firent leur jonction, à la fin de la journée, la place Saint-Étienne bruissait d'une joyeuse rumeur. C'est tout naturellement qu'ils se dirigeaient vers la taverne pour clôturer une journée bien remplie par un gobelet de vin quand, devant la porte de l'hôpital, surgit Guillemette. Elle avait sa pose habituelle, droite, mains aux hanches, mais le regard avait changé : ses yeux fulguraient de haine. Un à un, elle les fixa, et ils baissèrent la tête. Par la seule force de son attitude de justicière, elle les réduisit au silence et à l'immobilité. Aucun ne termina le mouvement qu'il avait amorcé pour aller chez Mignard. Au lieu de cela, ils se détournèrent, puis chacun s'en retourna chez lui.

Tout au long des jours qui suivirent, les villageois s'efforcèrent de vivre comme s'il ne s'était rien passé. Personne ne prononçait plus le nom de Gauthier qui fut enterré à la sauvette en présence du curé, du bedeau et de Guillemette, à l'exclusion de toute autre personne du bourg. Guillemette avait vieilli d'un coup : en l'espace d'une nuit, ses cheveux avaient blanchi et son visage s'était fripé. Avec ses épaules affaissées, elle avait l'air d'une femme abattue, finie, mais elle possédait une force que les gens ignoraient.

En sortant de l'église comme une forcenée, Guillemette avait saisi à bras-le-corps le cadavre sanglant de Gauthier. Sous le regard mortifié des gardes, dont elle avait violemment repoussé l'offre de l'aider, elle l'avait porté comme s'il ne pesait rien, les forces décuplées par la violence qui bouillonnait en elle et la forçait à agir. Puis elle l'avait déposé sur son propre lit, là où ils avaient dormi ensemble la nuit précédente, et elle s'était mise à la toilette mortuaire.

Le visage n'était plus que bouillie sanglante : elle l'entoura d'un linge. Ensuite, elle essuya délicatement le sang séché sur les membres et le corps avec autant de délicatesse que s'il avait pu encore éprouver de la douleur et recousit les plaies avant de l'envelopper tout entier dans un drap. Tout en accomplissant pieusement sa tâche, elle lui parlait, s'adressant à lui avec beaucoup de tendresse, comme à un enfant qui a mal et qu'il faut consoler. Mais bientôt, elle n'eut plus rien à faire et elle s'assit à côté du lit, les mains abandonnées sur ses genoux et les yeux fixés sur la forme blanche qui faisait une bosse sur le lit.

Ce n'était plus Gauthier qui était là. Gauthier ne serait plus jamais là. Elle s'attendrit sur son destin de femme deux fois veuve et pleura à l'évocation des nuits futures, désormais solitaires, et de la vieillesse à venir, sans compagnon pour partager la soupe et la veillée…

Tout cela par la faute de gens pour lesquels elle avait eu de l'estime, voire de l'amitié! À cette pensée, la fureur la reprit. Elle se leva et se mit à marcher. En se heurtant aux murs de la pièce étroite qu'elle arpentait avec emportement, elle invectivait les responsables de son malheur de la même manière que s'ils eussent été présents, débordante de colère et de chagrin. Elle continua ainsi une grande partie de la journée, puis elle s'assit de nouveau, épuisée.

C'est alors que naquit sa résolution de se venger. Tout le village était coupable ou complice du meurtre de Gauthier, et il fallait que tout le village paie! Guillemette n'avait aucune idée précise de ce qu'elle allait entreprendre pour cela, mais elle allait saisir toute occasion de nuire qui se présenterait. Elle en fit le serment sur le corps martyrisé de son compagnon.

Les gens évitèrent désormais de la croiser pour ne pas avoir à l'affronter et Guillemette ne fit rien pour les aider, au contraire : dès qu'elle avait un moment de loisir, elle se figeait sur le seuil de l'hôpital et foudroyait les passants de son regard accusateur. Les villageois se mirent à déserter la place Saint-Étienne, et Mignard, le voisin de Guillemette, commença de craindre qu'elle nuise au commerce.

❧

Lors de leur dernière réunion, les membres du conseil avaient fait le constat de leur incapacité et s'étaient résignés à abandonner l'enquête entre les mains plus compétentes de la justice ecclésiastique. Pour cela, il fallait envoyer un messager porter les nouvelles à l'évêché de Carcassonne. Ils réfléchirent longuement avant de choisir celui qu'ils allaient charger de la mission, car ils étaient conscients de l'importance de bien présenter les faits. La possibilité d'envoyer les gardes avait été tout de suite exclue : jeunes et inexpérimentés, ils risquaient de trop parler, sans compter qu'il était imprudent de les exposer aux dangers et aux tentations du voyage. C'est Delbosc, finalement, qui fut jugé le mieux à même de défendre les intérêts de la cité : il avait l'habitude d'être par les chemins et c'était un homme taciturne et réfléchi qui ne dirait rien d'inconsidéré. Ils avaient convenu qu'il se contenterait d'annoncer le décès du dominicain, sans mentionner qu'il avait péri de mort violente. Il serait bien temps de le préciser quand l'inquisiteur serait là.

Au sortir du conseil, Melgueil dépêcha son plus jeune fils, Baptiste, chez Vignal afin de les rassurer : les *bons hommes* ne seraient pas recherchés et les précautions habituelles seraient suffisantes pour assurer leur sécurité.

Le lendemain matin, Delbosc arrêta sa mule chez Lefèvre pour qu'il la ferre avant le départ. Quelques hommes étaient là, à attendre que le forgeron s'occupe d'eux, mais ils lui laissèrent la priorité parce qu'il avait une longue route à faire avant la nuit. Pendant que Lefèvre s'occupait de sa monture, Delbosc savourait le respect de ses concitoyens. Avoir été chargé de les représenter dans cette importante cité que bien peu connaissaient l'auréolait d'un prestige qui lui valait leur déférence. Il était fier d'avoir été choisi et flatté de la considération qu'on lui montrait, mais en même temps, il craignait de desservir le village en parlant trop, ou mal. Les hommes qu'il allait rencontrer faisaient métier de paroles, et son expérience de commerçant madré pèserait bien peu face à leur rhétorique. Le mieux serait d'en dire le moins possible : livrer la nouvelle et s'en aller aussitôt, vaquer à ses propres affaires. Mais le pourrait-il ?

Ils le regardèrent partir, enveloppé de sa lourde cape de voyage, présentant l'image rassurante d'un marchand prospère, à califourchon sur une mule bien nourrie. Ils savaient qu'ils ne le reverraient pas de longtemps : afin de ne pas faire ce voyage en pure perte, il en profiterait pour aller visiter ses fournisseurs en lieu et place de son fils. Personne ne bougea tant que les sabots de la mule résonnèrent sur les pavés de la cité, puis ils se remirent à leur travail.

❧

Les jeunes attendaient l'après-midi du dimanche avec impatience : c'était le seul moment de la semaine où, libérés de leurs tâches, ils jouissaient d'une totale liberté. Les filles se fardaient longuement. Les yeux soulignés de bleu et les joues enluminées de rouge, grâce aux poudres d'un colporteur de passage qui les avait cédées en échange de quelques œufs dérobés à la vigilance familiale, elles se frisaient les cheveux, puis revêtaient leurs meilleures hardes tout en écoutant d'une oreille distraite les conseils de leurs mères qui parlaient de prudence. Les dangers contre lesquels elles les mettaient en garde étaient nombreux et variés. Elles leur intimaient d'abord de prendre soin de leurs vêtements, car ils devaient durer longtemps – des années lorsque la croissance était finie – et il fallait éviter de les tacher ou de les déchirer aux ronces des chemins. Puis elles parlaient des garçons, qui n'avaient qu'une chose en tête, toujours la même, et auxquels il ne fallait pas céder sous peine d'ajouter une bouche inutile aux lourdes charges familiales. «Pour faire des enfants, disaient-elles, attendez d'avoir un homme qui les nourrisse.» Elles redoutaient aussi les multiples crevasses du causse où l'on risquait de tomber par inadvertance. On racontait que, par le passé, bien des gens y avaient disparu sans laisser la moindre trace, car le causse est troué de quantité de grottes et de tunnels qui se rejoignent et se mêlent inextricablement, de sorte que l'imprudent égaré ne sait plus remonter à la surface. Il y avait encore bien d'autres craintes maternelles, mais les jeunes filles, pour autant de temps qu'elles passassent à leur toilette avaient toujours terminé avant la fin des conseils. Elles s'échappaient alors sur de vagues promesses, un baiser hâtivement donné et un petit rire excité pour rejoindre leurs amies qui les attendaient dans la rue.

Les filles du bourg formaient une joyeuse bande qui franchit, en ce premier dimanche après la noce, la porte

Basse pour s'engager dans le lit à sec de la rivière en direction de La Caunette. Elles marchaient en se tenant le bras, par petits groupes de deux ou trois, et chantaient un refrain qui parlait du mois de mai, de fleurs nouvelles et d'amour éternel. Elles semblaient danser tellement leur pas était léger.

Les garçons étaient partis plus tôt et les attendaient à quelque distance. En les voyant venir, ils se mettraient en marche et feindraient de les croiser par hasard, puis feraient demi-tour pour les accompagner dans leur promenade. Les deux groupes en profiteraient pour se mêler et échanger serments et baisers loin de la suspicion des mères.

Jordane et Ava Vignal étaient passées prendre Agnès Cathala. La jeune fille avait été réticente à quitter le chevet de sa grand-mère qui, selon toute probabilité, n'en avait plus pour très longtemps. On ne lui avait rien donné à manger ni à boire depuis sa *consolation,* pour respecter son désir de rester parfaitement pure, et elle survivait depuis maintenant six jours en *endura**. Il était miraculeux qu'il demeure encore un souffle de vie dans ce corps décharné, et la fin était très proche, mais Brunissende avait insisté pour que sa fille s'éloigne un moment de cette atmosphère funèbre, et Agnès avait fini par se laisser convaincre. Les trois amies s'étaient retrouvées avec des exclamations de joie, comme si elles ne s'étaient pas vues depuis longtemps, et elles s'étaient mutuellement fait compliment de leurs nippes et de leur fard. Agnès se mit très vite à l'unisson et fut gagnée par la hâte commune de parader devant les garçons.

---

* *Endura* : le mourant qui a reçu la *consolation* refuse toute boisson et toute nourriture pour rester pur.

Ava faisait figure d'aînée, car ses amies lui prêtaient beaucoup d'expérience du fait que Bernard la courtisait depuis le début de l'hiver et que – même si les familles n'en avaient pas encore parlé de manière officielle – tout le monde les considérait comme promis. Pour Jordane, c'était très différent : elle ne connaissait pas du tout le jeune homme qui l'avait séduite et, quoique impatiente de le retrouver, elle ne pouvait s'empêcher d'avoir présentes à l'esprit les mises en garde de sa cousine. Toute la semaine, Ava lui avait répété qu'une fille qui épousait un garçon de Minerve n'avait guère de surprise : elle savait, parce qu'elle l'avait toujours côtoyé, s'il était paresseux ou travailleur, doux ou brutal, sobre ou ivrogne. C'était en connaissance de cause qu'elle s'engageait. Mais avec un inconnu, tout était possible, le pire comme le meilleur.

« C'est justement ça qui m'attire, se disait Jordane. Quel intérêt pourrais-je trouver à un garçon que j'ai toujours connu ? » Aucun des jeunes gens du village ne l'émouvait. Par contre, quand elle évoquait le gars de La Caunette, dont elle ignorait jusqu'au nom, une émotion délicieuse l'envahissait, même si, après une semaine, elle avait du mal à retrouver ses traits dans sa mémoire. Seule lui demeurait l'expression du visage : exigeante et avide, un peu inquiétante aussi, il fallait bien l'admettre. La jeune fille ne pouvait se défendre d'une légère appréhension, mais cela ajoutait à son plaisir anticipé. Elle avait une telle hâte de revoir le garçon qu'elle ne parvenait pas à écouter ce que disaient ses deux amies.

Leur conversation, au demeurant, était fort anodine : Agnès babillait au sujet d'une pièce de drap qu'elle tissait au profit d'une élégante inconnue, de Béziers, lui avait-on dit, et qu'elle aurait rêvé de conserver pour elle-même.

Elle s'extasiait sur la douceur du lin qui n'était en rien comparable avec la rugosité du chanvre de sa propre chemise et s'imaginait avec délices dans le somptueux vêtement qui serait confectionné avec cette merveilleuse étoffe. Mais elle en parlait joyeusement, sans trace d'acrimonie, car ce jour-là, elle était particulièrement heureuse. À l'encontre de Jordane, aucune angoisse ne venait la perturber, non plus que de troubles désirs : elle vivait un grand bonheur paisible. Depuis sa petite enfance, Arnaud était son héros. Elle le voyait souvent, car il était son voisin et le meilleur ami de son grand frère, et depuis toujours, elle pensait : « Quand je serai grande, je serai sa femme. » Jusqu'au dimanche précédent, Arnaud ne lui avait pas prêté plus d'attention qu'à Athon ou à François, mais elle n'en était pas triste, car elle savait que c'était en raison de sa trop grande jeunesse. Au fond d'elle-même, elle était sûre qu'il l'aimerait un jour car, à l'instigation de sa grand-mère, elle lui avait fait boire en secret, dans une tisane, pendant l'hiver, le plus sûr des philtres d'amour : quelques gouttes de son premier sang. Et en effet, le jour de la noce, Arnaud s'était avisé qu'Agnès avait grandi. D'évidence, cela ne l'avait pas laissé indifférent.

L'année précédente, Agnès dansait encore avec les petites filles et aucun garçon ne la regardait. Mais le temps était maintenant venu de se joindre à la ronde des grandes, et elle s'était timidement rapprochée du cercle. Là, à sa grande surprise, elle avait été prise d'assaut : tous les gars se bousculaient pour être près d'elle et lui donner la main. Brusquement, Arnaud en avait eu conscience et s'était interposé.

— Je crois que tu as besoin qu'on s'occupe de toi, avait-il dit. Puisque ton frère ne le fait pas, je vais le remplacer et te protéger à sa place. Tu es trop jeune pour te défendre toute seule.

De ce moment, il n'avait plus laissé personne l'approcher. Elle n'avait rien dit, rendue muette par l'émotion, et avait baissé les yeux sur un bonheur trop grand. Lui non plus ne parlait pas, ayant besoin de s'habituer à ce sentiment qu'il n'avait pas vu éclore et qui le déroutait : cette fillette, qu'il connaissait depuis sa naissance, lui faisait soudainement l'effet d'une inconnue tout à fait attirante.

Les garçons apparurent au détour d'un méandre du cours d'eau, et le bruit des conversations s'accrut. Dans la troupe des filles passa un frisson d'excitation, les rires fusèrent plus haut et le pas devint moins rapide. Quand les deux groupes furent face à face, il y eut un instant de flottement, puis les gars firent demi-tour, les filles se remirent en marche, et pendant un moment, ils cheminèrent en s'ignorant. Les filles continuaient de bavarder entre elles. Ce qu'elles disaient était incompréhensible pour les garçons parce qu'elles s'étaient mises à chuchoter. Ils n'entendaient que leurs éclats de rire, mais ils percevaient bien les regards en coin qui leur permettaient d'évaluer leurs chances d'être bien accueillis. Ce n'est que peu à peu qu'ils s'insinuèrent parmi elles.

Bernard vint naturellement aux côtés d'Ava et elle glissa son bras sous celui de son amoureux. Ils marchèrent ainsi, silencieux et graves, sourds au reste du monde. Quelques garçons jetèrent un coup d'œil à Jordane, pour sonder le terrain, mais son attitude les découragea : elle avait un air distant et semblait plongée dans une vision intérieure qui ne laissait de place à personne. Elle marchait d'un pas résolu, sachant qu'elle se dirigeait vers La

Caunette, vers un garçon dont le sourire lui avait paru plein de promesses. Elle imaginait leur rencontre : il la regarderait d'un air interrogatif, pour voir si elle se souvenait de lui. Elle l'encouragerait, mais pas trop. Alors il s'approcherait d'elle, ils échangeraient quelques propos sans importance, sur le beau temps de ce dimanche des Rameaux par exemple, puis ils se tairaient, intimidés. Peut-être lui prendrait-il la main ? Elle savait qu'elle ne la retirerait pas. Elle aspirait à ce contact depuis une semaine, mais elle ne songeait pas au-delà : c'était déjà beaucoup pour une première rencontre.

Autour d'Agnès, il y eut une bousculade. D'autorité, Arnaud s'était approché d'elle, mais Pons Chauvès également, ainsi que Guiraud Delbosc. Les trois gaillards étaient à peu près du même âge et, une décennie plus tôt, ils avaient fait ensemble les quatre cents coups, comme le faisaient aujourd'hui Athon et ses amis. Les années passant, et l'âge des sottises, l'amitié s'était délitée. Pons, auréolé de son prestige de garde, et Guiraud, du haut de sa richesse de marchand, traitaient maintenant Arnaud, qui était d'un milieu plus modeste que le leur, avec un rien de condescendance. Ils étaient sûrs de siéger un jour au conseil de la cité – Pons, d'ailleurs, avait l'impression d'en faire déjà partie puisqu'il assistait aux délibérations depuis la porte qu'il gardait – et Arnaud n'avait aucune chance de jamais s'y retrouver.

Cet affrontement inattendu autour d'une gamine effaça les dernières traces de l'amitié ancienne. Pons et Arnaud se jaugèrent et aucun des deux ne baissa les yeux. Agnès, déroutée par cette joute silencieuse, et n'ayant pas l'expérience de ses aînées pour apaiser les antagonistes avec une plaisanterie, s'accrocha, apeurée, aux bras de

Jordane et d'Ava. Ava ne s'était aperçue de rien ; elle lui jeta un regard étonné, mais ne posa aucune question et revint à son amoureux, qui lui non plus n'avait pas vu l'incident. Jordane, par contre, avait assisté au manège et elle réconforta son amie en la serrant contre elle.

— Ne t'en fais pas, dit-elle, ça va s'arranger.

Agnès l'espérait bien, mais cela s'engageait plutôt mal.

C'est Guiraud qui dénoua la situation. Il était, lui aussi, attiré par Agnès Cathala, mais pas au point de se battre pour elle. Il oublia donc ses propres ambitions sur la jeune fille et s'employa à éviter la bagarre entre les deux autres. D'un air qui se voulait naturel, il les défia à la course comme ils le faisaient autrefois. Pons et Arnaud hésitèrent, se mesurèrent du regard une nouvelle fois, et prirent le parti de répondre au défi de Guiraud. La compétition pour la fille n'était pas close, mais la lutte se ferait autrement qu'à poings nus, devant tout le monde, un dimanche après-midi.

Les craintes d'Agnès furent calmées, mais elle était triste et déçue d'être séparée d'Arnaud par cette course idiote.

Ce ne fut d'abord qu'une masse confuse, puis on distingua des silhouettes et enfin, ils furent là. Jordane essuyait sans cesse ses mains moites sur sa jupe, mais elles redevenaient humides aussitôt. L'angoisse lui fouaillait le ventre. Ils étaient au moins une vingtaine, filles et garçons, mais elle le vit tout de suite. Un peu plus grand que la moyenne, solidement charpenté, les yeux très noirs et la tignasse sombre et drue, il était aussi beau que dans son souvenir et aussi plein d'assurance. Lui aussi la vit, se dirigea droit sur elle, empoigna son bras, au-dessus du coude, et lui dit d'un ton sans réplique :

— Viens !

Subjuguée, elle ne résista pas et se laissa entraîner vers un bouquet d'arbustes et de broussailles qui les cacheraient à la vue des autres.

❧

Pendant ce temps, Amiel Monge qui, une fois de plus, n'avait pas osé s'approcher de la jeune fille de ses rêves, se laissait envahir par le désespoir. La scène dont il avait été témoin, il redoutait depuis longtemps qu'elle se produise, mais la douleur, pour être prévue, n'était pas moins forte. Son ami Perrin Bousquet, le berger avec lequel il cheminait en devisant de l'estivage à venir, se rendit compte que quelque chose n'allait pas : Amiel était devenu pâle et semblait avoir du mal à respirer. Interrogé, il inventa un malaise qui lui donna prétexte à s'en aller. Repoussant la sollicitude de Perrin, il refusa d'être raccompagné, et rebroussa chemin, laissant sans regret derrière lui les rires de ses camarades.

❧

Blaise donna un coup de coude à Athon :
— Regarde, c'est ta sœur !

Avec François et Baptiste, leurs compagnons habituels, ils suivaient le groupe des jeunes à une certaine distance en se dissimulant derrière la végétation et les accidents de terrain pour ne pas se faire rabrouer. Quand un couple s'isolait, ils le suivaient et l'épiaient, ce qui leur permettait d'être au courant de tout avant tout le monde et d'être fort instruits des diverses étapes des relations amoureuses. Cette connaissance des secrets de leurs aînés leur donnait un petit pouvoir dont ils usaient sans trop de discernement. En effet, s'il était assez facile d'extorquer quelque friandise à une sœur ou à une cousine sous la menace de tout raconter, avec un frère ou un voisin cela se terminait généralement par des taloches qui leur ôtaient l'envie de rendre public quoi que ce soit. C'est pourquoi ils réservaient aux filles leurs petits chantages et préféraient agacer les garçons en faisant, au moment crucial où ils étaient sur le point d'obtenir les faveurs souhaitées, des irruptions intempestives et bruyantes qui effarouchaient les jeunes filles et faisaient échouer l'entreprise. Les garnements détalaient alors à toutes jambes, car l'aîné, frustré, leur aurait fait passer un mauvais quart d'heure s'il leur avait mis la main dessus. Mais ils n'étaient jamais rejoints : les falaises et le causse offraient tellement de cachettes que les fuyards, quel que soit le lieu de leur forfait, n'avaient aucun mal à disparaître. Comme ils prenaient grand soin de ne pas se faire voir, ils pouvaient affirmer avec un air angélique que ce n'était pas eux, les coupables, lorsqu'ils étaient accusés. Quand leur victime n'était pas un proche, elle se laissait parfois abuser et leur méfait restait impuni, mais leurs propres frères n'avaient aucun doute à leur égard et ils n'échappaient pas à la rossée. Malgré cela, ils recommençaient à la première occasion. Là, il s'agissait d'une sœur : l'affaire était bonne.

Sans même avoir eu le temps de s'en rendre compte, Jordane se trouva isolée avec son séduisant inconnu. Il la serra dans ses bras avec une hâte et une brusquerie qui la surprit. Puis il posa brutalement ses lèvres sur les siennes et tenta d'insinuer sa langue dans sa bouche. Rien ne se passait comme elle l'avait imaginé : il ne lui avait même pas dit un mot et s'était jeté sur elle comme une brute. Elle fut dégrisée d'un coup et la colère la prit. Avec rage, elle tenta de le repousser, mais il la maintenait fermement et gardait sa bouche collée à la sienne de manière à l'empêcher de crier ou de fuir. Bien que Jordane se débattît de toutes ses forces, elle ne parvenait pas à le faire bouger. Sa colère commençait de faire place à la peur. Elle entendait de moins en moins les rires de ses amis qui s'éloignaient. Elle était seule, à sa merci. Elle essaya désespérément de se libérer, mais il lui tenait les deux mains derrière le dos et avait emprisonné ses jambes dans les siennes : elle était paralysée. Il la fit choir sur le sol et tomba sur elle. Une main sur sa bouche, pour la bâillonner, il lui remonta les jupes de sa main libre et commença de fouiller brutalement entre ses cuisses. Elle le mordit au sang. Il cria, mais ne la libéra pas. Il se contenta de lui assener une gifle à toute volée en la maintenant collée au sol.

Dissimulés à quelques pas, les quatre garçons avaient suivi la scène depuis le début. Ce qu'ils voyaient les excitait, et ils ricanaient grassement pour cacher leur émoi sous des dehors blasés. Mais à mesure qu'il devenait évident que Jordane n'était pas consentante, Athon se sentait de plus en plus mal. Toutefois, il n'osait pas intervenir, craignant que ses compagnons ne se moquent de lui s'il défendait sa sœur. François, finalement, s'indigna. Après la gifle, il secoua son ami et lui dit :

— Tu vois bien qu'elle ne veut pas, il faut faire quelque chose !

Mais avant qu'Athon n'ait le temps d'imaginer un moyen de lui porter secours, quelqu'un le devança : Joseph, son frère idiot. L'innocent avait suivi Jordane de loin, comme de coutume, et il venait de s'apercevoir qu'on lui faisait du mal. Alors, il se jeta sur l'agresseur en poussant des cris inarticulés. Il le martelait de ses poings débiles, mais l'autre le repoussa d'une bourrade sans même lâcher la jeune fille, et il alla bouler plus loin. C'est alors qu'Athon vint à la rescousse en lançant, sans se montrer, bien caché dans les broussailles :

— Attention, Jordane, c'est le père qui vient avec une fourche !

Le garçon, alerté par les cris, leva la tête, relâcha la pression de la main sur la bouche et Jordane se mit à hurler. Il la gifla de nouveau, avec une extrême brutalité. Mais Athon continuait de crier ses avertissements. Alors, l'agresseur jugea plus prudent d'abandonner. Il se releva avec un juron et s'éloigna après avoir donné un coup de pied dans les côtes de la jeune fille allongée.

Jordane sanglotait, prostrée à terre comme un tas de chiffons. Athon dit à ses amis d'un ton bourru :

— Partez, je vous rejoins.

Quand ils se furent éloignés, il rabattit la jupe sur les jambes de sa sœur, essuya ses larmes et l'entoura maladroitement de ses bras. Comme elle-même avait fait tant de fois pour lui, il lui parla doucement, et la jeune fille, peu à peu, se calma, bercée par la voix apaisante de son petit frère tandis que Joseph, toujours effondré un peu plus loin, pleurnichait en reniflant.

❧

Amiel était déjà loin du bosquet où Jordane avait disparu, et devant lequel il était passé sans ralentir le pas, malgré la furieuse envie qu'il avait de les rejoindre, de provoquer l'homme, de faire quelque chose pour interrompre leur isolement, car l'évocation de leurs corps enlacés le déchirait. Tout en marchant, il s'imaginait terrassant le bellâtre et écrasant sa face prétentieuse de ses sabots de bois. Il fut soudainement tiré de sa délectation morose par les cris de Joseph et d'Athon, et rebroussa chemin en courant.

Il les vit, le frère et la sœur enlacés, le plus jeune consolant l'aînée qui portait sur son visage et sur sa mise les traces de l'agression qu'elle avait subie, et son sang ne fit qu'un tour.

— Le salaud ! cria-t-il, je vais le tuer !

Jordane se redressa.

— Non ! dit-elle, je t'en prie, je ne veux pas qu'on sache.

Et elle recommença de pleurer. Au prix d'un effort immense, Amiel ravala sa colère et s'offrit à la reconduire chez elle. Jordane voulut lui dire de s'en aller, mais elle vit que son frère accueillait avec plaisir l'aide du berger. Alors, elle renonça à discuter et se mit en marche, encadrée par Amiel et Athon tandis que Joseph les suivait en gémissant. Quand elle découvrit Minerve, après la dernière courbe du Brian, elle avança plus vite. La citadelle, ramassée à l'extrême pointe des deux vallées qu'elle surplombait de ses fortes murailles construites sur les hauteurs de la falaise, lui apparut comme le plus sûr des refuges : elle avait hâte de s'y mettre à l'abri.

Agnès se tracassait du fait que Jordane n'ait pas reparu bien que le garçon en compagnie duquel elle s'était éloignée soit revenu assez vite parmi eux. Elle alerta Ava qui partagea son souci et le confia à Bernard. Ils firent un signe à Arnaud pour qu'il les rejoigne. Arnaud était de méchante humeur, car il avait perdu la stupide course contre ses deux anciens amis, et il s'approcha en donnant des coups de pieds aux galets qui gênaient ses pas. Mis au courant de la disparition de sa cousine, il cristallisa sa colère sur l'inconnu à qui il voulut aller demander des explications, mais les autres le retinrent : le gars de La Caunette avait l'air belliqueux et la bagarre éclaterait très vite. S'ils se battaient, chacun d'eux serait soutenu par ceux de son village et la mêlée deviendrait générale. Il valait mieux ne pas provoquer un affrontement tant qu'on ne savait pas ce qui s'était passé. Ils firent donc demi-tour pour aller à la recherche de Jordane, prétextant l'état de santé de Marie Cathala pour écourter l'après-midi et couper court aux velléités de Pons Chauvès de se joindre à eux. Le garde les regarda s'éloigner d'un air sombre et consentit avec peine à suivre Guiraud Delbosc dans la direction inverse.

Sur le chemin du retour, les jeunes gens marchaient d'un pas nerveux, sans échanger un mot : leur préoccupation augmentait à mesure qu'ils se rapprochaient de Minerve sans avoir retrouvé Jordane. Ava s'en voulait beaucoup : elle n'avait jamais eu confiance en ce garçon et, quand elle l'avait vu prendre le bras de sa cousine pour l'entraîner à l'écart sans un mot, elle avait eu un mauvais pressentiment. Mais Jordane le suivait de son plein gré, et Ava, toute au plaisir d'être avec Bernard, s'était facilement convaincue qu'il n'y avait pas à s'en faire. Finalement, elle avait tout à fait oublié Jordane quand Agnès lui fit part de ses alarmes.

Avant d'entrer dans la cité, ils ne croisèrent personne : les hommes étaient chez Mignard à commenter les derniers événements et les femmes, assises devant les portes, par groupes de deux ou trois, s'épouillaient en cancanant à qui mieux mieux. Elles les regardèrent passer, surprises, puis supposèrent que Marie Cathala devait être au plus mal. Cette hypothèse donna une nouvelle impulsion à leurs ragots.

Athon les avait vus venir de loin et il s'était caché. Il venait de raccompagner Jordane à la maison, marchant en éclaireur pour lui assurer une arrivée discrète. Tranquillisé d'avoir mis sa sœur en sûreté, il retournait maintenant vers ses compagnons de jeu. Il se doutait bien que les grands recherchaient Jordane, mais il préférait les éviter pour ne pas avoir à répondre à leurs questions : c'était à elle de choisir ce qu'elle voulait raconter de sa mésaventure.

Ils la trouvèrent devant l'âtre, filant sa quenouille auprès de Mengarde qui chantonnait pour essayer d'endormir le bébé. La petite Marie faisait ses dents et pleurait beaucoup en bavant d'abondance sur l'épaule de la vieille. Joseph, accroupi dans un coin de la salle, comme toujours isolé dans son monde, tenait des discours incompréhensibles à un morceau de bois. S'étant attendus à ils ne savaient trop quel drame, ils furent déroutés par cette paisible scène domestique. Quand ils reprirent leurs esprits, ils bombardèrent Jordane de questions. Elle les arrêta :

— Calmez-vous ! Ce n'est pas grave. J'avais tout simplement mal à la tête, alors j'ai décidé de rentrer. Je suis partie sans rien dire parce que je savais que vous m'auriez raccompagnée et je ne voulais pas gâcher votre après-midi.

Elle avait pris soin de s'installer dans la pénombre et, tout en parlant, elle tenait sa tête d'un air douloureux, ce qui lui permettait de cacher ses lèvres enflées et fendues. Malgré leur visible incrédulité, elle ne voulut pas démordre de sa déclaration, car elle n'avait rien trouvé de mieux à dire et ne voulait surtout pas raconter la vérité. Arnaud allait insister quand il fut interrompu par l'entrée de Brunissende Cathala.

— Vite, dit-elle, allez chercher Hugues chez Mignard, sa mère vient de passer !

Arnaud partit en courant tandis que les autres se précipitaient chez Cathala, et l'on oublia Jordane et son curieux comportement de l'après-midi.

La jeune fille les suivit, soulagée que l'on se désintéresse d'elle. Elle n'aurait pas résisté longtemps à un interrogatoire et ses larmes étaient encore toutes proches, sous les paupières, prêtes à couler dès que le déroulement des événements de l'après-midi défilait dans sa tête sans qu'elle parvienne à l'éloigner.

Amiel avait attendu que la porte de la citadelle soit en vue pour les quitter et les avait assurés qu'il ne dirait rien à personne. Athon l'avait ensuite ramenée à la maison avec beaucoup de tendresse et de générosité, et cette pensée l'émouvait. En grandissant, Athon était devenu rétif aux caresses, lui qui était si câlin quand il était petit ; qu'il ait renoncé pour elle à son personnage d'adulte lui mettait du baume au cœur.

Pendant qu'elle restait cachée derrière le poulailler, il s'était glissé dans la maison et, à l'insu de Mengarde qui sommeillait, lui avait rapporté un linge mouillé pour rafraîchir son visage tuméfié. Les yeux étaient gonflés, ce qui disparaîtrait assez vite, mais les lèvres éclatées et la bouche déformée seraient difficiles à cacher. Quelqu'un finirait par exiger des explications et elle redoutait d'en donner.

À sa demande, son frère lui avait aussi ramené une aiguille et du fil de façon qu'elle puisse réparer l'accroc de sa chemise. Elle s'y était appliquée de son mieux, faisant des points minuscules, et elle espérait que sa mère ne s'en apercevrait pas. Dans le dos du vêtement, la tache humide avait disparu, mais pas l'odeur du fenouil qui l'avait provoquée lorsqu'elle l'avait écrasé en tombant. Ce parfum entêtant, qui semblait coller à elle, lui donnait la nausée.

Après le départ d'Athon, il lui avait fallu consoler Joseph qui tremblait convulsivement, accroché à sa gonelle. Ce fut avec la berceuse que leur mère chantait aux bébés pour les endormir qu'elle finit par l'apaiser. Jordane s'était ensuite glissée dans la salle. Avec sa grand-mère, elle avait prétexté une migraine, ce qui l'avait dispensée d'entretenir la conversation. Depuis, elle ressassait sa colère : elle haïssait le garçon de s'être conduit comme il l'avait fait et elle s'en voulait d'avoir été assez sotte et crédule pour se fier à lui.

Depuis qu'elle était devenue une jeune fille, sa mère ne manquait jamais une occasion de la mettre en garde contre les hommes et, pendant la semaine, Ava l'avait constamment exhortée à la prudence, mais elle n'avait rien voulu entendre, se laissant séduire par une apparence trompeuse. Et Amiel qui était au courant ! Que faisait-il là, si loin des autres ? Pouvait-elle le croire lorsqu'il promettait de se taire ? Incapable de répondre à ces questions, elle bannit le berger de son esprit qui, toujours, revenait à l'agresseur. Plus jamais elle ne ferait confiance à un garçon ni ne se fierait à son propre jugement. Elle se le promit solennellement.

Devant chez Cathala, Jordane et Ava, qui s'apprêtaient à emboîter le pas à Agnès, furent retenues par leurs mères.

— Attendez, dit Serena, on entrera plus tard.

— Il faut laisser un peu de temps à la famille, ajouta Esclarmonde.

Les voisines vinrent se joindre au petit groupe et se mirent à prier en attendant qu'on leur ouvre.

Agnès et Bernard avaient suivi leur mère qui ferma la porte avec soin. Brunissende envoya son fils au grenier enlever une tuile du toit afin que l'âme de la défunte puisse aisément quitter ce monde pour s'élever jusqu'aux cieux. Pendant ce temps, elle s'affaira auprès du corps de sa belle-mère. Elle lui aspergea le visage avec de l'eau puis elle coupa quelques mèches de cheveux ainsi que les ongles des mains et des pieds. Ce faisant, elle expliqua à Agnès, muette de surprise :

— Les cheveux et les ongles continuent de pousser après la mort. Toute l'énergie que Marie avait de son vivant s'y est réfugiée, et il faut les garder dans la maison pour que sa force reste ici et nous protège. Tu es assez grande maintenant pour savoir ces choses-là.

Elle grimpa sur un banc pour atteindre le plafond, glissa la main au creux d'une solive et en retira une pochette de chanvre dans laquelle elle mit précautionneusement les dépouilles sacrées.

— Il y a déjà là-dedans les cheveux et les ongles de ton grand-père. Quand ton père et moi nous mourrons, ce sera à toi de conserver les nôtres.

Après avoir remis la pochette dans sa niche et bien recommandé à Agnès de ne pas oublier son emplacement, elle ouvrit aux voisines. Aussitôt entrées, les femmes s'activèrent. Chacune savait ce qu'elle avait à faire dans le rituel funéraire qu'elles accomplissaient ensemble à chaque décès. Les jeunes filles n'y participaient pas et se tenaient à distance, frileusement regroupées autour du métier à tisser. Moins accoutumées à la mort que ne l'étaient leurs mères, elles observaient un silence qui montrait leur désarroi.

Agnès regardait de tous ses yeux cette grand-mère qui allait disparaître à jamais et songeait avec un vertige proche de la panique qu'elle perdait la dernière personne pour laquelle elle était encore une enfant. Alors même que de toutes ses forces elle voulait devenir la femme d'Arnaud, une partie d'elle-même se révoltait devant la perspective de ne plus jamais entendre :

— Viens ici, *mainado**, dis-moi ce qui ne va pas.

Personne ne se donnerait plus la peine de l'écouter aussi bien, de la comprendre, de l'encourager. Et qui, maintenant, l'aimerait avec assez de confiance pour l'absoudre par avance de toutes ses erreurs ? Finies aussi les histoires du temps passé que Marie racontait à la veillée, celles de l'époque où les *bons hommes* et les dominicains se donnaient rendez-vous sur la place Saint-Étienne pour discuter librement de leurs croyances. Un temps qui ne reviendrait pas et qui allait mourir tout à fait lorsque les derniers témoins de ces événements ne seraient plus là pour s'en souvenir.

---

* *Mainado* : fillette.

Dans les heures qui suivirent, tout le village défila, venu offrir son réconfort à la maisonnée en deuil. Les gens entraient, embrassaient la famille avec componction, marmonnaient une prière – catholique : il fallait être circonspect et afficher une croyance de bon aloi – puis s'intégraient à un groupe qui, très vite, passait de l'éloge funèbre de la morte à une conversation générale. Des rires éclataient parfois, inévitables, et personne ne s'en offusquait, hormis Agnès qui croyait, avec toute l'ardeur et la sincérité de sa jeunesse, qu'elle ne serait plus jamais joyeuse de toute sa vie.

On enterra Marie Cathala le lendemain après-midi. C'était la troisième fois en quelques jours que le glas appelait la population à se rendre à l'église pour des obsèques. Ils avaient tous accompagné le premier mort. Par curiosité, par inquiétude pour l'avenir, parce que, selon la coutume, tout le bourg assistait aux enterrements. Pour le deuxième, ils s'étaient terrés chez eux, n'osant pas affronter le spectacle de la dépouille de celui qu'ils avaient sauvagement tué. Mais cette fois-ci, il s'agissait d'une mort sans drame et sans mystère : le cœur presque léger, ils conduisaient en terre une vieille femme morte au bout de son temps.

Au retour du cimetière, les gens emplirent de nouveau la maison Cathala pour manger la collation qu'il était d'usage de servir. Peu à peu, ils s'en allèrent et il ne demeura que les proches. Les Vignal étaient là, bien sûr, leurs voisins également, ainsi que les Prades et la famille Melgueil, à l'exception de Girart, l'aîné, qui était de garde. Amiel était resté, lui aussi, non qu'il espérât échanger quelques mots avec Jordane, mais par désir de réaffirmer devant elle son appartenance à la *vraie religion*. Car tous ces gens, qui étaient hérétiques, n'étaient pas là seulement pour montrer à la famille endeuillée qu'ils partageaient sa peine : ils profitaient du prétexte de la mort de Marie pour *adorer** les *parfaits* avant leur départ. La garde venait de changer, et c'étaient Jacques Prades et Girart Melgueil qui étaient affectés à la barbacane du Barri. Ils étaient avertis que les clandestins s'en iraient dès ce soir-là : il n'y avait pas de lune et il soufflait depuis le matin un vent glacial, reliquat de l'hiver, qui était propre à décourager les flâneurs. La conjoncture était propice à souhait.

Les *croyants* défilaient respectueusement devant les *bons hommes*, faisaient les trois génuflexions rituelles, accompagnées des trois *Adoremus*, et les religieux répondaient à chacun. L'atmosphère de piété propre à ces rencontres était, en les circonstances, alourdie d'anxiété et de tristesse : nul ne pouvait dire quand les *parfaits* reviendraient à Minerve et l'on enviait Marie Cathala d'avoir été *consolée* avant sa mort. La menace de la venue des inquisiteurs pesait très lourd sur les esprits. Si les dominicains apprenaient que les cathares étaient bienvenus au village, ils n'auraient de cesse qu'ils ne soient parvenus à identifier tous les *croyants*. Et comment imaginer que le secret serait gardé? L'avenir s'annonçait menaçant et rendait le moment encore plus solennel. Quand les bénédictions furent terminées, Arnaud posa sur ses épaules une cape dont il rabattit le capuchon pour cacher son visage; les deux religieux, lestés de leur besace pleine de présents – des pois chiches, du pain, des écrevisses prises dans les crevasses du Brian par les enfants et une gourde de vin –

---

* *Adorer* : s'incliner trois fois jusqu'à baiser la terre devant un *parfait* en récitant chaque fois l'*Adoremus*. Le *parfait* donne alors sa bénédiction.

firent comme lui, et tout le monde s'apprêta à quitter la maison en même temps de manière que, noyés dans la masse des gens, les *bons hommes* soient dissimulés à d'éventuels regards malveillants.

La ruelle semblait déserte. Il y avait quelqu'un, pourtant, qui était sur le point de passer devant chez Cathala. Il se rencogna vivement à l'angle de la maison voisine et souffla sa lanterne quand il entendit la porte s'ouvrir. C'était Pons Chauvès qui, au sortir de chez Gaillarde où il n'était pas parvenu à chasser de son esprit l'image d'Agnès Cathala, venait rôder sans but précis devant la demeure de la jeune fille avant de rentrer chez lui. La nuit était sombre, les silhouettes aussi, mais il lui fut cependant assez facile d'identifier les gens qui sortaient au moment où ils franchissaient la porte, car ils s'encadraient un instant dans la pâle clarté venue de l'intérieur. Sans surprise, il reconnut les Melgueil et les Vignal, mais cela ne l'intéressait pas beaucoup, et il avait hâte qu'ils s'éloignent pour partir à son tour parce que le vent lui gelait les oreilles.

Soudain, un détail attira son attention et piqua sa curiosité : trois silhouettes masculines étaient si bien encapuchonnées qu'on ne voyait rien de leurs visages. Les gens se séparèrent pour rentrer chez eux, et Pons, oubliant le froid, décida de suivre les trois capes qui étaient restées ensemble. Elles se dirigeaient vers la barbacane du Barri. Discrètement, il progressa à quelque distance, se confondant avec les murs. Celui qui marchait en premier se retournait souvent, levant sa lanterne, mais il y avait peu de risques qu'il le distingue dans la profonde obscurité qui régnait : le faible halo de sa lampe ne portait qu'à quelques pieds et Pons n'avait pas rallumé la sienne.

Arrivés à la barbacane, il les vit s'aboucher avec les gardes, puis deux des hommes disparurent, quittant sans tambour ni trompette la citadelle dont les portes, en cette heure tardive, auraient dû être hermétiquement closes. Le troisième fit demi-tour. Pons savait que ce ne pouvait être que Bernard Cathala ou Arnaud Vignal et il le suivit pour éclaircir ce point. Quand il fut sûr que c'était Arnaud, il remercia le ciel de l'avoir conduit ce soir-là devant la maison des Cathala : il venait d'éclaircir le mystère de la présence des *parfaits* à Minerve, savait le nom des familles impliquées et connaissait l'importance du rôle de son rival dans cette affaire. Il rentra chez lui fort satisfait. Il n'avait pas l'intention de rendre l'information publique – du moins pour le moment – mais de l'utiliser au mieux de ses intérêts. Il rentra chez lui en martelant le sol du pas assuré d'un vainqueur.

❧

Au lendemain des obsèques de Marie Cathala, bon nombre de jeunes du bourg se retrouvèrent dans les vignes de Prades pour les travaux de printemps. Durant la quinzaine précédente, leurs pères, plus expérimentés, avaient procédé à la taille. Les sarments, tombés au hasard autour des ceps, devaient être entassés en fagots dans les sillons : c'était le rôle des filles. Les garçons, quant à eux, ramassaient les fagots pour les charger dans une charrette qu'une paire de vaches dociles tirait jusqu'à la grange où Prades les mettait en réserve pour allumer le feu. Tout le monde, au village, possédait quelques pieds de vigne, et ce travail, qu'ils faisaient pour le plus important vigneron du bourg, ils l'accomplissaient aussi chez eux, à temps perdu. Prades les rémunérait en sarments, car leur propre production était insuffisante, mais aussi en vin, ou en produits de haute nécessité, tels que le sel ou les épices qu'il se procurait plus facilement qu'eux, car il avait les moyens de les acheter en quantité.

Jordane escomptait que la proximité des autres la mettrait, comme la veille chez Cathala, à l'abri de la sollicitude indiscrète d'Ava. Son espérance fut vite déçue : sa cousine l'entraîna à l'écart le plus possible et entreprit de la questionner à voix basse. Elle répondit d'abord avec réticence. Ses phrases étaient entrecoupées de silences, car elle éprouvait une grande gêne à devoir traduire en mots ces gestes dont le souvenir était tellement cuisant. Mais à mesure qu'elle parlait, sa peine devenait moins lourde. Quand elle eut terminé et que sa cousine, se gardant bien de triompher et de lui rappeler qu'elle l'avait avertie, l'embrassa en lui disant que tout cela était fini, elle se sentit moins misérable. Elle admit qu'au bout du compte, il ne s'était rien produit d'irréparable : grâce à ses frères, elle avait échappé au viol et sa réputation était intacte.

— Sauf si Amiel en parle, dit-elle pourtant.

— Il l'aurait déjà fait, affirma Ava avec une assurance qu'elle était loin de ressentir. De toute façon, ajouta-t-elle, il part la semaine prochaine avec le troupeau et, excepté ses courtes visites pour le ravitaillement, il ne reviendra qu'au début de l'hiver.

Cependant, Ava se disait que le rôle d'Amiel n'était pas clair. Que faisait-il dans cette histoire ? Pourquoi n'était-il pas avec ses camarades ? S'intéressait-il plus particulièrement à Jordane ? Essaierait-il de profiter de la situation ? Elle garda ses questions pour elle, mais elle savait que sa cousine s'était posé les mêmes. Jordane songeait avec rancœur qu'il lui serait désormais bien difficile d'avoir confiance en quelqu'un qui ne soit pas de sa famille. Le pli amer de sa bouche peina Ava qui essaya de la distraire en attirant son attention sur Linette, l'épouse de Jacques Prades, qui leur apportait le déjeuner. Mais Jordane lui répondit avec indifférence.

Tout le monde s'interrompit pour se rapprocher de la jeune femme. Fraîche et pimpante, elle se tint au milieu des travailleurs, posa à terre le panier d'osier qui pesait à son bras et distribua à la ronde du pain et des noix. Les gens se mirent à manger par petits groupes en bavardant pendant que le jeune mari, l'air faraud, prenait avec sa femme des airs de propriétaire, s'attirant quelques quolibets indulgents.

Agnès vint rejoindre ses deux amies et Jordane ignora son regard interrogateur. Il était évident qu'Agnès ne croyait pas à la migraine, pas plus qu'à la chute de l'échelle qui était censée expliquer les marques sur le visage de Jordane. Il faudrait pourtant qu'elle s'en contente. Ava, alertée par le regard de Jordane dont elle perçut qu'il était un appel au secours, s'empressa de trouver un sujet de conversation neutre et Agnès n'insista pas.

Linette fit ensuite circuler le claret et les gens s'en retournèrent travailler. Alors qu'elle était courbée sur un sillon, Jordane vit deux sabots immobilisés devant elle. Elle leva les yeux : c'était Amiel. Solide, voire un peu trapu, un bon sourire sur son visage franc, le garçon avait tout pour inspirer la confiance. Pourtant, Jordane s'accrocha au bras d'Ava, en proie à une crainte incoercible. Sa cousine lui pressa la main pour l'assurer de son soutien et salua Amiel. Il lui répondit sans cesser de regarder Jordane, mais celle-ci ne put s'arracher un mot de civilité. Il hocha la tête, de l'air de quelqu'un qui comprend, et s'éloigna, le sourire devenu triste. Ava remarqua sur un ton apaisant :

— Je suis sûre qu'il ne te veut pas de mal et que tu n'as rien à craindre. Je crois plutôt qu'il est amoureux de toi.

— Amiel ? Tu n'y penses pas ! De toute façon, je ne veux plus rien savoir des hommes.

❧

Athon était fier : il partait avec Amiel et Perrin pour sa première transhumance. Quand il reviendrait, on ne le traiterait plus comme un enfant : il aurait partagé, pendant de longs mois, la vie rude des bergers. Amiel, qu'il avait harcelé de questions pendant tout l'hiver, lui avait décrit, tant bien que mal, la cabane où ils s'abriteraient la nuit, la façon de fabriquer les fromages, la nervosité des chiens quand rôdaient les loups. Amiel n'était pas bavard, et il fallait lui arracher les mots, mais l'imagination d'Athon avait suppléé aux silences du conteur, et il s'était fait une idée exaltante de sa vie future. La hâte de partir l'avait empêché de dormir les deux dernières nuits, et Arnaud s'était déclaré enchanté d'être enfin débarrassé d'un compagnon de paillasse aussi agité.

Athon n'ignorait pas tout à fait le métier de berger, car il s'était occupé des moutons avec les autres galopins du village pendant toute la morte saison. Les bêtes, qui paissaient dans les chaumes et dans les pâtures communes, étaient traditionnellement confiées aux jeunes garçons. Ce travail, qu'ils auraient dû accomplir à cinq ou six, ils étaient en réalité deux à le faire, à tour de rôle, pendant que les autres piégeaient des merles et des grives sur le causse ou fainéantaient dans la grotte de la falaise qui leur servait de point de ralliement. Les adultes le savaient, mais ne disaient rien tant que les animaux étaient surveillés et ne faisaient pas de dégâts. De plus, l'apport des petits oiseaux à la table familiale n'était pas négligeable, vers la fin de l'hiver, quand les réserves s'épuisaient.

Le soir, leur présence à tous était nécessaire pour trier les animaux qu'il fallait ramener à leurs propriétaires. Ce n'était pas une mince affaire car, si le gros des bêtes appartenait à Chauvès et à la veuve Martin, chacun au bourg en possédait quelques têtes. Il était assez commode de canaliser le flot des moutons, mais les chèvres, imprévisibles, têtues et indépendantes, s'ingéniaient à leur compliquer la tâche. Un peu avant la nuit, le bourg résonnait de la cavalcade des bêtes et des sabots des enfants qui faisaient un fond sourd à la cacophonie des bêlements affolés des moutons, des aboiements impérieux des chiens bergers et des cris aigus des garçons.

Aujourd'hui, c'était autre chose : Amiel, Perrin et Athon partaient pour plusieurs mois pendant lesquels ils seraient complètement isolés et devraient faire face à toutes les situations, quelque difficiles qu'elles fussent. Athon quittait ses amis qui le regardaient partir avec un peu d'envie. Les bergers n'étaient ni riches ni très bien considérés, mais ils exerçaient sur les jeunes garçons une grande fascination, car ils incarnaient la liberté et l'aventure.

Athon voulait forcer l'estime d'Amiel : il rêvait que le berger, impressionné de le voir aussi consciencieux et compétent, cesserait de le considérer comme un gamin pour le traiter sur un pied d'égalité. La nuit précédente, couché contre le flanc de Misa – la chienne qui allait l'aider à faire du bon travail, car il l'avait soigneusement dressée, depuis trois ans, à l'aide des conseils de son père –, il s'était promis de renoncer aux espiègleries et aux sottises : le jour qui se lèverait ferait de lui un homme. Aujourd'hui, Misa allait et venait le long du troupeau, avait l'œil à tout et guidait les bêtes avec autorité. De temps à autre, elle jetait un regard à son maître, quêtant son approbation. Au moment du rassemblement, Amiel et Athon avaient montré, chacun à sa chienne, de quel côté elle devait surveiller le troupeau tandis que celle de Perrin le pousserait en rappelant à l'ordre les traînardes. Elles avaient compris et s'y tenaient, sourdes et aveugles à tout ce qui n'était pas leur tâche.

Amiel se retourna et regarda Athon. Le sérieux et la fierté du garçon lui rappelèrent de vieux souvenirs. Lors de sa première transhumance, lui aussi avait eu le sentiment de faire la chose la plus importante de sa vie. C'était Pastou qui avait accepté de l'amener avec lui. Le berger avait accompli cette année-là son dernier estivage, car c'est l'hiver suivant qu'il avait soudainement disparu. En ce lointain jour d'avril qui avait vu leur départ, tout le village était réuni sur les remparts, comme aujourd'hui, pour regarder s'éloigner le troupeau en direction de la montagne. Pastou s'était retourné et avait envoyé un baiser à sa promise, la belle Gaillarde, qui n'était pas encore la putain du bourg. Amiel chercha des yeux la silhouette de Jordane. Elle était là, bien sûr, et elle faisait de la main un signe d'adieu. Mais c'était à son petit frère qu'allait le message. Même en ce moment, elle ne souriait pas. Depuis le jour terrible où elle avait échappé de peu au viol, elle ne souriait plus. Ses yeux, toujours mobiles, semblaient guetter un ennemi caché. Elle lui rappelait un renard qu'il avait un jour pris au piège et qui l'avait regardé approcher, sentant, de tout son instinct, qu'il venait pour le tuer. Le cœur d'Amiel se serrait de pitié à la vue de la triste jeune fille qui avait été si gaie. Le temps parviendrait-il à la délivrer de sa peur? Le berger refusait d'imaginer qu'elle pourrait ne jamais retrouver cette joie de vivre dont elle rayonnait autrefois. Il ne résista pas au désir de faire un geste de la main dans sa direction. Elle agita aussi la sienne et, malgré la proximité d'Athon, il voulut croire que c'était pour lui.

❧

Quelques jours plus tard, Jordane suivait le chemin des Bucs qui épousait la falaise en direction de la léproserie. Les malades vivaient de la charité des gens, charité organisée par le curé de manière qu'elle ne soit pas trop sporadique et que les malheureux ne crèvent pas de faim. À tour de rôle, les habitants de Minerve apportaient leur écot qu'ils laissaient à la porte après avoir sonné la cloche qui signalait leur passage.

Jordane vit un lépreux s'avancer dans sa direction. Dès qu'il l'aperçut, il se détourna pour ne pas lui imposer le spectacle de sa déchéance, mais elle eut le temps de jeter un regard, comme elle faisait toujours sans pouvoir s'en empêcher, sur ses mains et ses pieds, là où les atteintes de la maladie étaient les plus évidentes, le reste étant dissimulé sous l'habit de bure. Ce lépreux avait l'air sain, et c'était pire encore: devant l'horreur des orteils absents et des mains réduites à des moignons, l'imagination refusait d'aller plus loin, mais quand aucune trace n'était visible, on se figurait des horreurs cachées, plus terribles encore, et le regard se détournait des malheureux avec un profond dégoût. Quels crimes cet homme avait-il commis pour que Dieu le punisse aussi cruellement?

Jordane agita la cloche et partit, satisfaite d'en avoir terminé. Son pas se fit plus léger sur le chemin du retour, car la vue du lépreux l'avait détournée de son obsession : les événements du dimanche des Rameaux. Les visites à la maladrerie avaient toujours un effet bénéfique sur son humeur : elle en revenait avec le sentiment qu'elle était une privilégiée et qu'en comparaison avec celle des malades, sa vie à elle était douce à porter. C'est pour cela qu'elle offrait d'accomplir ce qui était généralement considéré comme une corvée. Ava proposait de l'accompagner, mais n'insistait jamais devant un refus qui répondait à son désir de faire comme si la léproserie n'existait pas.

Cette fois-ci, comme d'habitude, le charme avait opéré. Au lieu de revivre une fois de plus la scène de violence qui l'avait rendue si craintive, elle s'imprégnait du parfum des fleurs qui poussaient dru au bord de la falaise. Alerté par un froissement d'herbe ou une course rapide dans les buissons, le chien qui l'avait accompagnée s'éloignait sans cesse à la poursuite de quelque proie, qui lui échappait toujours, et revenait, penaud, avant de partir de nouveau au premier signe, avec le même espoir et la même fougue. Jordane fit provision d'iris nains. Dédaignant les blancs et les bleus, elle choisit des jaunes, les préférés de sa grand-mère à qui elle ferait le plaisir de ce bouquet que la vieille n'était plus capable d'aller cueillir elle-même. La jeune fille, les bras chargés de son fardeau lumineux, se prit à chantonner en se remettant en route.

Soudain, la vue d'une silhouette masculine qui arrivait en sens inverse et se dirigeait vers elle la figea. Elle regarda aux alentours : c'était désert. La peur s'empara d'elle, irraisonnée. Cet homme qui venait la terrorisait : c'était un ennemi, un violeur en puissance. Il allait se jeter sur elle, la battre, ouvrir ses cuisses, lui faire mal. Elle tremblait et claquait des dents, mais restait sur place, pétrifiée. Il se rapprochait, et Jordane ne bougeait toujours pas. Son cœur battait la chamade. Le chien s'élança vers l'arrivant, aboya un peu, se calma et revint vers elle. Quand l'homme fut tout près, elle le reconnut : c'était Melgueil, le tisserand pour lequel toutes les femmes de sa famille travaillaient. Il la salua et allait passer son chemin quand il s'avisa qu'elle était fort pâle. Alors il s'arrêta et s'approcha pour s'enquérir de son état. La voyant prête à s'effondrer, il fit un geste pour la retenir. Elle ne vit plus que sa main, qui se tendait vers elle, comme une serre prête à la déchirer. L'odeur d'un pied de fenouil qu'elle avait foulé par mégarde couvrit celle des iris, et l'esprit confus de Jordane, abolissant la réalité, la replaça au cœur de son cauchemar. Prise de panique, elle poussa un grand cri. Retrouvant l'usage de ses jambes, elle s'enfuit, le laissant désemparé. Il la regarda courir, hocha la tête, et se fit la réflexion que les jeunes filles étaient parfois bizarres.

Jordane courut un moment, puis s'arrêta. Elle laissa son cœur et son souffle se calmer, puis elle réfléchit à ce qui venait de se produire. Maintenant qu'il était loin, elle était capable de se rendre compte qu'elle avait eu tort d'avoir peur, car Melgueil n'était pas un danger : il était sur le même chemin qu'elle, rien de plus. Elle comprit alors que désormais tous les hommes l'effraieraient et chercha, affolée, un moyen de les éviter. Il n'y en avait qu'un, elle le comprit : c'était le cloître. Les communautés de *croyantes*, qui avaient été dispersées par le zèle des croisés refleurissaient, ici et là, et elle se souvint que les *parfaits* en avaient évoqué une, point trop éloignée, où les *bonnes dames* se cachaient sous l'habit des moniales de

Fontevrault. Peut-être y aurait-il un moyen de se joindre à elles ? Bien cachée derrière un buisson, peu réconfortée par un espoir trop ténu, Jordane pleura amèrement son insouciance perdue.

❧

Tous les deux ou trois jours, Guillemette allait sur le causse cueillir des herbes pour ses malades. Un après-midi, son chien, un jeune de l'année, joueur et exubérant, leva soudain les oreilles avant de s'élancer avec un aboiement joyeux. Très vite, il en rejoignit un autre avec lequel il commença de gambader : c'était celui de Gaillarde, qui venait derrière l'animal, se dirigeant droit sur Guillemette. À quelques pas, elle s'arrêta.

— Si tu veux du thym, dit-elle, il y en a une belle touffe un peu plus loin. Viens, je vais te montrer !

Machinalement, Guillemette la suivit. C'était la première fois, depuis des années, qu'elles étaient seules ensemble. Elles avaient été amies, autrefois, jeunes filles du même âge qui se promenaient le dimanche, bras-dessus, bras-dessous. Guillemette se laissait alors courtiser par Guillaume, dont elle était veuve à présent, et Gaillarde par ce berger, Pastou, qui avait un jour mystérieusement disparu emportant avec lui la joie de vivre de sa promise. À la suite de cet événement, Gaillarde était devenue très solitaire et très pâle jusqu'au jour où de vilaines rumeurs coururent sur son compte. La mère de Guillemette, sur la foi des racontars, avait interdit à sa fille de la fréquenter, comme le firent toutes les mères, et la jeune fille avait obéi, sans se révolter, d'accord sans doute avec les raisons qui dictaient l'ostracisme. Depuis ce temps-là, aucune femme du bourg n'avait plus parlé à Gaillarde, sauf pour l'insulter, tandis que les hommes se faisaient assidus, quoique discrets, à sa porte accueillante. Et voici que Guillemette était maintenant seule avec cette femme, à l'écouter et à la suivre. « Mais moi non plus, pensa-t-elle amèrement, je n'ai plus de lien avec personne au village. »

Gaillarde l'aida un moment à cueillir le thym puis, sans transition, dit cette phrase étonnante :

— À toi aussi, ils te l'ont tué.

Guillemette sursauta :

— Comment, à moi aussi ?

— Pastou, il n'est pas parti. Il ne m'aurait pas quittée. C'est eux qui l'ont détruit.

— Que veux-tu dire ?

— Ce que j'ai dit.

Et elle ajouta, farouche :

— Un jour, je me vengerai.

Un éclair de fureur transforma le visage de Guillemette. Trop repliée sur sa propre douleur, elle ne fut pas curieuse de ce que l'autre sous-entendait, mais elle retint qu'elle avait trouvé une alliée.

— Oui, dit-elle, on va se venger. Les assassins seront punis.

Gaillarde se réjouit d'avoir misé juste.

— Écoute-moi bien, dit-elle : quand les inquisiteurs viendront, ils questionneront tout le monde. Moi, on ne croira pas ce que je dis, parce que je suis une pute.

Guillemette broncha, giflée par la brutalité du mot, mais l'autre continua :

— Quand les hommes ont les chausses baissées, ils parlent beaucoup. Parce que je couche avec eux, ils croient qu'ils peuvent me faire confiance et me disent toutes sortes de choses.

Elle ricana cyniquement, puis continua :

— Si je racontais tout ce que je sais… Mais je ne peux rien dire, parce qu'on ne me croirait pas. Toi, par contre, tu es digne de confiance. Tous leurs sales petits secrets, si je te les racontais et que tu les dises aux inquisiteurs… Plus d'un s'en mordrait les doigts !

Elle avait déjà commencé de s'éloigner vers son rendez-vous quotidien quand elle s'arrêta pour ajouter :

— Tous les jours, je viens sur le causse. Viens me rejoindre, on en parlera.

— Je viendrai, répondit simplement Guillemette.

Le protégé de Gaillarde s'était rétabli assez vite et il mangeait la nourriture qu'elle lui apportait, aussi indifférent aux aliments qu'à sa présence. Depuis qu'il avait cessé de délirer, il n'était plus sorti du silence que pour prier ou pour s'accuser d'être damné. Quand son corps eut surmonté sa faiblesse, il s'agenouilla dans l'ombre de la grotte. Depuis lors, c'est ainsi qu'elle le trouva tous les jours, à répéter inlassablement ses litanies. Elle le questionna sur le drame, essayant d'apprendre ce qui s'était passé pour qu'elle le trouve sur le causse, à demi mort, à côté du cadavre de son compagnon, mais il la regardait avec étonnement : il ne vivait plus dans le monde réel et semblait avoir perdu ses souvenirs. Tout ce qu'il trouvait à dire, désignant Pastou qui s'était attaché à lui et ne le quittait plus d'un pas, était :

— Je suis en enfer, il est mon châtiment !

Elle s'obstina longtemps, puis se lassa de l'interroger. Cependant, elle continua de le nourrir en secret : un jour sans doute, il se souviendrait des événements qui l'avaient choqué au point qu'il les oublie et il lui apprendrait la vérité. À ce moment-là, elle aviserait.

❧

À compter de leur rencontre sur le causse, Guillemette et Gaillarde se virent tous les après-midi. Guillemette avait besoin d'exprimer sa haine et trouvait chez Gaillarde une oreille complaisante. Écoutant ses conseils, elle adoucit son attitude envers les villageois.

— Il ne faut pas qu'ils sachent que tu les hais, disait Gaillarde, sinon, ils vont se méfier de toi. Pour se protéger, ils te feront probablement passer pour folle. Dans ce cas, ta parole n'aurait pas plus de valeur que la mienne devant les inquisiteurs.

Alors, Guillemette, touchée par la justesse du propos, s'efforça de retrouver son comportement d'avant. Elle cessa de se poster devant la porte de l'hôpital avec une figure accusatrice et les gens, peu à peu, recommencèrent à fréquenter la taverne, à la grande satisfaction de son propriétaire. Elle répondait à leurs saluts, et ils oubliaient qu'elle avait été profondément blessée par ce qui était arrivé. Chez Mignard, approuvés par le tavernier, les ivrognes commentaient :

— On le savait bien que Guillemette, c'était une brave femme…

— … qui ne voudrait pas faire du tort à ses concitoyens…

— … surtout pour un étranger…

Parce que le Gauthier, après tout, personne ne savait d'où il sortait. On ne l'avait pas interrogé, bien sûr, et il n'y avait eu aucun témoin du meurtre, mais ça ne voulait pas dire qu'il n'était pas coupable.

Et c'est ainsi que la cité, délivrée des regards de reproche de Guillemette, réussit peu à peu à se refaire une innocence. On attendait les inquisiteurs, mais on savait qu'ils seraient longs à venir : d'abord, le messager devait se rendre à Carcassonne, puis il lui fallait rencontrer les autorités pour les informer de ce qui était arrivé. L'évêque choisirait alors les frères enquêteurs, mais ceux-ci auraient peut-être à régler des affaires en cours avant de se rendre à Minerve. Plusieurs semaines allaient donc s'écouler avant qu'ils n'arrivent. À mesure que les événements s'éloignaient dans le temps, les villageois se rassuraient, et vint l'oubli, qui ôtait de son horreur à la lapidation et éloignait des esprits les inquiétudes engendrées par l'assassinat du dominicain et la disparition de son compagnon.

DEUXIÈME PARTIE

CHAPITRE PREMIER

Il arriva par un matin ensoleillé de la fin du mois de mai. Grand, maigre, le visage émacié, les yeux brillant d'une fièvre permanente : c'était l'inquisiteur, tel qu'on l'avait imaginé, redouté, rencontré dans ses cauchemars. Monge, de garde à la porte Saint-Nazaire, avait d'abord vu un nuage de poussière en direction d'Azillanet. Comme il approchait, il aperçut une petite troupe encadrant un dominicain monté sur une mule. Les soldats, qui s'étaient déroutés à la demande de l'évêque pour servir d'escorte à l'inquisiteur, étaient attendus à Béziers, et ils repartirent très vite, prenant juste le temps de se désaltérer et d'abreuver les chevaux.

Le dominicain attacha sa mule à un anneau et ordonna au garde de le conduire chez le curé. Monge obtempéra. Il n'aurait pas dû quitter son poste sans l'autorisation du commandant, son chef, mais il n'y pensa pas un instant. Il ne lui vint pas non plus à l'idée que cet inconnu n'était investi que d'une autorité morale. Dès son entrée à Minerve, Aurélien Barthès se conduisit en maître, et nul, dans le bourg, ne fut de taille à s'y opposer.

La démarche appliquée, s'efforçant de ne pas trahir le début d'ivresse qui donnait du mou à ses jambes, Monge précéda l'inquisiteur jusqu'au presbytère. Ils y trouvèrent Pierre Chauvès occupé à curer la bergerie avec Innocent.

Au premier coup d'œil, l'inquisiteur sut qu'Innocent était le fils du prêtre : plus que la ressemblance – réelle –, l'attitude de l'homme envers l'adolescent dénonçait leur lien de parenté. Tandis qu'il déclinait d'une voix sèche ses noms, titres et qualités, Aurélien Barthès les observait l'un et l'autre sans cacher son mépris. Monge, qui était resté planté sur le seuil, curieux et attentif, fit dans le dos de l'inquisiteur un signe de compassion à Chauvès. Comme s'il avait pu le voir, le dominicain se tourna vers lui et sa voix claqua :

— Toi, l'ivrogne, retourne garder la porte !

Monge, humilié, s'éloigna en essayant de paraître digne.

Barthès reprit :

— Je vais rester le temps d'éclaircir les choses. Où vais-je loger ? Pas chez vous, j'espère ?

— No…on, pas ici, bredouilla le curé, je vais vous conduire à l'hôpital.

Tandis qu'il se dépêchait de se laver les mains dans le baquet des moutons et de quitter ses sabots pleins de fumier, Pierre Chauvès, faisant abstraction de la rebuffade, précisa aimablement :

— Il est très bien tenu : la veuve Guillemette est propre et…

Aurélien Barthès l'interrompit avec brutalité :

— Peu importe : il ne me faut qu'une paillasse.

— Bien sûr, bien sûr…

Le curé, qui précédait l'inquisiteur dans la Grand-Rue, l'informa :

— Guillemette ne sera pas là. C'est la lessive du printemps : toutes les femmes sont en aval du moulin, à laver le linge dans le Brian.

— Je n'ai pas besoin d'elle. Réunissez à l'église les membres du conseil. Le plus vite possible.

Chauvès, affolé, essaya d'argumenter :

— Ça va être difficile : certains sont à la vigne, d'autres…

— Cherchez-les !

Et sans plus s'occuper du curé à qui il avait abandonné son bagage, le dominicain entra dans l'église, se rendit jusqu'au chœur et s'abîma dans la prière. Aurélien Barthès demandait à Dieu la force de remettre tous ces gens dans le droit chemin. Pour l'instant, il n'en avait vu que deux, mais cela augurait mal : un garde ivrogne et un curé luxurieux. Comment seraient les autres ?

❧

Pierre Chauvès dépêcha, à la recherche des conseillers, les gardes, qu'il trouva chez Mignard, et quelques jeunes garçons qui traînaient opportunément place Saint-Étienne. Blaise fut chargé de courir au moulin. Il délivra son message à un Minot furieux de laisser sa besogne pour aller perdre du temps en parlotes, puis alla annoncer la nouvelle aux lavandières.

Le spectacle était joyeux, coloré et bruyant. Elles s'interpellaient et lançaient des plaisanteries, transformant par leur gaieté la corvée en partie de plaisir. Elles offraient à l'œil de l'arrivant la perspective de leurs fessiers haut levés, car elles travaillaient à genoux, penchées au-dessus de la rivière. Blaise dévala le sentier et arriva sur la berge.

C'étaient leurs poitrines qu'il voyait maintenant en enfilade. Échauffées par l'effort, elles s'étaient débarrassées de leurs surcots, avaient roulé les manches des chemises et les avaient délacées. L'eau giclait, et la toile des cottes mouillées, plaquée sur leurs bustes, les moulait de manière aussi suggestive que si elles eussent été dénudées. Blaise, suffoqué à la vue de tous ces corps exposés, jouit du spectacle, silencieux, un peu hébété, ne sachant plus pourquoi il était là. Les seins trop menus des jeunes filles l'intéressèrent peu, de même que ceux des vieilles qui pendaient misérablement, mais le buste opulent de Gaillarde le fascina.

À force de l'observer, le désir de toucher cette femme devint douloureux. Il se promit de trouver au plus tôt, coûte que coûte, le moyen d'aller chez elle. Des sous, il n'y fallait point songer : quand il y en avait quelques-uns à la maison, ils étaient jalousement gardés par son père. Il songea à voler des œufs, mais Linette s'en apercevrait : les femmes savent toujours combien il est normal d'en trouver dans le foin de la grange, et s'il en manquait plusieurs, on accuserait quelque animal, fouine ou renard, que l'on guetterait. Il fallait trouver autre chose. Il se souvint tout à coup du lièvre dont ses amis et lui avaient découvert le gîte, le dimanche passé. Ils avaient convenu de le piéger et d'en faire un festin, dans leur grotte secrète, à l'insu de tout le monde. C'est ce lièvre, qu'il attraperait seul, qui lui ouvrirait la porte de Gaillarde.

Mignarde, ayant tourné la tête, aperçut Blaise et vit son émotion. La tavernière se crispa de dépit parce que l'hommage allait à une autre. Elle ne le supportait pas, même s'il ne s'agissait, comme ici, que d'un gamin. Elle résolut de faire payer son dédain au garçon en le mettant dans l'embarras. D'une voix forte, elle annonça :

— Regardez, nous avons un admirateur !

Toutes les têtes se tournèrent vers Blaise dont les joues s'enflammèrent. Satisfaite, elle le héla avec une lourde ironie :

— Eh, jeune homme, viens donc par ici, tu nous verras de plus près !

Son apostrophe déclencha une cascade de ricanements qui piqua le garçon au vif. Furieux, il leur jeta la nouvelle méchamment, pour se venger :

— L'inquisiteur est arrivé. Vous allez moins rire !

Elles se turent aussitôt. Mignarde changea de ton :

— Approche ! Viens nous dire ce que tu sais.

Il obéit. Les femmes avaient laissé leur linge sur les rochers et s'étaient rapprochées de lui. Il les laissa le questionner, les fit un peu attendre, mais comprit vite que l'on ne jouait plus et raconta ce qu'il avait vu.

— Si l'évêque n'a envoyé qu'un inquisiteur, fit remarquer Blanche, la femme du consul, notre cas ne doit pas être tellement grave.

Ses compagnes, avides du moindre encouragement, l'approuvèrent, mais Blaise ne voulait pas qu'elles se rassurent à aussi bon compte :

— On voit bien que vous ne l'avez pas encore rencontré ! s'exclama-t-il d'un ton si effrayé qu'elles en frémirent.

Elles voulurent en savoir davantage, et le pressèrent de questions. Mignarde, surtout, était insatiable. Il répondit comme il le pouvait, mais il n'avait aperçu le dominicain que quelques instants et fut vite à court de détails. Après lui avoir extirpé tout ce qu'il pouvait dire, les femmes retournèrent pesamment à leur tâche. Guillemette dit avec hésitation, comme pour elle-même :

— Il faudrait peut-être que j'y aille, puisqu'il loge à l'hôpital.

— Mais non, intervint avec autorité la veuve Martin. Il a demandé à voir le conseil, il n'a pas besoin de toi.

Guillemette fut soulagée à l'idée de repousser l'épreuve, car elle avait peur de ne pas jouer convenablement, auprès de l'inquisiteur, le rôle que Gaillarde et elle-même avaient mis au point. Non seulement elle allait répondre à toutes les questions que le dominicain ne manquerait pas de lui poser, mais elle lui apprendrait tout ce que les Minervois voulaient cacher. Puisque Gaillarde était au courant des secrets les plus intimes, ce serait facile. La prostituée s'était réjouie de la décision de loger le dominicain à l'hôpital. « Ainsi, avait-elle dit à sa complice, tu pourras, sans en avoir l'air, orienter ses recherches. » La veuve était consciente qu'en effet, c'était un avantage, mais elle devrait être prudente pour qu'il ne devine pas qu'elle cherchait à se venger, sans quoi ses confidences ne seraient plus crédibles. Bien qu'étant rompue à la dissimulation de ses sentiments, depuis des semaines qu'elle faisait bonne figure aux Minervois malgré sa haine, elle avait une certaine appréhension.

Elle y avait souvent réfléchi depuis le dimanche où, au sermon, le curé avait annoncé qu'il fallait savoir où logeraient les envoyés de l'évêque afin de ne pas être pris au dépourvu lors de leur arrivée. À ceux qui suggéraient qu'il soit lui-même leur hôte – entre hommes d'Église, ils s'entendraient – il avait allégué le manque de place : on ne savait pas s'ils seraient nombreux, et sa maison n'était pas grande. En réalité, comme cette situation était de moins en moins tolérée chez le clergé, il se souciait peu d'étaler sa vie conjugale devant des membres de l'un des ordres religieux qui se piquaient le plus d'ascétisme et de pureté. Et c'est le même argument de l'espace restreint qu'opposèrent tous ceux dont le nom fut avancé, à part la veuve Martin qui vivait seule dans une fort grande demeure. Pour se dérober, elle déclara qu'elle serait gênée d'avoir des hommes chez elle. L'argument laissa l'assistance abasourdie, car tout le monde savait les dominicains irréprochables, mais personne n'osa protester, et elle cacha son visage dans ses mains jointes, en un geste de profonde piété. En réalité, elle dissimulait ainsi la joie de son triomphe : les inquisiteurs resteraient des jours, peut-être des semaines, et elle se réjouissait d'avoir été assez habile pour sauvegarder l'intimité nécessaire à sa secrète vie nocturne. Quand tous les gens importants, qui auraient dû se sentir honorés de recevoir les envoyés de l'évêque, se furent récusés, il ne resta plus que la solution de l'hôpital : l'Inquisition serait logée comme les voyageurs ordinaires. On ne demanda pas à Guillemette si la solution lui convenait, car c'était son rôle d'accueillir les gens de passage, et elle n'avait aucune raison valable de refuser.

Les conseillers les premiers arrivés ne s'étaient pas rendus à l'église : ils avaient préféré attendre à la taverne que tout le monde soit là, car ils avaient trop peur du dominicain pour oser l'affronter individuellement. Ils burent un peu de vin, afin de se donner du courage. En effet, ils en avaient besoin, car le commentaire du curé, quoique bref, était fort inquiétant :

— Il n'est pas commode ! Ah ça non, il n'est pas commode ! répétait-il inlassablement, sans rien ajouter, mais avec beaucoup de conviction.

Après l'arrivée de Minot, ils ne purent plus différer et se rendirent à l'église. Pour une fois, l'homme de peine de

Mignard, Félix, n'envia pas son patron : il préférait, et de loin, servir du vin à la taverne que faire partie du groupe qu'il voyait traverser la place Saint-Étienne avec l'allégresse de condamnés à mort montant au gibet. Le duo des ivrognes – le trio habituel étant amputé de Monge qui montait la garde – partageait son sentiment :

— Ils n'ont pas l'air content d'aller voir le frère, commenta Delprat.

— À leur place, j'aurais le même air, ajouta Baille.

Il s'avisa que la cruche était vide et commanda à Félix :

— Va donc en chercher une autre !

Ils burent un moment en silence, en hochant la tête gravement. Baille eut alors une idée :

— Si on allait voir Monge à la barbacane de la porte Saint-Nazaire ? L'inquisiteur a dû passer par là, il pourra nous en parler.

— Ça, c'est une bonne idée ! s'exclama son compère. Holà, Félix, donne-nous à boire dans une gourde, on va l'apporter à Monge.

— Je mets du vin pour un ou pour trois ? demanda le garçon avec une feinte naïveté.

— Pour trois, bien sûr ! répondirent-ils comme un seul homme.

Félix les regarda partir bras dessus, bras dessous, et il pensa avec dérision : « La porte Saint-Nazaire va être bien gardée aujourd'hui. »

❧

Après le départ de Blaise, les conversations avaient repris sur la rive du Brian, mais pas les rires. Les femmes avaient changé de sujet. Oubliées, les deux paires de drap de Gaillarde qui, comme chaque année, les faisaient s'étrangler d'indignation ; oublié le vieillissement subit de Guillemette qu'elles avaient observé à la dérobée : tout ce qui n'était pas le dominicain et la menace qui pesait sur la communauté avait perdu de son intérêt.

Au milieu du jour, elles s'arrêtèrent pour manger. Elles s'installèrent en rond sur des roches plates et déballèrent le contenu de leur petit baluchon. Comme d'habitude, Gaillarde s'assit à l'écart, sachant bien que personne ne voudrait se mettre auprès d'elle. Elle aurait pu choisir un jour différent pour sa lessive, mais elle tenait à être là en même temps que les femmes du village afin de les narguer en arborant un linge plus abondant et plus beau. À la stupéfaction générale, Guillemette alla s'asseoir à ses côtés. Gaillarde, furieuse, la gourmanda :

— Tu n'aurais jamais dû faire ça ! Va-t'en, retourne avec les autres !

Mais elle refusa avec obstination :

— Je ne peux pas, dit-elle. Quand elles sont groupées ainsi, je les revois lancer les pierres, le visage déformé par la haine et le désir de tuer. Je t'assure que je ne peux pas me mêler à ces femmes, sans quoi je vais me mettre à hurler et je vais les assommer à coups de battoir.

— Au moins, éloigne-toi de moi. Va manger seule, sans quoi tu seras suspecte et nos plans vont échouer.

— Tu as raison, je m'en vais, dit Guillemette avec un soupir de résignation.

Elle ramassa ses affaires et alla s'installer un peu plus loin, à bonne distance de tout le monde.

Passé le premier moment de stupeur, les femmes s'étaient mises à commenter la curieuse démarche de Guillemette :

— Ce n'est pas possible, je n'en crois pas mes yeux !

— Que peuvent-elles bien se dire ?

— Elles n'ont pas l'air d'accord : on dirait qu'elles se disputent.

— Tiens, Guillemette ne reste pas avec elle : elle se relève. Croyez-vous qu'elle va venir nous rejoindre ?

— Ça m'étonnerait ! Elle ne nous a plus parlé depuis… enfin, depuis…

— Elle s'éloigne, elle ne viendra pas ici.

— Tant mieux ! Moi, elle me glace.

— Moi aussi. Mais quand même, j'aimerais bien savoir ce qu'elle avait à dire à cette salope.

— Va donc le lui demander !

— Alors là, ne compte pas sur moi !

Sur ces paroles, elles reprirent leur besogne qui les tint occupées jusqu'au couchant.

Sur le parvis de l'église, Pierre et Justin Chauvès se firent des politesses.

— Entre le premier, dit le curé à son frère, c'est toi le consul : tu es le personnage le plus important du bourg.

— Je n'en ferai rien, répliqua Justin, c'est ton église : c'est à toi d'entrer. D'ailleurs, tu es le seul à connaître le frère : il est normal que tu sois le premier.

— Je maintiens que c'est à toi, s'entêta le curé.

Les membres du conseil contemplaient la joute avec intérêt. Des sourires ironiques fleurirent sur quelques visages au spectacle des frères Chauvès faisant assaut de lâcheté. Comme la situation menaçait de s'éterniser, le vieux Chauvès trancha de cette voix autoritaire qui faisait obéir ses fils aussi bien que lorsqu'ils avaient dix ans.

— Ça suffit! dit-il. Pierre, passe en premier, et Justin, suis-le!

Le dominicain était toujours en prières. Ils s'arrêtèrent, hésitants, au milieu de la nef, et se regardèrent, un peu gênés, ne sachant que faire. Ils finirent par s'agenouiller et prier, eux aussi. Le temps leur parut interminable avant que le religieux ne se relève enfin. Quand il se retourna, ils étaient encore à genoux, n'osant pas bouger. Debout devant eux, l'inquisiteur les fixa tour à tour d'un regard scrutateur qui provoqua un malaise. Ce premier contact entre les hommes agenouillés et le religieux qui les surplombait de sa haute taille – encore grandie du fait que le chœur était surélevé de deux marches – fut une épreuve de force qu'Aurélien Barthès gagna : tous baissèrent les yeux. Seul le vieux Chauvès, bien calé dans sa brouette, le fixa sans crainte, et l'inquisiteur le reconnut comme le seul adversaire à sa mesure.

Il leur dit enfin de se relever et attendit que le curé fasse les présentations. Pierre Chauvès nomma ses paroissiens d'une voix qui manquait un peu de fermeté. Le dominicain l'écoutait attentivement et observait chaque homme avec une telle intensité que celui qui était sur la sellette finissait invariablement par se sentir vaguement coupable d'une faute qu'il ignorait. Quand ce fut terminé, l'inquisiteur acquiesça à la proposition du commandant d'envoyer chercher une table et des bancs. Pas un mot ne fut prononcé tant que tout ne fut pas mis en place.

Les deux gardes, aidés de Félix et du bedeau, s'acquittèrent de leur tâche avec une grande célérité, et le dominicain fit signe aux membres du conseil de s'asseoir, tandis que lui-même restait debout. Il s'adressa au consul :

— Je veux savoir exactement ce qui s'est passé.

Justin Chauvès chercha de l'aide : il jeta au commandant un appel muet, que l'autre ignora, puis il fit, sans grand espoir, une tentative du côté de son frère, mais le curé ne broncha pas davantage. Le consul, paniqué, ne savait par quoi commencer quand il eut une illumination soudaine : le registre ! Que n'y avait-il pensé tout de suite ! C'est d'une voix où perçait le soulagement qu'il dit :

— Nous avons fait une enquête, tout est inscrit dans le registre.

Pendant que le bedeau s'en allait quérir le livre à la sacristie, le consul s'épongea le front. Les conseillers, confiants, attendaient que le dominicain en prenne connaissance : ils se voyaient déjà délivrés de la corvée et libres de rentrer chez eux. Le curé, sans illusions quant à lui, se ratatina sur son banc en attendant l'orage.

Raimond déposa avec révérence le lourd registre sur la table, à la place laissée vide par le religieux. Le livre était d'autant plus impressionnant, pour ces gens illettrés, qu'il était énorme. Son volume, pourtant, ne tenait pas au nombre de feuillets, assez limité, mais à leur épaisseur due à la grossière qualité de la peau de mouton dont ils étaient faits. Barthès s'en approcha et l'ouvrit. Les hommes, autour de la table, le regardaient tourner les pages, interprétant à leur avantage son évidente surprise. Mais ils furent détrompés dès que le dominicain fut arrivé aux dernières, rédigées par Athon et Blaise. L'inquisiteur s'écria avec colère :

— Qu'est-ce que ce galimatias ? Qui a écrit ça ?

Pierre Chauvès eût donné beaucoup pour être ailleurs, mais il dut expliquer l'affaire. Les membres du conseil, réalisant que leur curé ne connaissait pas vraiment le latin, l'écrasèrent de leurs regards méprisants.

— Il est impossible de comprendre quoi que ce soit là-dedans, fulmina le dominicain. Cette enquête, qui l'a menée ?

— C'est moi, répondit le commandant à contrecœur.

— Alors, dites-moi ce qui aurait dû être écrit là.

Et il assena de son poing fermé un coup sur le registre qui exhala un petit nuage de poussière.

Les bourgeois, terrorisés, ne bronchaient pas, et Mignard, que la poussière avait fait éternuer, montra les signes de la plus grande confusion. Le commandant était moins fier que quelques semaines auparavant, lorsqu'il se pavanait en interrogeant les gardes. Il avala sa salive et relata par le menu, d'une voix qu'il espérait assurée, ses recherches infructueuses.

— Personne n'aurait rien vu ? ni entendu ? Je ne le crois pas, affirma Aurélien Barthès quand Rieussec n'eut plus rien à dire.

Il regarda avec suspicion les hommes assis qu'il dominait de toute sa stature et chacun se détourna d'un air coupable. Quand il arriva au consul, celui-ci bredouilla :

— Il y a bien Desbiau…

Devant le regard courroucé de ses concitoyens, il s'empressa d'ajouter :

— Mais ça n'a pas de rapport.

— C'est moi qui déciderai s'il y a un rapport ou pas, répliqua l'inquisiteur. Partez maintenant, et laissez-moi un des gardes. Je vous ferai appeler quand j'aurai besoin de vous.

Les conseillers s'en allèrent sans demander leur reste tandis que le commandant mettait Pons Chauvès au service de l'inquisiteur qui l'envoya aussitôt chercher Desbiau. Le vieux s'empressa de suivre le garde, content de constater que l'inquisiteur, contrairement aux membres du conseil, prenait son témoignage en considération, et ce, dès le jour de son arrivée.

❧

Guillemette déposa devant le dominicain une écuelle remplie d'une odorante soupe de choux généreusement garnie de lard et s'apprêta à faire retraite vers la souillarde où elle-même mangerait hors de portée du religieux qui l'intimidait fort. Sur le causse, quand elle en parlait avec Gaillarde, il lui semblait facile de profiter de la cohabitation avec l'inquisiteur pour déblatérer avec perfidie contre les habitants du village, mais face à cet homme sévère, elle n'avait qu'une envie : le fuir. Pour excuser sa lâcheté, elle se disait qu'elle avait bien le temps de le faire et qu'il n'était pas nécessaire de commencer tout de suite. Elle avait déjà tourné les talons lorsqu'il la rappela.

Pour l'amadouer – car il se doutait qu'elle pourrait lui être d'une grande utilité – il commença par l'interroger sur elle-même. Au début, elle bégaya un peu, tortillant d'un doigt nerveux une mèche grisâtre tandis qu'elle triturait de l'autre main l'étoffe de son vêtement, mais le dominicain paraissait bienveillant, et le débit de la femme s'améliora vite. Barthès voulut connaître son âge et savoir si elle était née à Minerve. Puis il lui fit évoquer son enfance, son mari défunt et son travail d'hôtesse, qu'elle connaissait depuis toujours, car elle avait succédé à sa mère dans cette fonction. Quand il la lâcha enfin, elle était devenue confiante et elle était prête à aller plus loin une prochaine fois.

Après le repas, Aurélien Barthès sortit de l'hôpital. À pas lents, il fit le tour de la cité. Son bâton de grand marcheur frappait les pavés au rythme régulier de sa progression. Il parcourut chaque ruelle et observa tout avec acuité. En se pénétrant des lieux, il semblait s'approprier les secrets que cachaient les portes closes. Car il ne rencontra personne : on eût dit que les gens étaient avertis de son approche à mesure qu'il avançait, ce qui leur donnait le temps de se cacher. Minerve ne semblait habitée que par ses animaux : quelques cochons vautrés dans les immondices des caniveaux, des chiens endormis sur les seuils qui se contentèrent de lever une paupière et une chèvre, échappée de l'étable, que son propriétaire préféra laisser manger les branches basses d'un amandier plutôt que de sortir l'attraper et risquer de se heurter à l'inquisiteur. Barthès scrutait chaque maison, chaque volet fermé, et ceux qui l'épiaient, à l'abri derrière les contrevents, reculaient instinctivement comme s'il avait pu voir au travers de la matière. Suivi à quelques pas du chien de Guillemette, dont l'affection prudente lui avait été acquise par un présent de lard, il accomplit ainsi tout le tour de Minerve, faisant fuir les volailles à qui personne ne disputait le haut du pavé. Le dominicain percevait l'hostilité du village et s'en trouvait stimulé. Le refus de coopérer et la malveillance à son égard, loin de le décourager, fouettaient son désir de se colleter avec ceux qui lui résistaient, et son premier contact avec le bourg le rendait plus impatient de réduire ses habitants à merci.

Aurélien Barthès savait que les hommes ne sont que faiblesses. Il le savait de toute sa chair, si prompte à s'émouvoir. Depuis l'adolescence, il se punissait de toutes les tentations qui le tourmentaient et ne se permettait aucune entorse à une règle de vie d'une rigueur extrême. Malheur à la femme responsable de l'un de ses désirs mauvais! Il n'avait de cesse que cette créature du Diable ait expié le péché d'intention qu'elle avait provoqué. Barthès était fier que Dieu ait choisi de l'éprouver plus qu'un autre, et se faisait un point d'honneur de ne jamais se trouver en défaut. C'est pourquoi ce gourmand était maigre, pourquoi ce jouisseur vivait en ascète. Ainsi, c'est de son trop grand désir de manger le lard de la soupe qu'avait bénéficié le chien de Guillemette. Une petite victoire sur lui-même, qui le gonflait d'orgueil, mais le laissait, comme toutes les violences qu'il faisait à son corps, avide des compensations que pouvait lui procurer l'exercice du pouvoir inquisitorial.

Desbiau ne l'avait pas surpris en lui révélant le passage des cathares : Minerve avait trop été complice de l'hérésie, à l'époque de la croisade, pour que le bûcher ait suffi à extirper toute fausse croyance. Barthès allait faire comparaître tout le village, famille après famille, et demander à chacun de jurer sur l'Évangile. Les cathares ne juraient jamais : il serait facile de trier le bon grain de l'ivraie. Ensuite, il les interrogerait longuement pour déterminer s'il pouvait convertir certains d'entre eux. Il n'était pas pressé : l'évêché avait insisté sur la nécessité d'aller au fond des choses. En réalité, son zèle excessif encombrait un peu et l'on espérait éloigner quelque temps cet homme qui, dans un milieu où l'austérité était la règle, réussissait à choquer par ses excès. Il était à tel point rigoriste que personne ne pouvait s'entendre avec lui, et c'était pour cela qu'il cheminait seul, sans compagnon, contrairement à la coutume.

Cependant, l'inquisiteur ne perdait pas de vue sa mission d'élucider la mort du frère dominicain et la disparition du compagnon de ce dernier. Au moins, savait-il qui ils étaient : il s'agissait de frère Saturnin et de frère Jourdain, envoyés à Minerve pour punir certains de ses habitants d'une vieille faute que frère Jourdain connaissait et avait divulguée en confession à son compagnon. Barthès ignorait de quoi il s'agissait. Il savait seulement que c'était un lourd secret que la plupart des notables du village avaient intérêt à ne pas voir révélé, mais il se faisait fort de le découvrir. Lequel de ces hommes avait fait disparaître le témoin gênant, probablement après l'avoir tué ? Peut-être étaient-ils tous complices, comme ils l'étaient du crime ancien ? Il était sûr que c'était frère Saturnin qu'ils avaient enterré, car personne au village n'avait identifié le mort : frère Jourdain aurait été reconnu puisqu'il était originaire de Minerve où sa famille vivait encore. Ce que Barthès ne comprenait pas, c'est que l'on ait retrouvé le corps de frère Saturnin. Pourquoi ne pas l'avoir escamoté en même temps que l'autre ? Le causse est tellement vaste et les grottes y sont si nombreuses…

❧

Tout en faisant frire des œufs et du lard à son berger, redescendu des alpages pour apporter les fromages de chèvre et de brebis fabriqués pendant la semaine écoulée et venir chercher ses provisions hebdomadaires, Blanche Chauvès informait Amiel de l'arrivée de l'inquisiteur et de sa mainmise sur le village. Blanche ne décolérait pas. C'était une femme de tête qui eût été plus habile que son époux à présider aux destinées du bourg et qui enrageait à chacune de ses interventions car, invariablement, il commettait un impair. Quand elle apprit – par son beau-père qui lui en faisait grief – que c'était Justin qui avait mis le dominicain sur la piste des *bons hommes*, elle resta tout d'abord sans voix devant tant de bêtise. Mais elle ne tarda pas à reprendre ses esprits et ne ménagea à l'infortuné consul ni ses reproches ni son mépris. Les autres avaient su se taire, pourquoi pas lui? Il essaya d'argumenter que le fait serait, de toute façon, parvenu aux oreilles de l'inquisiteur, à quoi elle avait vertement répliqué que ce n'était pas sûr. De toute manière, ce n'était pas son rôle de créer des problèmes, mais au contraire, de les résoudre. Elle avait tempêté à tel point que Pierre Chauvès s'était levé de table, sans même vider son écuelle, et avait quitté la maison. Blanche – de même que son beau-père et ses fils – avait bien compris qu'il s'en allait chercher consolation auprès de Gaillarde.

Deux jours après, elle n'était toujours pas calmée et Amiel, qui avait compris à demi-mot ce qu'on ne lui disait pas, limita prudemment ses commentaires au strict nécessaire. Quand elle eut fini de l'informer, sa patronne lui désigna un sac de jute posé sur la table. Il contenait du pain et un petit tonneau de vin pour la semaine à venir. Amiel la remercia pour le repas et les provisions, mit son baluchon sur l'épaule, et se dirigea vers le Barri.

Chez Vignal, il ne trouva que Mengarde, avec les deux plus jeunes enfants, le bébé et l'idiot. La vieille lui apprit que toutes les femmes avaient déserté les métiers à tisser pour les rives du Brian où elles accomplissaient leur dernier jour de lessive. Avant de la quitter, il lui donna des nouvelles d'Athon. «Ce chenapan», disait la vieille faussement sévère, mais Amiel voyait qu'elle était contente d'apprendre que le jeune garçon se comportait bien et s'adaptait sans difficulté à la vie solitaire et rude des bergers.

Au franchir du seuil, il sentit que l'on tirait sur sa cotte. Il se retourna : c'était Joseph. L'idiot le regardait avec adoration et il supposa que l'enfant se rappelait l'avoir vu secourir Jordane. D'habitude, Amiel avait, comme tout le monde, un mouvement instinctif de rejet face aux êtres abandonnés de Dieu, mais là, se souvenant de la tendresse de Jordane pour ce frère disgracié, il lui caressa les cheveux, comme si ce geste pouvait le rapprocher d'elle. Joseph parut tellement comblé qu'Amiel voulut en faire davantage, considérant qu'il avait donné bien peu pour susciter une telle reconnaissance. Il fouilla dans sa cotte et trouva le sifflet qu'il avait façonné dans une branche de bois tendre. Il le porta à sa bouche et siffla, puis il le tendit à l'idiot qui n'osa pas le prendre. Amiel insista et Joseph finit par le saisir. Le regard de l'enfant, qui allait de l'objet à l'homme, exprimait un grand bonheur. Le berger montra le sifflet dans la main du garçon et dit : «Pour Joseph» puis il toucha sa poitrine et dit : «Amiel». Il recommença jusqu'à ce que l'idiot parvienne à dire «Amiel» d'une façon à peu près audible. Peut-être le répéterait-il à Jordane quand elle rentrerait?

Aux abords de la rivière, Amiel fut intimidé par la présence de toutes ces femmes et faillit faire demi-tour. Mais son envie de voir la jeune fille dont il rêvait jour et nuit était trop forte : il s'approcha. Accueilli par des quolibets, comme Blaise deux jours plus tôt, il y répondit d'un ton qui se voulait dégagé et se dirigea résolument vers les femmes Vignal. C'est à Serena, la mère d'Athon, qu'il donna des nouvelles du garçon mais, tandis qu'il parlait, son attention était entièrement requise par la silhouette accroupie de Jordane qui ne s'était pas retournée. Quand il n'eut plus rien à dire, Serena le remercia et, avant de se remettre au travail, attendit poliment qu'il soit parti. Mais Amiel ne parvenait pas à quitter les lieux sans avoir seulement échangé un regard avec Jordane. Alors, il paya d'audace et l'interpella sous le prétexte d'un message de son frère à lui transmettre.

Depuis qu'il était arrivé, Jordane craignait qu'Amiel ne s'adresse à elle. Elle avait espéré qu'il n'oserait pas lui parler devant toutes ces femmes, mais il avait osé, et elle devait s'efforcer au naturel, car elle était épiée de tous côtés. Elle n'avait pas le choix : il fallait qu'elle écoute Amiel, sans quoi elle alimenterait les conversations à venir. Elle se releva et s'approcha de lui avec une réticence que le berger fut seul à percevoir. Il s'éloigna de quelques pas et elle dut le suivre. Amiel observa Jordane à la dérobée : ses jambes commençaient de trembler, la sueur lui venait au front et ses yeux, qui refusaient de se poser sur lui, semblaient chercher du secours. Amiel eut le cœur serré à la vue de cette physionomie autrefois si rieuse et maintenant semblable à celle d'une bête traquée. Il s'efforça d'avoir l'air rassurant et inoffensif. Il lui répéta les nouvelles d'Athon qu'il avait déjà dites à sa mère et ajouta que le jeune garçon voulait savoir comment allait sa sœur. Que fallait-il lui dire ?

— Dis-lui que ça va bien, répondit-elle d'une voix tremblée.

— Bon. Tant mieux.

Elle se détournait déjà. Alors, il s'empressa d'ajouter :

— Ah ! j'oubliais ! Il m'a dit de te donner ceci : il l'a trouvé dans une grotte de la falaise pendant l'hiver. Il te l'envoie pour que tu penses aux estives de temps en temps.

Il avait retiré de sa ceinture un petit objet plat qu'il lui tendit du bout des doigts. Quand elle avança la main pour le prendre, il eut soin de ne pas l'effleurer de crainte de l'effaroucher.

Sans même poser les yeux dessus, Jordane le glissa dans sa propre ceinture, balbutia un remerciement et retourna à son travail. Amiel la regarda s'éloigner et partit à son tour, profondément peiné par le désintérêt désormais habituel de la jeune fille.

Jordane mit beaucoup de temps à cesser de trembler. Ava, qui lavait à ses côtés, lui parla doucement, afin de la calmer. Elle devina qu'il ne fallait rien dire au sujet d'Amiel et elle épilogua sur Athon et le travail des bergers.

Le soir, lorsqu'elle se déshabilla, Jordane retrouva le petit objet remis par Amiel, cadeau qu'elle avait oublié aussitôt que reçu. C'était une pierre plate, presque ronde, percée d'un trou. D'un noir brillant, traversée de fins rubans verts qui formaient une courbe avant de se rejoindre, elle était superbe. Quelques Minervoises en possédaient, qui avaient été découvertes, comme celle-là dans des grottes du causse autrefois habitées. Les hommes du passé y avaient laissé leur marque sous forme de curieux dessins représentant des animaux aujourd'hui inconnus. Parfois on y trouvait un bijou, mais aucun n'était aussi beau que celui-ci.

— Cette pierre est magnifique, dit Ava avec admiration et une pointe d'envie. Tu vas pouvoir la porter autour du cou avec un fil, et elle t'ira bien, parce qu'elle est du même vert que tes yeux.

— Peut-être, oui… répondit Jordane tentée.

Spontanément, sa cousine ajouta :

— C'est curieux, tu ne trouves pas, qu'Athon ne te l'ait pas donnée lui-même ? Je ne serais pas surprise que ce soit plutôt Amiel qui te l'offre.

Le visage de Jordane se ferma aussitôt et Ava se reprocha d'avoir parlé sans réfléchir. La jeune fille glissa le bijou dans une fente de la paillasse et dit d'un ton catégorique :

— Ne m'en parle jamais plus !

Les lueurs du feu éclairaient les visages attentifs des bergers réunis autour des *bons hommes*. Il faisait nuit depuis longtemps et il y avait des heures que le *parfait* Élias prêchait. Malgré cela, il n'était pas plus las de discourir que ses auditeurs de l'écouter. Les distractions étaient rares sur les alpages et le passage des prédicateurs toujours bienvenu. Dès que les *bons chrétiens* étaient signalés, la nouvelle courait le long des crêtes et les bergers se regroupaient pour écouter la parole de l'Évangile. Élias était en train de leur expliquer que c'était le Diable qui avait créé la terre et les humains, et que rien de bon ne pouvait en sortir. Les hommes qui l'écoutaient hochaient la tête en signe d'approbation et chacun sans doute se rappelait un individu particulier qui, à ses yeux, incarnait Satan plus que quiconque. Pour Amiel, c'était ce jeune homme de La Caunette qui avait détruit en quelques minutes toute la joie de vivre de Jordane. Sa pensée se fixa – comme toujours – sur la jeune fille.

Il avait fait preuve d'audace en lui offrant le médaillon qu'il avait trouvé voilà bien des années, alors qu'il avait à peine l'âge d'Athon. Il l'avait conservé précieusement tout ce temps-là, se disant qu'il l'offrirait à sa promise, le jour venu. Ce bijou lui était d'autant plus précieux qu'il s'était aperçu, dès que Jordane avait attiré son attention, que le vert des volutes qui traversaient la pierre était de la nuance exacte de ses yeux. Il y avait vu un signe. Amiel avait eu de la peine à se défaire du médaillon parce qu'il lui semblait porter quelque chose de la jeune fille en l'ayant sur lui. Mais il s'y était résolu pour forcer le destin : avec le temps, il avait fini par attribuer à l'objet des vertus magiques, et il croyait que le pouvoir de ce bijou, destiné à sa future épouse, conduirait Jordane vers lui, maintenant qu'elle était en possession du talisman.

Quand il revint au prédicateur, le religieux avait changé de sujet : il stigmatisait le péché de chair. Le mariage catholique ne le rendait pas plus acceptable à ses yeux, car les gens mariés mettaient des enfants au monde, ce qui accroissait le nombre de nouvelles âmes enchaînées à la terre et perpétuait le règne du Démon. Le premier ennemi des humains, affirmait le *bon homme* avec fougue, c'est leur corps. « Ayez pitié de l'âme mise en prison dans sa tunique de chair ! » demandait-il à Dieu, les bras levés vers le ciel.

Mais la règle de vie qui garantissait le salut n'était pas séduisante, et ses auditeurs accablés l'écoutaient interdire – outre le plaisir de s'unir à une femme – de manger viande et œufs, de pratiquer serment et mensonge. Devant l'ampleur des sacrifices demandés, le découragement les prenait et ils reportaient leur espoir de gagner l'éternité bienheureuse à une autre vie, dans laquelle il leur serait peut-être plus facile d'obéir aux préceptes d'une religion aussi exigeante. Dans celle-ci, il suffirait de s'assurer qu'un *parfait* soit présent avant la mort et donne la *consolation* pour être prêt à renaître meilleur, et franchir, sans trop de peine, une étape vers le salut.

L'esprit d'Amiel s'éloigna de nouveau du cercle attentif, fasciné par le prédicateur que les flammes éclairaient en un jeu d'ombres et de lumière faisant paraître plus maigres encore son corps et son visage d'ascète. Il ne vit plus la silhouette gesticulante, n'entendit plus les accents passionnés : devant lui, rendue plus réelle que son entourage par la force de son évocation, se dressait Jordane. Impétueuse et gaie, parée de la pierre verte pareille à ses yeux, elle s'avançait vers lui.

Athon buvait les paroles du religieux. Il s'efforçait de les retenir pour les rapporter à sa sœur quand il retournerait au village pour l'hiver. Lorsque Amiel lui avait expliqué que le cri stridulé répercuté par l'écho de versant en versant était un appel à se réunir de la part des autres bergers, il s'était réjoui du divertissement. Depuis un mois entier qu'ils étaient dans la montagne, Athon n'avait vu personne d'autre qu'Amiel et Perrin. Les deux bergers quittaient l'estive pour une journée, à tour de rôle, afin d'aller au ravitaillement, mais Athon ne pouvait pas le faire, car il n'était pas encore assez fort pour porter la lourde charge qu'il fallait ramener du bourg. Le jeune garçon n'en avait pas eu conscience, mais sans doute s'était-il un peu ennuyé ; c'est du moins ce qu'il pensa tandis qu'il accompagnait Amiel jusqu'à la cabane du berger d'Azillanet qui était, bien qu'ils ne l'eussent jamais rencontré, leur premier voisin. Ils avaient laissé le troupeau dans l'enclos, à l'abri des bêtes sauvages, sous la garde de Perrin qui ne voulait rien savoir de ces réunions.

Tandis qu'ils s'y rendaient, la chienne d'Amiel trottait aux côtés de son maître, et Misa, plus exubérante, précédait Athon, puis revenait vers lui, apparemment aussi allègre que le garçon. Amiel, peu bavard à son habitude, avait seulement informé son jeune compagnon qu'ils allaient veiller avec d'autres bergers. Ce n'est qu'à leur arrivée auprès de la cabane, parfaitement semblable à la leur – pierres plates entassées et toiture de branchages – qu'il avait eu la surprise de découvrir la présence des *parfaits.*

⚡

Barthès ne fit rien jusqu'au dimanche. Il passa trois jours sans convoquer ni interroger qui que ce soit, se contentant de parcourir le bourg, de s'asseoir devant la porte de l'hôpital ou de faire de longues promenades hors des murs. Il empruntait le passage couvert, s'arrêtait un moment à côté du puits, puis il s'engageait dans le sentier escarpé qui menait au moulin. Les clients de Minot redoutaient qu'il ne vienne leur parler, mais il s'arrêtait juste avant le pont et faisait demi-tour, comme s'il voulait s'imprégner des lieux afin de mieux comprendre ceux qui y vivaient. Il allait aussi sur le causse, marchant au hasard des drailles creusées par le passage des moutons. Il n'y rencontrait jamais personne, car sa haute silhouette blanche et noire se voyait de loin, ce qui donnait aux gens le temps de s'esquiver. Souvent, il revenait dans ce que les Minervois appelaient curieusement les « ponts naturels ». En réalité, c'étaient plutôt des tunnels, creusés par les eaux dans le roc en des temps très éloignés. Ils permettaient de traverser la montagne de part en part. Ce lieu, pleins de grottes et de recoins, était un endroit idéal pour se cacher, et il avait souvent servi de refuge. L'inquisiteur s'y attardait, vraisemblablement à la recherche de traces d'occupants clandestins. Les Minervois s'en amusaient, pensant qu'il allait en trouver plus qu'il ne le souhaitait, car les moutons de la veuve Martin y avaient séjourné, quelques mois auparavant, alors qu'elle faisait réparer le toit de sa bergerie qui s'était effondré sous les pluies du printemps.

Dans le village, les habitants avaient recommencé de sortir : ils ne pouvaient vivre éternellement derrière leurs volets clos. Quand ils croisaient l'inquisiteur, sa vue les faisait encore frissonner, mais malgré tout, ils se rassuraient un peu, puisque rien ne survenait.

C'est au sermon dominical que le ciel leur tomba sur la tête. Voyant l'inquisiteur dire la messe tandis que Pierre Chauvès était relégué au rôle d'assistant, les paroissiens firent sans peine un effort d'attention et de recueillement : ils sentaient que quelque chose se préparait. Les épouses des hommes qui attendaient chez Mignard que le bedeau sonne l'élévation pour faire acte de présence quelques minutes les envoyèrent chercher par leurs enfants, et c'est dans une église pleine que l'inquisiteur commença son prône.

Cela ressemblait peu aux homélies soporifiques de Chauvès que le curé concluait toujours très vite, car tout le monde bavardait au lieu de l'écouter. Barthès, au contraire, semblait emplir tout le chœur tant ses gestes étaient menaçants, sa voix forte et vibrante et ses paroles porteuses d'images terrifiantes. Longuement, il décrivit l'enfer :

— Un ange précipite les âmes dans une maison pour leur faire subir de grands tourments. Elles parviennent dans cette demeure par des lieux sombres et terribles. La maison est grande ouverte, haute comme une montagne et toute ronde comme le four où l'on cuit le pain. Elle jette de telles flammes que, sur mille pas, elle brûle autour d'elle tout ce qu'elle peut atteindre.

En parlant, l'inquisiteur portait tour à tour son attention sur chacun des paroissiens qui, de ce fait, avaient l'impression que le discours ne s'adressait qu'à eux et croyaient sentir leur chair se boursoufler et grésiller sous la brûlure du feu éternel. Alors le prédicateur se taisait un instant pendant que ses auditeurs retenaient leur souffle, puis son regard changeait de victime et il reprenait sa description infernale.

— Il y a là des bouchers qui attendent les âmes. Ils sont munis des divers instruments de leur métier : couteaux, couperets, haches, pinces de fer, doloires, pour dépecer et écorcher les âmes qui arrivent et réduire en menus morceaux celles qui sont déjà dans les flammes.

Un grand frisson de terreur parcourut l'assistance suspendue aux paroles de Barthès. Les villageois auraient voulu qu'il se taise, mais il n'avait pas terminé, et il poursuivit dans la même veine :

— Quand les démons voient les âmes tristes et désemparées, ils les saisissent avec leurs outils de fer, les découpent et les jettent ensuite dans le grand feu de la maison, et ce sont des flammes sans répit, aussi bien dehors que dedans. Il sort de cette demeure des cris, des pleurs et des grincements de dents*.

Aucun des notables qui étaient en avant ne fut épargné par le regard du prédicateur, mais les occupants du fond de l'église ne tremblaient pas moins : tout le village était terrorisé. Quand il eut bien préparé le terrain en fouettant les imaginations, l'inquisiteur interpella les Minervois :

— Le bourg est infesté de fausses croyances, tonna-t-il. Vous recevez en secret les hérétiques et vous les

---

* D'après «La Vision de Tindal», *Anthologie de la prose occitane du Moyen Âge*, présentation, choix de textes et traduction de Pierre Bec, Éditions Aubanel, 1977.

honorez. Cela suffirait à vous envoyer en enfer. Mais non contents d'écouter les faux prophètes, vous abritez parmi vous un meurtrier ou peut-être plusieurs.

Il fit une pause, le temps qu'ils se pénètrent de ses paroles, puis il continua :

— Mais je débusquerai les hérétiques et je confondrai les meurtriers. Vous serez punis pour vos péchés, gens de Minerve ! Dans l'autre monde, vous irez en enfer, et en attendant, dans celui-ci, c'est au *mur* de Carcassonne que je vais vous envoyer…

De nouveau, il laissa passer un temps et, d'une voix devenue calme, plus inquiétante encore, car elle ne sonnait plus comme une menace, mais comme une sentence, il ajouta :

— … ou au bûcher.

Il semblait avoir fini et ceux qui croyaient n'avoir rien à se reprocher commençaient de se détendre, mais l'inquisiteur les ramena à une plus juste appréciation des circonstances :

— Et seront châtiés aussi ceux qui ne les dénoncent pas, précisa-t-il d'une voix glaciale, car ils deviennent leurs complices en les protégeant.

Berthe Melgueil, sur la rangée d'en avant, essaya de réprimer un tremblement et s'efforça de paraître aussi innocente que Blanche Chauvès, sa voisine, mais elle y parvint mal et eut l'impression que cela n'avait pas échappé à Barthès. La jeune Linette Prades se dit qu'elle aurait peut-être mieux fait d'épouser un garçon de son village : La Caunette était ignorée de l'évêché et c'était très bien ainsi. Brunissende Cathala et les deux belles-sœurs Vignal, Esclarmonde et Serena, se prirent discrètement les mains pour s'encourager, tandis que leurs filles, Agnès, Ava et Jordane, juste derrière elles, en faisaient autant.

Les hommes n'étaient pas plus braves, qui se demandaient si leurs voisins avaient surpris des allées et venues suspectes que l'inquisiteur saurait bien interpréter. Pierre Chauvès, se souvenant de cette soirée, juste avant la mort de Marie Cathala, où Prades s'était comporté de manière tellement suspecte, regarda le vigneron, mais celui-ci ne broncha pas. En vérifiant si quelqu'un portait à Prades une attention particulière, Étienne Lefèvre surprit ce regard et s'en alarma.

Parmi tous ces gens aux yeux baissés qui, bien qu'effrayés, montraient à l'inquisiteur des visages impavides, le meurtrier, plus que les autres, avait peur. Depuis la découverte du cadavre, il s'interrogeait sans fin sur la personne qui avait traîné l'un des corps jusqu'au puits et fait disparaître le second. Cet individu devait savoir que c'était lui qui avait tué. Pourquoi n'essayait-il pas d'en tirer parti? Il n'arrivait pas à deviner ses intentions, et cela le rongeait. D'abord, il avait supposé qu'on allait essayer de le faire chanter, mais personne ne s'était manifesté, et maintenant, il commençait de craindre une dénonciation à l'inquisiteur. De toutes ses forces, il repoussa les récits de torture qui lui revenaient : genoux broyés, nerfs arrachés, chevilles de bois plantées sous les ongles…

Delbosc, qui s'était trouvé à Carcassonne pour la Saint-Dominique, avait raconté quelque chose d'horrible. Raimon du Fauga, l'évêque de Toulouse, ayant appris qu'une mourante était hérétique, avait décidé de la démasquer. Il s'était rendu à son chevet et, dissimulant les attributs de sa fonction – la crosse, la mitre et l'anneau –, il se fit passer auprès d'elle pour un *parfait*. Quand la vieille femme eut confessé sa foi en toute confiance, il la fit transporter avec son lit sur le bûcher. Satisfait d'avoir

185

accompli son devoir, il rejoignit ensuite son couvent pour participer joyeusement au festin servi en l'honneur de saint Dominique.

Cette histoire prouvait à quel point les inquisiteurs étaient inaccessibles à la pitié, et il pensa que sa vie ne vaudrait pas grand-chose s'il tombait entre leurs mains! Une fois de plus, il pesta contre les circonstances : sans cette maudite noce et la nécessité d'y être vu, il n'aurait jamais abandonné les cadavres sur le causse en se disant qu'il les ferait disparaître le lendemain. Il savait bien où il les aurait enfouis, et là, bien malin qui les aurait dénichés…

Aurélien Barthès quitta l'église le premier, traversant la nef bondée dans un silence sépulcral que fracassait le bruit de ses pas dont la voûte renvoyait l'écho. Soudain, lorsqu'il arriva près de la porte, juste avant de sortir, il se figea : le regard effronté de Gaillarde venait de se planter dans le sien, sans crainte aucune, avec même une pointe de défi, lui sembla-t-il. Il ne l'avait jamais vue, mais il sut tout de suite que c'était elle grâce à la description de Guillemette. En effet, à l'insu de tous, il avait interrogé sa logeuse sur chacun des habitants de Minerve pendant les trois jours où il avait paru ne rien faire.

Cet échange de regards lui fit un choc, qu'il reconnut pour l'avoir déjà éprouvé par le passé, lorsque Dieu avait mis sur son chemin, comme aujourd'hui, une créature de Satan afin d'éprouver sa force. À l'imperceptible ironie de ses prunelles, il vit qu'elle s'était aperçue de son émoi, alors la colère l'emporta.

— Cache ta gorge, femme impure! lui cria-t-il.

Gaillarde ramena le fichu sur son corsage d'un geste nonchalant, mais ne baissa pas les yeux. «Lui aussi, pensa-t-elle, il va manger dans ma main.»

Durant l'après-midi, les gens s'assemblèrent, sans l'avoir décidé au préalable, tant était grand leur désir de commenter la diatribe de l'inquisiteur et d'essayer de se tranquilliser mutuellement. Les mines étaient longues, car ils étaient fort soucieux.

Sur un banc, devant chez Cathala, étaient réunies Brunissende et ses amies Vignal, Serena et Esclarmonde. Elles échangeaient leurs craintes, comme tous les habitants du bourg. Leur grande préoccupation était de savoir s'il faudrait refuser de jurer sur l'Évangile et ainsi se désigner aux foudres inquisitoriales. Elles étaient perplexes et leurs hommes l'étaient aussi. C'est aux *parfaits*, se disaient-elles, de s'opposer au serment et au mensonge, de se priver de la viande et des œufs et de se sacrifier pour la *vraie religion*. Les simples *croyants* n'y étaient sans doute pas tenus. Mais il leur était difficile de prendre la décision elles-mêmes, et pour feindre sans scrupules d'être de bonnes catholiques, elles se seraient mieux senties dans leur droit avec l'aval des *bons hommes*.

— Le seul moyen de connaître l'opinion des *parfaits*, c'est de la leur demander, dit Serena.

— Comment pourrions-nous? objecta sa belle-sœur.

— Par les bergers, évidemment.

— La dernière fois, c'est Amiel qui est venu, donc, la prochaine fois, ce sera Perrin. Vous êtes sûres de Perrin? demanda Brunissende.

Non, elles n'en étaient pas sûres. Et attendre qu'Amiel revienne, puis ajouter le temps qu'il lui faudrait pour contacter les *parfaits*, c'était trop long. Il fallait lui dépêcher un messager.

— Mais qui ? objecta Brunissende. On ne peut pas envoyer un garçon : il y a trop de travail en ce moment dans les vignes.

Esclarmonde, la plus mère poule des trois, fut catégorique :

— On ne peut pas envoyer une fille non plus. C'est trop dangereux : elle pourrait rencontrer des loups, des lépreux… sans compter les bergers à qui je ne fais pas plus confiance !

— Je suis d'accord, admit Serena, on ne peut pas envoyer une fille.

Seulement, elle tenait à son idée, et elle suggéra :

— Mais trois filles, peut-être que l'on pourrait ?

Ses amies hésitèrent. Serena était la plus entreprenante du groupe et elles avaient parfois regretté de l'avoir écoutée. Les sentant rétives, elle insista :

— À trois, elles peuvent se défendre. De toute façon, elles n'y resteront pas longtemps : elles partiront au matin du jour où Perrin sera attendu au village, se dirigeront vers le causse comme si elles allaient cueillir des herbes, monteront jusqu'à l'estive, transmettront le message à Amiel et redescendront avant le soir. C'est facile et sans danger.

Ses interlocutrices n'étaient qu'à moitié convaincues et elle concéda :

— Quand les filles rentreront, on leur demandera si elles veulent y aller, et si elles refusent, on cherchera une autre solution.

❧

Chez Mignard, il y avait effervescence. Tous les hommes étaient là, hormis le curé qui n'avait pas osé venir, de crainte que Barthès ne le voie : il jugeait sa situation assez délicate sans, en plus, aller s'afficher à la taverne. La salle n'était pas suffisamment grande pour contenir cette affluence inusitée, et les clients débordaient sur la place Saint-Étienne où ils buvaient debout, tout en parlant. Au début, ils avaient jeté des coups d'œil circonspects en direction de l'hôpital, puis, ne voyant rien, ils avaient oublié la proximité du dominicain et s'étaient laissés emporter par une indignation d'autant plus forte que la crainte la nourrissait. L'inquisiteur avait mis tout le monde d'accord sur un point : l'ennemi, ce n'étaient ni les cathares ni l'assassin du dominicain, l'ennemi c'était lui.

Tout à coup, il surgit, armé de son bâton de marcheur, s'arrêta un instant sur le seuil de l'hôpital, puis se dirigea vers la Grand-Rue. Au fur et à mesure qu'il traversait la place à grandes enjambées, les gens s'apercevaient de sa présence et devenaient muets. Ceux qui, ne l'ayant pas encore vu, le vilipendaient encore, s'arrêtaient tout à coup au milieu de leur phrase, alertés par une mimique gênée de leur interlocuteur ou un coup de coude impératif. Tandis qu'il s'éloignait, dans le silence qui s'était peu à peu imposé à tous les villageois, on n'entendait plus que les cris de deux enfants qui jouaient dans le voisinage, le caquètement des volailles et quelques lointains aboiements.

Lorsque le bruit de ses pas ne fut plus audible, et alors seulement, les conversations reprirent.

Un cercle déférent se forma autour du vieux Chauvès qui venait d'arriver. L'ancien, que l'on pria de donner son avis, leur déconseilla d'aider l'inquisiteur à débusquer les hérétiques.

— Mais il va nous punir comme complices, protesta son fils, le consul.

Le vieux répliqua :

— De toute façon, tu ne peux en dénoncer aucun, puisque tu ne sais pas qui ils sont.

— Ah ! je vous demande pardon, protesta Justin que son père interrompit brutalement.

— Aucun, Justin, tu n'en connais aucun.

Ce faisant, Guillaume Chauvès planta ses yeux dans ceux du consul, qui baissa les siens, puis de Prades qui comprit le message du vieux : il n'ignorait rien, mais se tairait et ferait taire ses fils.

— De toute façon, reprit-il, il n'y a que la parole de Desbiau pour affirmer que les *bons hommes* sont venus, et on sait bien qu'il est un peu fou.

Desbiau n'était pas là pour se défendre, et tout le monde acquiesça. Baille, Delprat et Monge, dont le territoire était envahi, approuvèrent plus fort que les autres.

Cette réunion improvisée, en montrant à tous qu'il y avait un vrai chef au village, avait allégé l'inquiétude des hommes : quelqu'un pensait pour eux et allait les guider. L'inquisiteur leur avait fait suffisamment peur le matin pour qu'ils aient envie de se serrer les coudes. Même les plus hostiles aux *bons hommes* – Minot, Mignard ou Delbosc – avaient compris que c'était la voie du bon sens. Les frères Rieussec, s'ils ressentaient quelque dépit à voir Guillaume Chauvès se comporter aussi manifestement en maître, étaient conscients que seul le vieil homme avait quelque chance d'aider le bourg à se tirer des griffes de l'inquisiteur. Quant au consul, il était habitué à obéir à son père.

— Si on lui parle des uns et des autres, il va semer la zizanie dans le village et on ne parviendra plus à vivre ensemble, dit le vieux.

Et pour finir, il ajouta :

— Puisque nous sommes tous d'accord, il ne vous reste qu'à faire taire vos femmes.

L'attitude suffisante de quelques coqs de village montra qu'ils étaient sûrs d'obtenir le silence de la leur. Le vieux Chauvès en était moins convaincu.

— Ça ne va pas être facile pour tout le monde, marmonna-t-il entre ses dents.

Il avait joué son rôle à la taverne, mais n'avait pas terminé sa tâche. Il s'en alla donc, sur sa brouette, rejoindre son autre fils, le curé, qu'il avait laissé place de la Citerne avec les femmes du quartier. Là, la tâche serait peut-être moins aisée, mais il avait des arguments qui allaient surprendre.

❧

Barthès s'était engagé au hasard dans l'un des nombreux sentiers qui sillonnaient le causse. Il avançait à grands pas, les yeux fixés droit devant, comme s'il fuyait un danger. Mais le péril était en lui et non dans la cité dont il s'éloignait. L'inquisiteur voulait épuiser son corps, aller jusqu'au bout de ses ressources physiques, crever la bête pour engourdir l'esprit, pour en bannir l'image obsédante de la pécheresse.

Elle ne l'avait pas quitté depuis la sortie de l'église, et il voyait sans fin la jeune femme ramener négligemment son fichu sur sa gorge. Dans l'espoir de la chasser, Barthès avait essayé de psalmodier des prières, mais les mots, trop connus, venaient machinalement et laissaient libre cours à la rêverie. Il s'efforça alors de s'intéresser à un rapace qui rétrécissait lentement son survol concentrique au-dessus du causse. Mais que lui importaient la grâce de l'épervier ou la terreur du lièvre qui allait mourir ? Seule comptait la messagère du Démon qu'il lui fallait éloigner à tout prix.

Barthès savait que le meilleur moyen de triompher des tentations de la chair était de faire souffrir le corps jusqu'aux limites du tolérable. S'il était resté à l'hôpital, il se serait appliqué la discipline jusqu'au sang. Mais le fouet à nœuds était demeuré dans sa besace, et il se demanda ce qu'il pourrait utiliser en guise de cilice. Il n'avait que la corde de chanvre qui lui servait de ceinture. Il l'ôta de sa taille, la noua autour de sa jambe, la serra aussi fort qu'il le put et se remit à marcher.

Au début, la douleur fut atroce, puis il s'y habitua. L'esprit désormais vide, il marcha longtemps, au plus fort du soleil, sans regarder autour de lui, sans entendre les bruissements d'herbes provoqués par les petits animaux que son approche délogeait. Soudain, il eut un éblouissement. Il voulut porter la main à son front, mais n'en eut pas la force. Pris de faiblesse, il s'affaissa sur la lande.

Le vieux Chauvès trouva toutes les femmes ensemble, contrairement aux autres dimanches où elles se réunissaient par affinités. Elles avaient traîné des bancs devant la citerne afin qu'aucune d'entre elles ne puisse se glorifier d'avoir tenu la réunion devant chez elle. Blanche Chauvès avait bien essayé de faire valoir que sa façade était bien exposée, à la fois à l'ombre et à l'abri du vent, mais celle du curé ne l'était pas moins et Mélanie ne se fit pas faute de le faire remarquer. La discussion entre les deux femmes, qui s'enflammait au moindre prétexte, et qui, en d'autres circonstances, amusait leurs voisines et leur fournissait un sujet de commérages, n'intéressait personne ce jour-là, et la veuve Martin la fit tourner court en disant avec autorité :

— Allons à côté de la citerne. Blanche, peux-tu m'aider à porter ce banc ?

L'interpellée la suivit, ses voisines aussi, et elles s'installèrent. Le curé n'était pas intervenu. Par prudence, il avait coutume de rester silencieux quand Blanche et Mélanie s'affrontaient. Sa neutralité, Mélanie ne manquerait pas de la lui reprocher, mais s'il s'en était mêlé, son père – qui savait toujours tout – l'aurait traité d'imbécile, et il craignait davantage le jugement du vieux que les criailleries de la femme.

Bérangère et Anne Lefèvre, les deux sœurs qui avaient épousé deux frères, étaient côte à côte, comme toujours. Dotées d'hommes violents ayant succédé à un père qui ne l'était pas moins, elles avaient toujours l'air d'attendre les coups et elles passaient leur vie à essayer de se faire oublier, encourant le mépris des femmes fortes qu'étaient leurs voisines. Les deux sœurs étaient traitées en quantité négligeable parce que l'on savait bien qu'elles feraient ce que diraient leurs maris et qu'il était inutile de perdre du temps à les convaincre. Linette Prades s'était rapprochée de Berthe Melgueil, car son époux la lui avait désignée comme hérétique. Berthe était calme et pondérée et Linette se sentait en confiance auprès d'elle.

C'est Mélanie qui mena la discussion. Impérieuse et péremptoire, intelligente, au demeurant, mais aveuglée par sa haine des cathares, elle s'emporta contre eux et affirma qu'il fallait les découvrir et les dénoncer pour sauver la cité.

— D'ailleurs, ajouta-t-elle en fixant Linette Prades qui devint toute pâle, s'ils étaient aussi courageux qu'on le dit, ils iraient s'identifier eux-mêmes pour ne pas faire souffrir tout le bourg à cause de leurs fautes.

Pierre Chauvès la soutint vigoureusement. Selon lui, les hérétiques étaient une lèpre qu'il fallait extirper du village. Martine approuva elle aussi et voulut ajouter quelque chose, mais elle n'en eut pas le temps, car Blanche intervint. Elle n'était jamais d'accord avec Mélanie, tant par réelle divergence de points de vue que pour affirmer sa suprématie d'épouse de l'aîné des Chauvès par rapport à la concubine du cadet.

— Dénoncer les hérétiques, dit-elle, est la pire chose que nous pouvons faire. Non seulement on ne se protégera pas, mais on donnera des armes à l'inquisiteur. En effet, il pourra nous punir sous prétexte que nous aurions dû signaler les cathares à l'évêché depuis longtemps puisque nous les connaissions.

— Bien pensé, ma fille, approuva le vieux Chauvès qui venait d'arriver. Quand à vous, ma bru, dit-il en se tournant vers Mélanie, enfin, ajouta-t-il avec un ricanement, ma bru de la main gauche, vous vous laissez égarer par la rancœur.

Mélanie devint blême de rage. Une fois de plus, le vieux, qui ne l'aimait pas parce qu'il la rendait responsable de la désobéissance de son fils aux règles de célibat du clergé, avait profité de l'occasion pour l'humilier. Ordinairement, il le faisait en famille, et c'était déjà pénible, mais là, il l'avait rabaissée devant ses voisines qui allaient en faire des gorges chaudes pendant des jours. Les deux Lefèvre, toujours aussi sottes, avaient pouffé dans leurs mains, mais elle leur jeta un coup d'œil assassin qui les calma aussitôt.

Cependant, Mélanie était pugnace et ne s'avoua pas vaincue tout de suite : elle se tourna vers le curé et, en mettant dans son regard toute la persuasion et la menace qu'elle pouvait exprimer, elle lui dit :

— Toi, tu es du même avis que moi. Dis-le-lui !

Mais Pierre Chauvès n'avait jamais osé affronter son père. Il répondit lâchement :

— Il va falloir en discuter. On n'a peut-être pas assez réfléchi.

— C'est tout réfléchi, coupa le vieux, il ne faut rien dire : c'est notre intérêt à tous.

Ce disant, il regarda Mélanie et ajouta :

— Je me suis bien fait comprendre ?

Elle acquiesça d'un petit hochement de tête bien sec. Chauvès pensa que personne ne le haïssait davantage, bien qu'il ne soit guère aimé, mais il s'en moquait, pourvu qu'elle lui obéisse. Or, il le savait, elle n'oserait pas transgresser son interdit.

Il fit signe au valet de venir le chercher, mais avant de s'éloigner, il s'adressa à la dernière adversaire qu'il n'avait pas encore matée, la veuve Martin, et lui demanda de l'accompagner sous prétexte de l'entretenir d'un champ qu'ils avaient mitoyen.

Martine le suivit, intriguée. Le vieux attendit que le domestique s'éloigne, et commença du ton anodin de la conversation :

— Une belle terre, que vous avez là. Une belle maison aussi, et une belle vie, pieuse, irréprochable…

Elle ne dit rien, se demandant où il voulait en venir.

Il continua, doucereux :

— J'admire une vie comme la vôtre, entièrement consacrée au travail et à la prière.

Elle sourit à la flatterie, oubliant d'être sur ses gardes. C'est alors qu'il attaqua, et elle accusa le coup qu'elle n'avait pas su voir venir.

— Et dire que pendant ce temps, il y a des veuves qui vivent secrètement dans le péché, avec un homme, parfois même deux… Y songez-vous, ma voisine, qu'il y a de telles femmes? Si c'était connu, je ne donnerais pas cher de leurs belles terres, ni de leurs belles maisons, ni de leurs belles vies, si édifiantes…

Martine fut trop suffoquée par la surprise pour dissimuler ses sentiments. Son visage exprima d'abord l'étonnement, puis, bien vite, la peur. Et elle se mit à haïr ce vieillard qui menaçait son existence douillette et comblée. «Comment a-t-il su? se demanda-t-elle. Est-il seul à savoir?» Elle ne pouvait pas lui poser la question, car elle ne voulait pas lui donner la satisfaction de la voir s'abaisser. De toute façon, aurait-il répondu?

Pour montrer qu'elle avait bien saisi le message, elle commenta avec sobriété :

— En effet, il ne faudrait pas que ça se sache.

Avant de s'éloigner, elle plongea longuement son regard dans celui du vieux, sans rien dire, mais avec une telle rancune qu'il frissonna, malgré son assurance. «Cette femme est pire que je l'imaginais, se dit-il. Si elle avait pu le faire impunément, elle m'aurait tué sur place.»

Tandis qu'elle retournait à la citerne, le vieux Chauvès ferma les yeux. Il se délecta à l'évocation de ce qu'il avait dit et fait tout au long de cette journée : il avait convaincu ceux qui n'étaient pas de son avis, ou bien il les avait effrayés, de telle sorte qu'ils lui obéiraient tous. Alors, épuisé par ses efforts, il s'endormit, heureux, la tête à l'ombre de la treille et ses jambes mortes au soleil.

❧

Dès que Barthès fut sorti de l'hôpital, Guillemette s'empressa d'aller rejoindre Gaillarde. Elle vit à quelque distance le dominicain qui marchait lui aussi sur le causse, mais n'eut aucun mal à passer inaperçue, car il avançait rapidement sans regarder autour de lui. La prostituée montra son plaisir de la voir arriver après trois après-midi de vaine attente. En effet, elles ne s'étaient pas retrouvées depuis l'arrivée de l'inquisiteur, car Guillemette n'osait pas s'éloigner trop longtemps, et Gaillarde avait hâte d'entendre le récit des derniers jours.

Guillemette lui annonça avec satisfaction qu'elle s'était bien acquittée de la première partie de sa mission : pour mettre Barthès en confiance, elle avait d'abord parlé des Minervois comme si elle avait de l'amitié pour tous ; ainsi, quand elle passerait aux dénonciations, elle n'aurait pas l'air malveillante, mais objective. Gaillarde la félicita et lui demanda de quelle manière elle avait raconté la lapidation de Gauthier. Guillemette mentit un peu : elle ne voulait pas que sa complice lui reproche d'avoir tout compromis en laissant deviner au dominicain quels étaient les liens qui l'unissaient à l'étranger.

— Je lui ai raconté ce qu'ils ont fait comme si ça ne me concernait pas. J'ai simplement dit que moi, je n'avais pas lancé de pierres parce que ce n'est pas chrétien de se conduire ainsi.

Gaillarde lui jeta un regard incisif auquel Guillemette opposa un visage innocent, et elle la crut. En réalité, Guillemette n'avait pas pu surmonter son émotion, et elle s'était emportée à mesure qu'elle racontait l'horrible scène. Incapable de se rendre au bout de sa description, tellement elle était émue par le souvenir de cette atrocité, elle s'était enfuie dans la souillarde pour se dérober au regard perspicace du dominicain. Par la suite, Barthès n'avait pas fait allusion à l'incident, mais elle était sûre qu'il avait deviné la vérité.

Gaillarde conclut de son récit que tout allait bien et qu'il était temps de diriger l'action de l'inquisiteur vers les six hommes dont elle voulait se venger. Pour les piéger, elle avait imaginé de les accuser d'être cathares, même si elle savait pertinemment qu'un seul d'entre eux l'était. Elle s'était dit qu'une fois l'accusation lancée, il leur serait bien difficile de s'en dépêtrer.

— Il est temps maintenant de dénoncer les hérétiques, dit-elle à Guillemette avec un sourire mauvais. Tu te souviens de leurs noms ?

— Oui, n'aie crainte, je n'en oublierai aucun.

— C'est bien. Mais avant ça, tu vas dire à l'inquisiteur de venir me voir parce que j'ai des révélations à lui faire.

— Ah bon ? Je croyais que tu ne voulais pas lui parler ?

— J'ai changé d'avis.

— Pourtant, argumenta Guillemette qui se souvenait de l'apostrophe cinglante que Gaillarde avait essuyée à la fin de la messe, il n'a pas l'air d'être dans de bonnes dispositions à ton égard.

— J'ai mes raisons. Ne t'en fais pas.

Tandis que Guillemette, perplexe, reprenait le chemin du village, Gaillarde se dirigeait vers la grotte qui abritait ses protégés. Elle était sûre d'avoir pris une bonne décision. Même si Barthès s'était empressé de cacher son premier sentiment sous la colère, elle avait reconnu le désir dans le regard que l'inquisiteur avait posé sur elle. S'il l'avait insultée, c'était parce qu'il craignait de se laisser séduire : quand elle l'aurait attiré dans sa maison, elle n'aurait qu'à pousser son avantage. Peut-être réussirait-elle à le mettre dans son lit ? Il serait facile alors de le manœuvrer pour qu'il l'aide à se venger.

C'est la fraîcheur du soir qui ranima Barthès. Le sang battait dans sa jambe endolorie et son pied bleui avait tellement enflé que les lanières de cuir de la sandale s'étaient imprimées dans la chair. Il voulut se relever, mais sa jambe ne le soutenait plus. Il dénoua avec peine la corde de chanvre trop serrée et, lorsque le sang recommença de circuler, la souffrance fut telle qu'il perdit de nouveau conscience.

L'évanouissement, cette fois, fut de courte durée et, quand il revint à lui, il parvint à tenir debout. La douleur restait forte, mais il pouvait marcher. En regardant à l'entour, il se vit environné de monticules de pierres qu'il savait être des mausolées païens, mais il n'avait aucun souvenir d'avoir remarqué leur présence avant de s'effondrer. Le silence était total, et l'intense solitude ne tarda pas à lui paraître hostile. Guillemette lui avait parlé de ces tumulus, et il l'avait rabrouée lorsqu'il s'était rendu compte que des craintes superstitieuses s'y rattachaient. Il comprenait maintenant que ce lieu ait pu frapper les imaginations.

Les gens appelaient ces entassements rocheux des clapiers, mais en cette fin de jour, ils étaient loin de donner l'image paisible que ce nom évoquait. On aurait plutôt imaginé qu'ils servaient de repaire à des bêtes redoutables, aujourd'hui inconnues, celles que les hommes du passé avaient représentées sur les parois des grottes du causse et dont de vieilles légendes disaient qu'elles étaient chargées de protéger les morts des profanations des vivants. Barthès, impressionné par l'atmosphère lugubre des lieux, se souvint des récits de Guillemette qu'il avait méprisés et croyait avoir oubliés. Les Minervois évitaient cet endroit, surtout à la tombée de la nuit et, d'après sa logeuse, ceux qui s'y étaient malencontreusement égarés parlaient de cris et de bruits de chaînes qui les avaient fait fuir à toutes jambes. Barthès, troublé malgré lui, se hâta de s'éloigner. Ne sachant où se diriger, il marcha au hasard et, bientôt, sans pouvoir s'en empêcher, il s'efforça de courir, malgré sa jambe blessée qui le faisait boiter.

La zone funéraire n'était heureusement pas très étendue, et il en sortit assez vite. Hors de ses limites, il se sentit mieux, mais pas pour longtemps : Minerve était invisible, et aucun indice ne lui indiquait dans quel sens aller. La nuit allait tomber et, s'il ne retrouvait pas son chemin, il allait être à la merci des animaux sauvages. Profitant de ce qu'il restait un peu de lumière, il se mit à chercher une grotte afin de s'y abriter.

Un bruit qui évoquait un pas humain, dans la direction d'un buisson de chèvrefeuille, lui rappela que le vrai danger de cette lande, ce n'étaient pas les bêtes, mais les hommes. En effet, en ces lieux où il était si facile de se dissimuler pour tendre une embuscade, frère Saturnin avait été tué et frère Jourdain avait disparu. Ils gênaient quelqu'un à Minerve, et cette personne n'avait pas hésité à les supprimer. Barthès se dit que lui aussi représentait une menace et que, pour cette raison, sa vie était peut-être en péril. Il s'imagina alors qu'il avait été suivi et que l'on s'apprêtait à lui faire subir le sort de ses confrères. Il crut même voir une ombre suspecte dépasser des arbustes et il brandit sa canne pour se défendre. Puis il comprit le sens de son geste et pensa avec horreur qu'avec ce bâton il avait été prêt à se battre pour défendre sa vie. À tuer peut-être ? Au mépris du plus important des commandements de Dieu ! Il jeta loin de lui la canne qui avait failli devenir une arme et, négligeant désormais les dangers qui menaçaient son enveloppe charnelle, il ne s'occupa plus que de son âme. À genoux sur les pierres du causse, il pria le Créateur de toute sa ferveur afin qu'Il guide vers le salut le misérable pêcheur qui se confiait à Lui.

Il priait depuis un moment lorsque retentit la sonnerie d'une cloche : c'était l'angélus. Barthès, transfiguré, y vit le signe que Dieu l'avait entendu et le prenait en pitié. Il se dirigea en clopinant dans la direction d'où provenait le tintement et, très vite, il aperçut Minerve qu'un renflement de terrain lui avait cachée. Tandis qu'il franchissait la courte distance qui le séparait de la cité, il se moqua de lui-même, car il ne comprenait plus comment son esprit avait pu battre ainsi la campagne. Le souvenir de ses alarmes le rendait honteux, mais il pensa qu'au moins son moment de faiblesse n'avait pas eu de témoin. Après avoir traversé le village désert, il entra enfin chez Guillemette où son assiette de soupe l'attendait sur la table.

À la nuit tombée, il y eut conciliabule cathare dans la cité de Minerve. Ils s'en allèrent tous chez Cathala dont la maison était la moins exposée aux curiosités malveillantes. Car il fallait se méfier : même si les habitants du bourg avaient l'habitude de suivre les consignes de Guillaume Chauvès, il serait imprudent de relâcher la vigilance.

Prades prit la parole. Il était unanimement respecté, et on l'écouta. Il rapporta les propos du vieux Chauvès – que tout le monde connaissait déjà – et tenta d'atténuer leurs craintes en disant que si on ne les dénonçait pas, ils ne risquaient rien.

— Mais si on nous demande de jurer ? demanda Hugues Cathala.

— Nous sommes dans une situation particulièrement dangereuse, répondit Prades, nous pouvons faire exception.

Tout le monde n'était pas d'accord. La discussion fut même assez vive : Vignal soutint son ami Cathala qui refusait de jurer, et Melgueil était de leur avis. Leurs fils, par contre, étaient moins pressés de se présenter comme candidats au bûcher, et soutenaient plutôt Prades. Les femmes parlèrent un moment entre elles, puis Serena intervint en annonçant qu'elle avait une idée à proposer. On fit silence et elle dit que la seule solution était de consulter les *parfaits*. Ils firent des signes d'impuissance, alors elle exposa son idée. C'était une proposition pleine de bons sens, mais elle dépendait de la volonté des jeunes filles que personne ne voulait forcer. Ils se tournèrent tous vers elles qui signifièrent leur accord.

Seulement, Melgueil hésitait, de même que Vignal et Cathala. Ils objectèrent les dangers encourus sur le causse et dans la montagne par des filles seules, et Serena répéta les arguments qu'elle avait employés pour convaincre sa belle-sœur et sa voisine. Ils balançaient encore lorsque Jordane intervint à son tour. Elle affirma avec une fougue convaincante qu'elles seraient très prudentes et se garderaient de prendre le moindre risque. Finalement, les indécis se laissèrent séduire par l'idée et chacun rentra chez soi, satisfait de pouvoir remettre le problème entre les mains compétentes des *parfaits*.

CHAPITRE II

Elles cheminaient depuis l'aube et le soleil commençait de taper fort. Ava et Agnès avaient les mains vides, car elles avaient dissimulé leur panier d'osier dans une crevasse. François Cathala irait en secret le remplir pour elles avec les herbes qu'elles étaient censées être allées cueillir au lever du jour. Quant à Jordane, elle balançait au sommet de son bâton un léger baluchon qui contenait essentiellement sa cape d'hiver, car elle ne possédait pas grand-chose d'autre. Elle l'avait récupéré en passant, chemin des Bucs, dans la grotte proche des ruches où Ava, à sa demande, l'avait caché le jour précédent. C'est alors qu'Agnès fut mise dans la confidence.

Jordane n'avait pas surmonté sa terreur des hommes. À l'exception de ceux de sa famille, ils l'effrayaient tous. Il lui était même arrivé une fois d'avoir peur d'Arnaud qu'elle n'avait pas vu venir. Elle lui tournait le dos lorsqu'il toucha son épaule et elle se mit à hurler en sentant cette main qui s'appesantissait sur elle. Son cousin avait beaucoup ri de l'incident, sans se rendre compte qu'elle avait réellement éprouvé une grande peur. Les dimanches après-midi étaient un supplice. Les premiers temps, elle n'avait pas voulu se joindre aux jeunes gens pour la promenade hebdomadaire. Deux semaines de suite, elle avait prétexté divers maux, mais sa mère, que l'on trompait difficilement, avait commencé de trouver bizarres ces douleurs qui ne survenaient jamais en semaine, et s'était mise à l'observer pensivement. Ava avait averti sa cousine :

— Tu ne peux plus rester à la maison le dimanche. Ou alors, dis la vérité à ta mère.

— Non. Je ne le veux pas. Elle me jugerait sotte, et ça, je ne le supporterais pas.

Ava se fit la réflexion qu'il y avait de plus en plus de choses que Jordane ne supportait pas. Mais elle l'aimait beaucoup et elle voulait la protéger contre tout ce qui pourrait ajouter à sa peine. Elle insista :

— Viens avec nous ! Je te tiendrai le bras tout le temps, je te le promets.

Au prix d'un gros effort, Jordane osa la question dont elle redoutait terriblement la réponse :

— Est-ce qu'il était là, les deux derniers dimanches ?

— Non, il n'est pas venu. Il a dû avoir peur des hommes de ta famille.

Alors, elle céda :

— C'est bon, je vais t'accompagner.

Jordane y était allée, en effet, mais elle avait passé l'après-midi cramponnée au bras d'Ava à fixer obstinément le bout de ses sabots de bois. Elle n'avait pas besoin de regarder les garçons pour savoir qu'ils étaient présents, et cela suffisait à la rendre angoissée et fébrile. Pour les oublier, elle s'était réfugiée dans son rêve intérieur, comme elle le faisait désormais très souvent.

La jeune fille s'était accrochée à un récit des *parfaits* qui avaient séjourné à Minerve lors de la *consolation* de Marie Cathala. Ils avaient parlé de la renaissance clandestine des maisons de *bonnes dames*, et elle avait retenu la mention de l'une d'entre elles, qui se cachait au-delà du causse, au lieu-dit Ferrals-les-Montagnes, sous l'apparence d'un couvent d'obédience fontevriste. Depuis des semaines, elle rêvait en secret de rejoindre les fausses moniales. Même à Ava, elle n'en avait rien dit, tellement cela lui paraissait irréalisable.

Lorsque Serena avait fait sa proposition, au retour d'une promenade dominicale particulièrement éprouvante, elle avait bondi sur l'occasion, au grand étonnement de sa cousine et à la joie de sa mère, heureuse de lui voir retrouver sa fougue. Dès qu'elles avaient été seules, Ava avait questionné :

— Qu'est-ce qui te prend ? Je croyais que tu ne voulais voir aucun homme et voilà que tu te précipites vers Amiel.

Jordane lui confia qu'elle allait en profiter pour aller rejoindre les *bonnes dames* de Ferrals-les-Montagnes, les yeux brillant d'une excitation dont elle n'avait pas fait montre depuis longtemps.

Ava comprit que la résolution de son amie était inébranlable et elle n'essaya pas de discuter malgré sa peine. Elle dit simplement :

— Alors, tu vas me quitter ?

Jordane se jeta dans ses bras et elles pleurèrent ensemble. La jeune fille aurait voulu oublier qu'elle allait se séparer de sa famille. D'autant qu'elle allait partir sans un adieu, car elle craignait que l'on ne s'oppose à son désir. Elle n'avait jamais fait preuve, par le passé, d'une ferveur religieuse plus grande qu'aucun d'entre eux, et il aurait fallu expliquer cette vocation subite. Elle pressentait que sa mère ne s'en laisserait pas conter et refuserait qu'elle devienne *parfaite* pour – elle l'admettait elle-même – de mauvaises raisons.

Jordane n'avait eu que deux jours pour renoncer à son ancienne vie. Elle avait fait chaque geste du quotidien en sachant que c'était la dernière fois et son cœur était lourd. Elle reverrait peut-être un jour sa famille, si elle devenait une *bonne dame* et venait prêcher à Minerve, mais rien n'était moins sûr, car les *croyants* préféraient recevoir la *consolation* d'un homme et, en ces temps troublés, c'était surtout au moment de mourir que l'on faisait appel aux religieux cathares. Ce dont elle était à peu près certaine, c'était de ne pas revoir sa grand-mère en ce monde et, au moment du départ, elle ne put s'empêcher de la serrer très fort dans ses bras. La vieille Mengarde, émue malgré elle, bougonna :

— Allons, allons, tu reviens ce soir.

Quant à sa mère, elle souriait malicieusement. L'animation actuelle de Jordane expliquait, croyait-elle, son abattement des dernières semaines : sa fille devait être amoureuse d'un berger. Perrin ou Amiel ? Amiel, sans doute, qui venait rôder à chacun de ses passages au bourg sous prétexte de donner des nouvelles d'Athon – qui étaient du reste toujours les mêmes : « Il est en bonne santé, et il vous envoie bien le bonjour. » Jordane avait deviné la méprise de sa mère, mais elle ne l'avait pas détrompée.

Ce qui lui fit le plus de peine, à l'instant du départ, fut de quitter Joseph. Il fut le seul à avoir l'intuition qu'elle ne reviendrait pas et, au dernier moment, il s'accrocha à elle de toutes ses forces. Elle aurait eu du mal à s'arracher à son étreinte sans l'intervention de son père qui l'écarta d'une bourrade. Alors, la jeune fille s'en alla, plus triste qu'elle croyait jamais l'être, en se demandant qui allait prendre soin du malheureux enfant lorsqu'elle ne serait plus là.

Les trois amies s'étaient éloignées sur une dernière recommandation de prudence et allaient franchir la porte de la citadelle lorsque Joseph les rejoignit à la course. Il voulait faire présent de son trésor à Jordane. Le petit garçon avait jalousement caché l'existence du sifflet à tout le monde, même à sa sœur, mais elle partait, et cela changeait tout. Il mit l'objet dans la main de Jordane en s'appliquant à dire «A-miel». Elle comprit qu'il lui donnait là son bien le plus précieux, pour qu'il lui porte bonheur, peut-être, ou pour lui montrer simplement qu'il l'aimait. Elle referma la main sur le sifflet et embrassa Joseph une dernière fois.

Agnès montra sa surprise :

— Enfin, dit-elle, qu'est-ce qui se passe? On s'en va pour la journée et on croirait que c'est pour toujours.

Jordane attendit d'être parvenue sur le causse, loin des oreilles indiscrètes pour répondre calmement :

— C'est pour toujours que je pars.

Et elle informa Agnès de son choix.

La jeune fille, qui ne s'était doutée de rien, allait protester, essayer de convaincre son amie de changer d'avis, mais Ava lui fit un imperceptible signe de dénégation et Agnès comprit qu'il n'y avait rien à faire.

— Ah bon, dit-elle seulement, pour une surprise, c'est une surprise.

Et elle ajouta, pratique :

— Et c'est nous qui allons devoir l'annoncer à tes parents?

— Oui, dit Jordane, et j'en suis vraiment désolée, mais il n'y avait pas d'autre moyen : ils ne m'auraient pas laissée partir.

Blaise venait de dégager le lièvre du collet posé la veille. La bête était magnifique, et il se réjouissait d'avoir songé à la piéger pour obtenir les faveurs de Gaillarde. Elle allait ouvrir de grands yeux quand il frapperait chez elle avec son présent. Il pensa qu'elle pourrait cuisiner un bon civet parfumé au thym et à l'aïl, et avec la peau, quand elle l'aurait tannée, elle ferait un col, peut-être, ou un manchon : la fourrure était belle, souple et soyeuse. Il tenait la bête par les oreilles et la balançait négligemment en évoquant ce corps de femme qu'il allait enfin pouvoir toucher. Sa mémoire, souvent sollicitée, était fidèle, et il avait souvenir aussi bien de la nuance exacte de la peau de sa gorge que de la forme de l'échancrure de sa cotte.

Soudain, il sursauta, alerté par un bruit de voix, et s'aplatit prestement derrière une touffe de chênes kermès, car il ne voulait pas être surpris avec son lièvre à la main. Mais dès qu'il les reconnut, ses craintes s'envolèrent : ce n'étaient qu'Agnès Cathala et les cousines Vignal qui allaient rejoindre Amiel. Il savait qu'elles étaient chargées d'un message pour les *bons hommes* parce que son père en avait parlé la veille, à table. Trop occupées à bavarder, elles ne l'avaient pas vu et quand elles passèrent devant lui, il entendit Jordane qui disait :

— Je ne voulais plus rester au village : ce sera mieux ainsi.

Mais il n'y porta qu'une attention distraite, trop occupé à imaginer la scène qu'il se préparait à vivre. Il avait une idée assez claire de la façon dont cela devait se dérouler pour avoir souvent épié les couples qui s'égaraient sur le causse le dimanche après-midi. Il était sûr de savoir comment s'y prendre.

À l'approche de la citadelle, Blaise dissimula le lièvre dans le fagot qu'il avait préparé à cet effet et s'en alla vers la demeure de Gaillarde. Il était encore tôt, et elle n'avait pas allumé sa lanterne devant la fenêtre. Blaise savait que c'était là le signal indiquant qu'elle était libre. Seulement, à cette heure matinale, il supposa que l'absence de lampe ne signifiait pas qu'elle recevait quelqu'un et il tenta sa chance.

Elle ouvrit dès qu'il frappa et s'étonna de voir le garçonnet qui se tenait sur le seuil, un fagot à la main.

— Blaise ? Qu'est-ce que tu veux ?

L'interpellé se sentit moins faraud. Il bredouilla :

— J'ai quelque chose pour vous là-dedans.

— Pour moi ?

C'était tellement inattendu qu'elle ne songeait pas à le faire entrer. Blaise était au supplice, craignant que quelqu'un ne l'aperçoive et le rapporte à son père ou, pis encore, qu'elle le renvoie sans l'écouter. En rougissant beaucoup, il demanda, désignant l'intérieur de la maison :

— Est-ce que je peux… ?

— Oui, bien sûr, dit-elle, entre !

Et elle referma la porte derrière lui.

— Voyons, montre-moi ce que tu caches dans ces sarments !

Il posa son fagot sur le sol, écarta les rameaux et sortit triomphalement le lièvre qu'il tint à bout de bras, aussi haut que sa taille le lui permettait.

— Seigneur ! Mais il est énorme ! Et il est pour moi ?

Blaise se rengorgea :

— Oui.

— Qui me l'envoie ? Ton père ?… Ton frère ?

L'indignation faillit l'étrangler et il rectifia violemment :

— Non. C'est moi.

— Toi ? Mais…

Soudain, elle comprit.

— Mais tu n'es qu'un enfant !

— Ce n'est pas vrai ! protesta-t-il avec conviction.

— D'où le sors-tu, ce lièvre ? Tu l'as volé à quelqu'un ?

Il se redressa, plein de fierté :

— Non, je l'ai pris au collet.

Et il ajouta, plus timidement :

— Pour vous.

Il y avait tellement de désir et de supplication dans les yeux du garçon qu'elle le prit en pitié. Après tout, il n'avait qu'un ou deux ans de moins que ses frères quand elle les avait initiés, et celui-ci était beau comme un ange… Elle caressa les cheveux bouclés, suivit du doigt le contour encore enfantin de la joue, lui saisit la main et le conduisit jusqu'à sa couche.

Blaise avait joui très vite, puis il s'était pelotonné, le visage contre la poitrine de Gaillarde, et s'était endormi. Elle devina qu'il était resté éveillé toute la nuit, trop excité pour dormir. Dans le sommeil, il garda le sourire de béatitude qui lui était venu à la découverte du plaisir et elle en fut émue malgré elle. Les joues encore lisses de Blaise étaient celles d'un enfant, et il lui fit songer à celui qu'elle n'avait pas eu : l'enfant du viol, que sa grand-mère avait fait passer. Par miracle, elle avait échappé à la mort, mais elle était restée aussi stérile que les pierrailles du causse. Il aurait peut-être ressemblé à Blaise… Peut-être, d'ailleurs, aurait-il été son frère, car elle ne pouvait pas savoir lequel des violeurs l'avait engendré.

Gaillarde avait-elle eu envie de le garder ? Elle ne s'en souvenait pas bien. De toute façon, elle n'avait pas eu le choix. En plantant entre ses cuisses la mince tige pointue, sa grand-mère, pour la consoler d'un éventuel regret, lui avait dit :

— Tu en feras un autre quand tu auras un homme. Si tu gardes celui-ci, tu ne trouveras pas de mari.

Gaillarde n'avait pas protesté : elles étaient pauvres et une bouche de plus à nourrir aurait pesé trop lourd. L'aïeule lui avait souvent raconté les difficultés de sa propre enfance, lorsqu'elle avait dû l'élever seule parce que sa mère était morte en lui donnant le jour et que son père avait préféré partir sur les chemins. La vieille n'avait pas envie de recommencer et Gaillarde comprenait cela.

Elle avait beaucoup saigné, puis elle était restée longtemps entre la vie et la mort. Pendant qu'elle était grabataire, la misère avait remplacé la gêne. C'est alors qu'ils étaient venus, l'un après l'autre, portant un sac de blé ou de fèves. Pour l'aider. Pour se donner bonne conscience. Elle n'avait pas pu refuser : sa grand-mère et elle en avaient trop besoin. Ensuite, ils étaient revenus, en se cachant les uns des autres et aussi du reste de la cité, et elle avait compris, aux allusions des uns et aux franches avances des autres, qu'il dépendait d'elle que cela continue. Alors, elle avait relevé ses jupes et elle était devenue la putain du village.

Ils lui étaient tous restés étonnamment fidèles, comme si son immolation, un dimanche après-midi, sur le causse, avait été une sorte de rite nuptial. Depuis deux décennies, ils lui confiaient leurs déboires conjugaux et leurs autres misères temporelles dont ils se faisaient une excuse pour

211

venir la voir. Elle feignait de compatir à leurs peines tout en leur vouant une haine farouche qu'ils ne soupçonnaient pas. Elle avait initié leurs fils aînés, et maintenant, c'était au tour des plus jeunes.

Blaise s'éveilla. L'état de grâce était passé : il se croyait devenu un homme et s'appliquerait désormais à se conduire comme eux. L'expression enfantine qui avait ému Gaillarde avait disparu, remplacée par la fatuité. Elle savait qu'il préparait déjà les mots avec lesquels il allait se vanter de son dépucelage devant ses camarades, et elle ressentit une profonde lassitude.

Jalousée et haïe par les femmes, méprisée par ceux-là mêmes qui la désiraient, elle n'avait aucune amitié pour adoucir sa solitude : celle, retrouvée, de Guillemette, comptait peu, car ce n'était qu'une haine partagée. Elle joua un moment avec l'idée de partir, d'aller ailleurs, dans une cité où on ne la connaîtrait pas, pour commencer une nouvelle vie. Mais quelle vie pouvait-elle espérer ? Servante ? Son maître attendrait probablement d'elle la même chose que les hommes de Minerve, à la différence qu'il ne paierait pas pour cela. De toute manière, elle ne partirait pas sans se venger. Et puis, elle ne pouvait pas abandonner Pastou.

Gaillarde surmonta sa morosité, comme elle avait chassé son attendrissement, et décida d'utiliser le petit mâle satisfait qui se pavanait devant elle. Elle était persuadée que sa famille était hérétique, mais n'avait jamais pu en avoir confirmation, car le père et les deux aînés étaient fort discrets, mais avec le benjamin ce serait sans doute plus facile.

— Avant de partir, tu vas m'aider à dépouiller le lièvre, dit-elle.

Ravi de rester encore un peu, Blaise s'empressa. Tandis qu'il tenait l'animal par les pattes arrière, elle incisait la peau avec précaution afin de ne pas l'abîmer.

— Où l'as-tu caché depuis hier ?

— Je ne l'ai eu que ce matin. J'avais posé le collet à la fin de la journée. Quand je suis arrivé, il était encore chaud : il venait de se faire prendre.

— Eh bien, tu es sorti tôt ! Tu as dû être le premier à franchir la porte.

— C'est sûr : j'ai vu les gardes l'ouvrir.

Et il ajouta étourdiment :

— Mais je n'ai pas été le seul à sortir de bonne heure : Agnès, Ava et Jordane m'ont suivi de peu. Elles sont passées près de moi, mais je me suis caché et elles ne m'ont pas vu.

— Où pouvaient-elles bien aller d'aussi bon matin ?

Il se rendit compte qu'il avait trop parlé et tenta de se rattraper :

— Elles allaient chercher de l'herbe pour les lapins.

Et pour faire plus vrai, il inventa un détail :

— J'en suis sûr parce qu'elles avaient des serpes.

— Avec la rosée ? Ça m'étonnerait. C'est bizarre, ces trois filles qui sortent à l'ouverture des portes… Tu es bien sûr de ne rien savoir ?

Il affirma que non, mais elle comprit qu'il mentait. Alors, elle s'approcha de lui à le toucher et, le regardant dans les yeux, elle murmura :

— Si tu avais eu quelque chose d'intéressant à raconter, je t'aurais proposé de me faire une autre visite.

L'appât était tentant. Depuis un moment, Blaise sentait qu'il devait s'en aller et se demandait comment obtenir une invitation à revenir. Il lui en fallait une pourtant, car il n'aurait pas de sitôt un aussi beau présent à offrir et il savait qu'on ne vient pas les mains vides chez une prostituée. Mais ce qu'elle lui demandait était grave : comme tous les hérétiques, il connaissait l'importance de garder le secret sur leur appartenance à la *vraie religion*. Les conséquences seraient terribles si l'inquisiteur apprenait la vérité. Cependant, se dit Blaise, il n'y avait pas grand danger qu'il l'apprenne. Il se souvenait de l'incident de l'église : le dominicain avait insulté Gaillarde quand il l'avait vue en sortant. Ce n'était pas elle qui irait faire des confidences à cet homme… Le désir de savoir qu'elle montrait n'était sans doute que de la curiosité : il n'y avait donc pas de mal à l'informer. Il ouvrait déjà la bouche pour parler, quand il repensa à son père. S'il apprenait qu'il avait révélé des secrets mettant en cause non seulement sa propre famille, mais tous les *croyants*, il l'écorcherait vif! Et il se dit que finalement, il valait mieux se taire.

Gaillarde avait suivi sans peine les étapes de la réflexion du garçon. Lorsqu'elle comprit qu'il avait résolu de ne rien dire, elle se colla à lui et se mit à le caresser. Le cœur de Blaise s'affola et sa tête devint vide; il n'avait qu'un seul désir : qu'elle continue. Mais elle le repoussa en disant :

— Il faut que tu partes, maintenant. C'est dommage…

Alors, il ne résista plus : il lui dit tout, sans rien omettre, de ce qu'il avait appris, soit à la table familiale, soit au hasard de ses furetages, et jusqu'à la phrase que Jordane avait prononcée en passant à côté de lui.

Satisfaite, elle le congédia en lui disant de frapper à sa porte lorsqu'il saurait la suite.

Après le départ de Blaise, Gaillarde poussa le feu pour faire cuire le lièvre, le visage empreint de contentement. Elle se félicitait de son habileté, car elle avait acquis un informateur de choix chez les hérétiques : le gamin était assez fouineur pour être au courant de tout et il avait terriblement envie de la revoir. Blaise, quant à lui, n'était pas très fier de ce qu'il avait fait : il savait qu'il avait eu tort de raconter des secrets qui n'étaient pas les siens, mais il n'y avait pas moyen de rattraper ce qui était dit. Il s'efforça de chasser le vague malaise qu'il ressentait, mais il n'y parvint pas de la journée, et cela gâcha jusqu'au souvenir du bonheur qu'il avait eu dans les bras de Gaillarde.

Agnès ne s'attarda pas à commenter la décision de Jordane, car elle était trop préoccupée pour elle-même : Pons Chauvès était passé aux menaces.

Depuis le fameux dimanche où il s'était posé en rival d'Arnaud, il n'avait cessé de la poursuivre de ses avances. Elle le trouvait sans cesse sur son chemin à profiter de toutes les occasions de s'approcher d'elle. Il la frôlait chaque fois qu'il le pouvait et, avant qu'elle n'ait pu fuir, il avait le temps de glisser à son oreille un compliment sur sa beauté et une proposition de rendez-vous. Elle s'éloignait aussitôt, tandis qu'il la suivait des yeux, la couvant de son désir importun. Quand Pons la regardait ainsi, Agnès avait un frisson de crainte. Il avait l'air tellement déterminé qu'elle était sûre que si elle se trouvait seule avec lui, il n'hésiterait pas à la violenter, sans se laisser arrêter par aucune considération, surtout pas son refus à elle. La jeune fille se sentait extrêmement vulnérable et n'osait plus sortir seule, tellement elle redoutait de le rencontrer sans témoins.

Jordane et Ava, qui connaissaient la situation, l'entouraient de leur mieux. Seulement, la veille au soir, quand Agnès était sortie dans la cour avant de se coucher, Pons avait surgi devant elle et l'avait serrée contre lui. Elle s'était débattue sans crier, car elle ne voulait pas provoquer d'esclandre. Elle l'avait supplié de la lâcher, mais il n'avait pas desserré son étreinte. Alors elle lui avait dit sur un ton de défi :

— Je ne t'aime pas. J'aime Arnaud et je vais me marier avec lui.

Blanc de colère, il avait répliqué :

— C'est avec moi que tu vas te marier.

— Jamais !

— Oh si ! À moins que tu ne veuilles qu'il arrive malheur à Arnaud, à sa famille, à la tienne et à tous les hérétiques de Minerve.

— Nous ne sommes pas hérétiques !

— Ne me raconte pas d'histoires : j'ai tout vu le soir de l'enterrement de Marie Cathala. Si tu refuses de m'épouser, je vous dénonce à l'inquisiteur.

Il l'avait lâchée, mais elle n'avait pas songé à fuir, trop hébétée par la terreur que ses paroles avaient engendrée.

Il ajouta, avant de s'éloigner :

— Et ne crois surtout pas que je plaisante !

Pas un instant elle n'avait imaginé cela. Pons était précédé de la réputation d'âpreté des Chauvès et, ces dernières semaines, il lui avait montré à quel point il était opiniâtre. Toute la nuit elle avait retourné le problème dans sa tête sans entrevoir de solution. Comme l'aube pointait, elle avait fini par s'endormir, épuisée.

Pas plus qu'elle, ses amies ne voyaient comment contourner la difficulté. Si Agnès en parlait à Arnaud, il serait furieux et provoquerait Pons. Or, une bagarre ne réglerait rien. Elle ne voulait pas davantage le dire à ses parents : à quoi servirait de les inquiéter puisque, de toute façon, ils ne pourraient rien faire.

— Je crois, dit-elle abattue, qu'il va falloir que j'épouse Pons.

— Mais tu ne peux pas faire ça ! protestèrent en chœur ses deux amies.

— Qu'est-ce que je peux faire d'autre ? répondit-elle avec une pointe d'agressivité.

Elles ne surent que dire et continuèrent leur chemin en silence.

Longtemps elles marchèrent sous le soleil impitoyable de juillet, dans la solitude du causse où le chant des cigales se faisait obsédant. Jordane était sûre d'aller vers le salut. Aucun homme ne viendrait la relancer dans cette nature ingrate où même les moutons ne trouvaient pas leur pâture : pour vivre au cœur de ce désert, il fallait avoir renoncé au monde. Elle savait que le plus difficile serait de se priver de l'amitié d'Ava et d'Agnès. Sans leur complicité, sa misère morale serait grande. Elle y songea un moment avec désolation, et pas un instant ne lui vint la pensée que la religion lui serait un secours. Pour préserver le sentiment de paix que lui donnait ce lieu ignoré des humains, elle s'efforça de se concentrer sur autre chose.

Comment Agnès pourrait-elle sortir de ce dilemme ? Si elle épousait Pons, elle serait malheureuse toute sa vie. Pas seulement parce qu'elle aimait Arnaud, mais à cause de la nature du prétendant : un garçon qui n'hésitait pas à se livrer au chantage pour obtenir ce qu'il voulait ne pouvait pas faire un bon compagnon. Non, Agnès ne devait pas lui céder. Mais elle ne pouvait pas davantage le refuser, car elle mettrait en péril tous les *croyants* de Minerve. Il n'y avait qu'une issue : fuir. Fuir comme elle. Soudain tout devint clair dans l'esprit de Jordane, et elle s'écria, faisant sursauter ses amies, comme elle perdues dans leurs ruminations moroses :

— Je sais ce que tu dois faire ! Viens avec moi chez les *bonnes dames* !

— Avec toi ? Mais…

Ses parents n'étaient pas avertis.

— Les miens non plus.

Et Arnaud ? Elle ne pouvait pas le quitter comme cela.

— Et tu crois qu'épouser Pons, ce serait mieux ?

Et puis, elle n'avait pas du tout envie de devenir *parfaite*.

— Mais qui te parle de ça ? Quand l'inquisiteur n'y sera plus, tu retourneras au village.

Jordane essayait d'être la plus convaincante possible, tout heureuse à l'idée de ne pas s'enfuir seule. À deux, ce ne serait plus un exil, mais presque une partie de plaisir.

Agnès était perplexe, à la fois tentée par la perspective d'échapper à Pons et désespérée à l'idée de renoncer – même momentanément – à Arnaud. Ce que son amie lui proposait n'était pas le genre de solution qu'elle recherchait : c'était un miracle qu'elle voulait. Que les menaces de Pons soient effacées et qu'elle puisse couler des jours heureux avec Arnaud comme elle l'avait toujours souhaité. Au lieu de cela, on lui offrait de quitter sa famille et son village pour aller se terrer dans un cloître avec des femmes traquées qui avaient offert leur vie à Dieu. Qu'avait-elle fait pour mériter cela ?

Ava se joignit à Jordane pour convaincre Agnès d'accepter. Elle était triste à l'idée de perdre ses deux meilleures amies, mais elle ne se sentait pas le droit de s'attendrir sur elle-même : la sécurité de trop de gens était en jeu. Sans enthousiasme, Agnès finit par se rendre à leurs arguments, après avoir fait solennellement promettre à Ava de lui envoyer un messager aussitôt que l'inquisiteur aurait tourné les talons.

≈

Quand Amiel vit les trois silhouettes se diriger vers la cabane, elles étaient trop loin pour qu'il pût les distinguer. Tout en continuant de réparer la barrière de l'enclos, il surveillait leur progression par des regards fréquents. Il n'attendait personne et cette approche l'intriguait. Au bout d'un moment, il comprit que c'étaient des femmes. Son cœur bondit à l'idée que Jordane se dirigeait peut-être vers lui. Mais c'était impossible : que serait-elle venue faire dans les estives ? Qui pouvaient bien être ces trois femmes ? Si elles n'avaient été que deux, il aurait conclu à des *parfaites*. Mais trois ? Il revenait toujours au trio qu'il avait accoutumé de voir ensemble : Agnès, Ava et Jordane, mais il ne pouvait imaginer une raison à leur venue. Quand elles furent assez proches pour qu'il les reconnaisse, il fut stupéfait de voir son rêve se matérialiser. Pour savoir plus vite ce qui les amenait, il se porta à leur rencontre.

— Voilà Amiel qui vient vers nous, remarqua Agnès.

Les deux autres ne dirent rien, mais Ava prit la main crispée de sa cousine qu'elle pressa pour l'encourager. C'est elle qui expliqua au berger le but de leur visite pendant qu'ils mangeaient le fromage et buvaient le lait de brebis qu'il leur avait offert. Jordane évitait soigneusement de croiser le regard d'Amiel et s'absorbait dans la contemplation du paysage qui l'entourait pour tenter de retrouver la paix ressentie sur le causse. On ne voyait aucune habitation à la ronde, ni même une autre cabane. La plus proche, expliqua Amiel, était derrière un vallonnement qu'il leur indiqua. Le troupeau paissait un peu plus loin sous la garde d'Athon qui ne savait pas encore qu'elles étaient là. Malgré la sérénité des lieux, Jordane restait tendue, car Amiel était tout proche et, bien qu'il paraisse écouter Ava, elle sentait que c'était à elle qu'il était attentif. Elle ne pouvait pas se leurrer : trop de signes montraient l'intérêt que lui portait le berger. Ses visites, chaque fois qu'il descendait au village, le cadeau de la pierre verte dont elle était sûre qu'elle ne provenait pas d'Athon – et qu'elle avait glissée, elle ne savait trop pourquoi, dans sa ceinture en partant –, le sifflet de Joseph… Mais Jordane ne voulait pas de l'attention d'Amiel, car il était un homme : un ennemi. Elle n'avait qu'une hâte : partir au plus vite se réfugier à Ferrals-les-Montagnes.

Amiel se fit répéter plusieurs fois ce qu'il devait demander aux *parfaits*, puis il le répéta à son tour, pour être bien sûr de ne pas se tromper.

— Les *croyants* du village veulent savoir s'ils peuvent jurer sur les Évangiles et faire comme s'ils étaient catholiques, c'est bien ça ?

En effet, c'était bien cela, et il s'engagea à faire tout son possible pour contacter les *bons hommes*. Élias et son *socius*, qui étaient venus prêcher la semaine précédente, ne devaient pas être bien loin. Dès ce soir, il allumerait le signal.

— Il faudrait aller vite, dit Ava, parce que l'inquisiteur ne va sans doute pas tarder à interroger les gens. On se demande même pourquoi il n'a pas encore commencé.

Dès qu'il aurait la réponse, Amiel trouverait un prétexte pour se rendre au village, il le promit.

— Maintenant, il faut que vous partiez, ajouta-t-il, sinon vous ne serez pas de retour à Minerve avant la nuit.

Ava regarda Jordane : c'était à elle d'annoncer la suite. La jeune fille n'avait pas prononcé un mot depuis leur arrivée et dut se faire violence pour parler. Elle se racla la gorge deux ou trois fois et finit par dire d'une voix enrouée :

— Agnès et moi, nous voulons rejoindre les *bonnes dames* de Ferrals-les-Montagnes. Si tu veux bien nous héberger cette nuit, nous partirons demain matin.

Amiel béa de surprise.

Ava précisa :

— Elles veulent devenir *parfaites*. Moi, je vais rentrer seule.

Le berger s'adressa aux deux fuyardes :

— Vos parents sont d'accord?

— Ils ne le savent pas, avoua Agnès.

Alors, Amiel se rebiffa :

— Et vous voulez que je sois complice de ça? N'y comptez pas!

Pour la première fois depuis le drame, Jordane leva ses yeux vers le jeune homme et, dans son regard, il vit à quel point sa détresse était grande.

Elle supplia :

— Je t'en prie!

Amiel, vaincu, se détourna. Il se leva et dit :

— Je vais chercher Athon. Il raccompagnera Ava.

Tout en marchant vers le garçon, il étêtait rageusement les graminées de son bâton de berger.

~

Le retour solitaire d'Ava sema la consternation dans les familles Vignal et Cathala. Personne ne comprenait la fuite des deux jeunes filles. L'explication d'Ava, qui s'obstinait à répéter : « Elles ont décidé de devenir *parfaites* », ne satisfaisait personne. Et Arnaud moins que quiconque. Il l'interrogea avec insistance et se fâcha de ne rien pouvoir en tirer. Athon, qui allait rester pour la nuit, n'en savait pas davantage puisqu'il avait tout juste eu le temps de voir sa sœur et d'apprendre la nouvelle. S'il se doutait de quelque chose, il n'en dit rien. Au comble de la frustration, Arnaud déclara :

— Je pars à Ferrals-les-Montagnes : je vais les chercher.

Mais son oncle, qui jusque-là n'avait rien dit, s'interposa.

— Tu n'iras pas, dit-il, ce qui est fait est fait.

Le ton était sans appel. Vignal intervenait peu, mais toujours de manière que personne ne songe à se rebeller. Maté, Arnaud se tut, et sa colère, ne trouvant pas à s'alimenter, laissa la place à une grande peine. Il se réfugia dans un coin et ne parla plus.

Brunissende et Serena, les deux mères, redoutaient les commérages des voisins :

— L'inquisiteur va finir par le savoir et nous allons tous nous faire prendre.

— Il faut que personne d'autre ne sache la vérité, reprit Vignal.

— Mais comment ?

— Nous allons dire qu'elles se sont enfuies pour retrouver des hommes. Que ce sont des filles perdues.

Cathala approuva tandis que les mères se mettaient à geindre. Esclarmonde, contente qu'Ava soit revenue, mais partageant la peine de ses deux amies, commenta tristement :

— Ce sont de bonnes petites filles. Quand je pense que tout le monde va en dire du mal !

Les deux mères redoublèrent de plaintes, et la vieille Mengarde, pour cacher son chagrin, maugréa en tisonnant le feu :

— Deux idiotes !

À la forge, la fuite des jeunes filles alimenta les conversations des femmes qui attendaient que leur pain soit cuit. L'inquisiteur ne faisait rien, sinon prier dans l'église, la face contre terre et, depuis trois jours qu'elles se perdaient en conjectures, le sujet était largement épuisé.

— Ces filles, quand même, qui l'aurait cru ?

— Hum… Vous savez, moi, la Jordane Vignal, j'ai toujours su que c'était une tête folle.

— Mais elle paraissait plus calme cette année.

— Il faut se méfier de l'eau qui dort !

— La petite Cathala est toute jeune. C'est l'autre qui a dû l'entraîner.

— Probablement. Ce qui est étonnant, c'est qu'elle ne soit pas partie avec Ava : elles étaient inséparables.

— C'est sans doute parce qu'Ava fréquente l'aîné des Cathala : on dit qu'ils vont se marier.

— Moi, j'aurais cru qu'il y avait quelque chose entre Agnès et Pons Chauvès. Depuis le temps qu'il lui tourne autour !

Blanche Chauvès, qui venait d'arriver, entendit la dernière phrase et cracha :

— Mon fils ? Avec une traînée du Barri ? Vous n'y pensez pas !

❧

Pons fut pris de court par la disparition d'Agnès. Il avait eu du mal à encaisser son intempestive déclaration d'amour pour Arnaud, mais il y avait trouvé très vite une explication qui satisfaisait sa vanité : l'attachement prétendu de la jeune fille à l'égard de son voisin ne devait être, en réalité, que l'acceptation de l'élu de sa famille. Il se faisait fort de la faire changer d'avis. À ce jour, peu de femmes lui avaient résisté, et il ne doutait pas d'avoir assez d'attraits personnels – auxquels s'ajoutaient le prestige de sa famille et celui de sa fonction de garde – pour qu'une fille Cathala se sente honorée d'avoir été distinguée. Il avait été le premier surpris de s'entendre lui proposer le mariage : à l'origine il n'avait eu envie que de s'amuser un peu. C'est Agnès, en annonçant sa volonté d'épouser Arnaud, qui avait provoqué sa demande à lui. Il savait que cette union ne serait pas du goût de ses parents, mais maintenant, il se faisait un point d'honneur d'arriver à ses fins, quoi qu'en dise sa famille.

La nouvelle de la disparition des deux filles le prit au dépourvu et les rumeurs ne le convainquirent pas : depuis deux mois qu'il espionnait Agnès, il se serait aperçu de ses relations avec un autre homme. Pour qu'elle s'enfuie avec un compagnon, il aurait fallu qu'elle noue des relations avec lui lors d'une promenade dominicale, or cela était impossible : Pons ne la quittait pas des yeux et s'en serait aperçu. Pour Jordane, c'était la même chose : en effet, comme les jeunes filles sortaient toujours ensemble, il en savait autant sur les deux. De toute façon, il ne manquait aucun des garçons de Minerve et les retrouvailles hebdomadaires avec les jeunes gens de La Caunette n'avaient pas duré au-delà du printemps. Non, Pons ne croyait pas à l'explication qui avait été donnée de leur disparition, mais il ne parvenait pas à deviner la vérité. Il décida de continuer sa surveillance des maisons Cathala et Vignal, non plus pour voir Agnès, puisqu'elle n'y était plus, mais dans l'espoir qu'Arnaud ou un membre de sa famille le mène jusqu'à elle.

Ava était partie en compagnie d'Athon qui ne retournerait à l'estive que le lendemain. Il faisait nuit. Agnès et Jordane avaient partagé le repas d'Amiel. Il leur avait fait une soupe qu'Agnès avait déclaré délicieuse, puis il avait coupé des tranches de jambon et enfin, ils avaient mangé du fromage : un véritable festin ! Agnès parlait d'abondance pour s'étourdir et éviter de songer à tout ce qu'impliquait sa décision. À la nuit tombée, Amiel avait allumé un feu sur une éminence proche : c'était le signal qui allait se transmettre de berger en berger pour informer les *parfaits* que l'on avait besoin d'eux. Ils recevraient le message le soir même et viendraient aussi vite qu'ils le pourraient. Amiel avait fait un autre feu, près de la cabane, autour duquel ils étaient assis tous les trois. Agnès bavardait sans arrêt. Elle questionnait Amiel sur son travail dans les alpages et sur sa vie solitaire.

— Tu ne t'ennuies jamais ? demanda-t-elle.

— Non. Je pense à des choses…

Il ne précisa pas de quelles choses il s'agissait, mais il leva les yeux sur Jordane qui fixait obstinément les flammes. Amiel n'était pas loquace et Jordane ne disait rien. Agnès finit par se décourager d'entretenir la conversation toute seule et déclara qu'elle allait dormir. Elle se leva pour aller vers la cabane. Amiel leur avait montré où elles coucheraient, sur des peaux de mouton. Il avait précisé que lui resterait dehors, auprès du feu. Jordane allait emboîter le pas à son amie lorsque Amiel la retint.

— Reste, Jordane, je veux te parler.

Il ne savait pas encore ce qu'il allait lui dire, mais c'était là une occasion unique d'être seul avec elle, et il ne devait pas la laisser passer.

La jeune fille sentit l'affolement l'envahir. Agnès était déjà entrée dans la cabane : elle était à la merci d'Amiel. Elle se mit à trembler. Voyant cela, le berger lui parla d'une voix douce et persuasive :

— Je te jure que je ne bougerai pas de l'endroit où je suis, dit-il. Je ne m'approcherai pas de toi. Je ne te toucherai pas. Mais je t'en prie, reste !

Jordane se rassit et entoura son buste de ses bras, comme si elle avait froid. Elle n'avait guère d'autre choix que de faire confiance à Amiel : à part la frêle Agnès, il n'y avait personne à des lieues à la ronde. Elle s'appliqua à respirer profondément pour conjurer la panique tandis qu'il restait silencieux. Elle eut ainsi le temps de se reprendre et lui, celui de chercher ses mots.

Il ne parvenait pas à trouver les paroles qui exprimeraient avec justesse ce qu'il ressentait si profondément et ne savait pas comment lui faire savoir qu'il lui voulait du bien. Alors, il prit le biais de lui parler d'une brebis qu'il avait eue des années auparavant. Il raconta qu'il l'appelait «La Mauvaise» parce que c'était toujours elle qui mangeait les pousses de vigne, qui s'égarait et qu'il fallait rechercher dans la montagne. Elle entraînait le troupeau loin des lieux de pacage et créait des ennuis sans fin… La nuit où elle avait agnelé de jumeaux, elle avait piétiné un des petits, si bien qu'au matin, il l'avait trouvé mort… Une mauvaise brebis, oui, une bien mauvaise brebis…

— Tu sais, Jordane…

Elle frémit en entendant son nom, car elle s'était laissé prendre à cette histoire de berger racontée avec lenteur et entrecoupée de grands silences.

— … il y a de mauvaises gens comme il y a de mauvaises bêtes. Il n'était pas bon comme tu le croyais, ce garçon de La Caunette.

À ces mots, elle se crispa. Il l'avait bercée avec ses paroles et elle avait baissé la garde, sans penser qu'il en viendrait à elle. Elle aurait pourtant dû se douter qu'il ne lui avait pas demandé de rester pour lui parler d'une méchante brebis.

Mais il continuait :

— C'était la seule à être mauvaise dans le troupeau, tu sais, les autres étaient de bonnes bêtes. Et chez les hommes, c'est pareil.

Trahissant, sans même s'en rendre compte, la promesse faite à Agnès de cacher la véritable raison de sa fuite, elle répliqua avec emportement :

— Pareil ? Non ! Il y en a bien plus ! Pons Chauvès, par exemple !

— Pons Chauvès ? Qu'a-t-il fait ? Je ne sais pas de quoi tu parles.

Elle songea qu'elle en avait trop dit, mais elle ne pouvait plus reculer et elle lui fit part du chantage exercé sur son amie.

Amiel serra les poings :

— Le maudit ! Et Arnaud n'a pas bougé ?

— Elle ne le lui a pas dit.

— Mais enfin, s'emporta-t-il, vous ne pouvez faire confiance à personne? Elles vont être contentes, les *bonnes dames*, d'avoir deux recrues comme vous! C'est le droit d'asile que vous devriez leur demander. Il n'est pas honnête de leur laisser croire que vous y allez pour être instruites dans la religion.

— Ne dis pas ça! Je veux demeurer chez elles, à l'abri.

— Je suppose qu'Agnès n'a pas l'intention d'y rester?

— Non, bien sûr! Quand l'inquisiteur sera reparti, elle rentrera au village.

— Pas toi?

— Moi… Moi, je veux vivre dans un désert. Je ne veux plus risquer de rencontrer des hommes.

— Et tu ne peux pas croire qu'un homme serait capable de t'aimer sincèrement et de vouloir te rendre heureuse? dit-il d'une voix où perçait l'anxiété.

Jordane se leva et se détourna si brusquement que ses cheveux balayèrent son dos. Amiel ferma les yeux très fort et serra ses mains l'une contre l'autre pour résister au désir de les caresser et d'y plonger son visage. Fidèle à l'engagement qu'il avait pris, il ne bougea pas, et elle s'en alla, voulant mettre fin à une discussion qui l'amenait sur un terrain où elle refusait de le suivre.

— Je vais dormir, dit-elle en franchissant la porte de la cabane.

— C'est ça, répliqua-t-il avec amertume, va dormir, et continue de croire que tu es la seule à souffrir.

Elle s'engouffra à l'intérieur et fit comme si elle n'avait pas entendu sa dernière phrase.

Amiel resta tristement près du feu. Il avait fait de gros efforts pour sortir de sa réserve naturelle et qu'avait-il obtenu? Rien. Pas l'ombre d'une raison d'espérer. «Elle a tout de même accepté de rester seule avec moi et de m'écouter, c'est un gros progrès», se disait-il pour s'encourager, mais il rectifiait aussitôt : «Pour aller plus loin, il faudrait pouvoir lui parler tous les jours. Or, elle s'en va demain.»

Pendant qu'Amiel s'affligeait de son incapacité à changer les choses, Jordane ne dormait pas, elle non plus. Quand elle avait rejoint Agnès, son amie était en pleurs et rien de ce qu'elle avait pu lui dire n'était arrivé à la calmer. Ce n'était qu'à bout de larmes qu'elle était tombée dans le sommeil, momentanément délivrée de sa peine. Jordane alors s'était tournée et retournée sur la peau de mouton en pensant malgré elle à ce qu'Amiel lui avait dit. Force lui était de constater que sa peur du berger n'était plus aussi vive : il était calme et doux et avait respecté sa parole de ne pas l'importuner. Pour éviter de s'amollir, elle essaya d'évoquer l'image du gars de La Caunette qui d'ordinaire s'imposait à elle dès qu'elle fermait les yeux, mais là, elle était floue et inconsistante, et celle d'Amiel venait s'interposer. Amiel qui avait promis de ne rien dire ce dimanche-là et qui avait tenu sa promesse. L'image d'Amiel n'était pas menaçante. «Serais-je sur la voie de la guérison?» se demanda-t-elle avec étonnement.

CHAPITRE III

Après plusieurs jours de combat, Aurélien Barthès sortit vainqueur de sa lutte contre les démons. Elle avait été âpre, mais il avait gagné. Il allait pouvoir désormais consacrer toutes ses énergies à débusquer les criminels et les hérétiques de Minerve.

Le dimanche soir, Guillemette avait délivré le message de Gaillarde à l'inquisiteur en lui servant le repas. La prostituée était la première personne, à l'exception de sa logeuse et de Desbiau, à manifester le désir de l'aider : il aurait dû en être content. Cependant, il ne l'était pas vraiment, car il sentait qu'il y avait danger, pour lui, à approcher cette femme. Il hésitait à se rendre chez elle parce qu'elle l'avait troublé au premier regard. Ne serait-il pas dangereux d'aller affronter le Malin dans son antre ? Les révélations de la prostituée, se dit-il, pouvaient bien attendre quelques heures. Le mieux était de ne pas répondre à son appel et d'envoyer le garde la chercher le lendemain : Pons la conduirait à l'église et l'interrogatoire se ferait dans les règles. Barthès commençait de se réjouir de sa décision, quand une autre pensée lui vint : si Gaillarde avait voulu lui faire ses révélations au vu et au su de tout le monde, elle n'aurait pas attendu. Ce message, parvenu par l'intermédiaire de Guillemette, prouvait qu'elle tenait à la discrétion. Si elle voulait tellement garder secrète leur entrevue, c'était probablement parce qu'elle avait des choses graves à révéler. L'inquisiteur en vint à la conclusion que, quoi qu'il lui en coûte, il fallait qu'il aille chez Gaillarde.

Tout au long de son débat intérieur, Guillemette l'avait observé avec curiosité. À voir la façon machinale dont il trempait le pain dur dans la soupe de fèves en fronçant les sourcils de temps en temps, il était clair que le dominicain était aux prises avec un dilemme. Elle devina qu'il hésitait à aller chez Gaillarde et croisa les doigts pour qu'il prenne la bonne décision. À la grande surprise de Guillemette, Barthès avala même le morceau de lard qu'elle n'osait pas ne pas lui donner et qu'elle voyait disparaître, repas après repas, dans la gueule du chien qui l'attendait, assis à côté de lui, les yeux rivés sur la table. Quand le dominicain eut fini de manger et que Guillemette enleva l'écuelle sans que le lard lui eût été donné, le chien poussa une plainte qui tira Barthès de ses réflexions. En voyant la table desservie et le chien suppliant, il comprit qu'il avait péché sans s'en apercevoir. «Cette femme, pensa-t-il, n'a même pas besoin d'être présente pour détourner un homme de son devoir!» Cela le mit en colère et finit de le décider : il devait se prouver à lui-même qu'il n'avait pas peur de l'affronter.

Il n'avait rien dit à Guillemette, et ce n'est qu'en le voyant sortir de l'hôpital et se diriger vers le bas de la cité, à la tombée de la nuit, qu'elle comprit que l'inquisiteur se rendait à l'invitation de Gaillarde. Satisfaite, elle retourna à ses malades. Contrairement à son habitude, Barthès ne martelait pas les pavés de son bâton en empruntant la ruelle la plus mal famée du Barri. Il tenta de chasser le chien de Guillemette, car il ne voulait pas qu'il l'attende, assis devant la porte de la prostituée, comme pour dire : « L'inquisiteur est là », mais l'animal était tenace, et rien n'y fit, pas même les gestes menaçants de la main. Barthès regretta la perte de sa canne qui aurait été plus convaincante. Il songea avec dépit qu'il avait une attitude de coupable : ses manières étaient furtives et il se conduisait comme ces maris adultères qui se rendent au bordel en prenant des précautions pour empêcher que leur femme ne l'apprenne. Arrivé devant la maison, il vit que la lanterne était éteinte. Soulagé, il s'apprêta à faire demi-tour, mais Gaillarde le guettait. Elle ouvrit la porte et lui dit d'entrer. Avant de franchir le seuil, il essaya encore de faire partir l'animal, mais il restait là, obstinément. La femme régla le problème en disant : « Que le chien entre aussi ! » Barthès s'engouffra alors dans la masure, non sans avoir, à sa grande honte, jeté un regard à droite et à gauche, pour s'assurer que personne ne le voyait.

Gaillarde s'empressa, voulut le faire asseoir, mais il refusa et resta planté au milieu de la salle. Elle était tout près de lui et il sentait son parfum : un mélange entêtant de ces odeurs violentes que le soleil de midi fait exhaler aux plantes aromatiques du causse. Elle s'était mise à l'aise pour rester chez elle et sa cotte bâillait sur sa poitrine largement découverte. Le dominicain était bouleversé par ce corps qui s'exposait sans pudeur. Pour se donner une contenance et tenter de se reprendre, il regarda autour de lui : la pièce unique n'était pas grande et le lit, lieu de toutes les débauches, en occupait une grande partie. Ce lit scandaleux, Gaillarde ne le roulait pas dans un coin durant la journée pour que la salle soit plus spacieuse. Non, on voyait bien que le lit était là à sa place et qu'il y restait toute la journée. Il était constitué de plusieurs paillasses superposées et deux oreillers rebondis étaient placés à sa tête. Il s'en dégageait une impression de confort et de mollesse. Les draps avaient été rabattus comme si l'on se préparait à s'y glisser, ce qui le rendait plus tentant encore. À de petits détails, on voyait que la femme jouissait d'une modeste aisance : les écuelles étaient d'étain, au lieu d'être de bois, le banc était sculpté et elle possédait même un coffre d'assez belle taille que l'imagination du dominicain lui représenta plein de tissus soyeux. Il détourna aussitôt son regard du coffre et du lit qui lui inspiraient des pensées libidineuses et s'efforça de faire abstraction de cette atmosphère sensuelle.

Pour en avoir plus vite fini, il alla droit au fait et lui demanda d'une voix brusque :

— Qu'as-tu à me dire ?

— Je sais qui sont les hérétiques de Minerve, répondit-elle fièrement.

Barthès, tout à l'excitation d'apprendre ce qu'il désespérait de découvrir, oublia le lit, le coffre et même le corps voluptueux de Gaillarde.

— Vraiment ? dit-il. Donne-moi leurs noms !

Gaillarde ne se fit pas prier et répondit sans hésitation :

— Chauvès, le consul ; Minot, le meunier ; les frères Lefèvre, le tonnelier et le forgeron ; Delbosc, le marchand et Prades, le vigneron.

Barthès remarqua qu'elle lui récitait sa liste avec une jubilation qu'elle ne parvenait pas à cacher. Il se demanda si c'était vraiment parce qu'elle faisait son devoir de bonne catholique, et il lui sembla qu'il y avait plus que cela.

— Comment peux-tu en être sûre? questionna-t-il.

— À moi, on me dit bien des choses… répondit-elle avec un sourire équivoque.

Tout en le regardant dans les yeux, elle grattait d'un doigt machinal la naissance de sa gorge que le décolleté de la cotte découvrait largement. Barthès, qui s'était un instant soustrait à la puissance d'attraction de ce corps, ne parvenait plus à en détacher le regard. Il avala sa salive, la gorge sèche, et s'essuya le front où perlaient quelques gouttes de sueur. Quand il réussit à regarder ailleurs, ce fut pour poser ses yeux sur le lit. Alors, il oublia tout : son vœu de chasteté et sa mission inquisitoriale, son désir de pureté et sa lutte contre les hérétiques. Plus rien ne comptait, que cette femme et ce lit.

Habituée à provoquer le désir des hommes, Gaillarde comprit que celui-ci était prêt à succomber. Elle fit un pas vers sa couche, et il la suivit comme un somnambule. Lentement, elle délaça sa cotte et ses seins apparurent. Barthès avança une main tremblante. Elle la prit et la posa sur sa poitrine. Le contact de la peau de la femme sembla le réveiller. Il fit un grand bond en arrière en criant «*Vade retro !*» avant de se sauver par les ruelles désertes, poursuivi du rire moqueur de la prostituée, le chien de Guillemette toujours sur ses talons.

Au lendemain de sa rencontre avec Gaillarde, l'inquisiteur s'était éveillé dans un spasme, trahi par son corps. Le drap était humide et son ventre poisseux. Il s'était levé et, à genoux, en implorant le seigneur de l'épargner, il avait frappé de son front le sol de terre battue pour se punir de cette faiblesse qu'il n'avait pas su contrôler. Il se mit au pain et à l'eau et consacra entièrement sa journée à la prière. Malgré cela, la nuit venue, lorsqu'il dormait, le rêve lascif revint le hanter et il se réveilla en bredouillant le nom de Gaillarde. Alors, il décida d'observer un jeûne total et de prier la nuit aussi, agenouillé dans l'église. Guillemette allait le voir aux heures des repas et le pressait en vain de s'alimenter : il ne semblait même pas l'entendre. Elle s'en allait en laissant la nourriture auprès de lui, mais quand elle revenait, les aliments étaient intacts. Elle commençait de craindre pour la vie de son encombrant locataire, car son visage était hagard et son grand corps plus maigre que jamais.

Guillemette raconta à Gaillarde les cauchemars de Barthès et lui confia qu'elle avait clairement entendu son nom. La prostituée fut enchantée d'être la cause du tourment de l'inquisiteur : il avait réussi à s'enfuir de chez elle, mais pas à la chasser de son esprit. Pour le plaisir de voir l'étendue des dégâts, elle eut envie de se rendre à l'église. Elle l'y trouva, comme Guillemette le lui avait décrit, abîmé sur les dalles de la nef. Elle alla se placer dans le chœur, face à lui, le dominant du haut des marches, le visage ironique. L'inquisiteur leva les yeux et la vit. Son esprit se brouilla et il lui vint un grand désir de détruire cette femme qui était pour lui l'incarnation du Démon. Dieu la lui avait envoyée pour le mettre à l'épreuve et il devait la combattre. Fort de cette certitude, il s'élança vers Gaillarde avec des gestes menaçants. Elle prit peur et tenta de s'enfuir, mais Barthès la happa par le bras. Il la frappait à coups redoublés de toute la force de ses poings osseux quand Pons Chauvès, qui ne s'était pas aperçu de l'arrivée de Gaillarde, car il trompait l'ennui d'une faction interminable par de fréquents séjours à la taverne, arriva en courant, alerté par les cris que l'on entendait depuis chez Mignard. Le garde arracha la malheureuse à la fureur du dominicain qui ne se contenait plus. De voir devant lui la responsable de son obsession décuplait les forces de Barthès et, malgré la résistance qu'elle lui opposait, il l'eût vraisemblablement battue à mort sans l'intervention de Chauvès.

Séparé de sa victime, l'inquisiteur revint à lui peu à peu. Sa fureur se calma, mais pas sa rancune : il ordonna à Pons de conduire Gaillarde à la prison située dans la barbacane du Barri. Chauvès en fut sidéré : qu'est-ce qu'elle avait bien pu faire pour mériter un tel traitement ? Répondant à sa question informulée, Barthès fulmina que l'enfermement était trop doux pour celle qui avait profané le lieu saint de sa présence impie et manqué de respect à un représentant de Dieu sur la Terre. La prison, d'ailleurs, n'était qu'une étape, et le jugement des hommes scellerait ultérieurement son destin.

Les Minervois dont les habitations bordaient la Grand-Rue, figés sur leur seuil par la stupéfaction, assistèrent au défilé de l'étrange cortège qui se dirigeait vers la porte Basse. Pons Chauvès, l'air ennuyé, marchait aux côtés de la jeune femme échevelée et meurtrie qui avait repoussé avec hauteur sa tentative de lui tenir le bras. La moitié de son visage était déformée par la pommette éclatée ainsi que par l'enflure qui lui avait presque entièrement fermé l'œil et sa lèvre fendue saignait. Malgré cela, Gaillarde n'était pas pitoyable, tout au contraire : elle avançait en affichant la morgue et l'aplomb qu'elle aurait eus à mener un défilé triomphal et plantait au passage ses yeux dans ceux des badauds. Ils détournaient les leurs, gênés, mais également inquiets de la menace qu'ils percevaient. Gaillarde, si elle le voulait, pouvait détruire bien des ménages, et tout le monde, hommes et femmes, redoutait qu'elle ne se venge de l'humiliation imposée par le dominicain en dévoilant les petites turpitudes de ses trop nombreux clients.

Derrière eux suivait l'inquisiteur. Le visage griffé par les ongles de la prostituée, le regard illuminé, il avait l'air d'un fou aux yeux des villageois. Mais lui, au sortir de sa lutte victorieuse avec le Malin, se sentait parfaitement lucide, délivré de l'emprise de cette créature qu'il allait maintenant punir de la pernicieuse influence qu'elle exerçait sur les hommes. Quand il fut assuré qu'elle était bien enfermée derrière une porte dûment barrée, il retourna à l'église où il tomba à genoux, pour une action de grâces cette fois : il remerciait le seigneur de lui avoir donné la force de mettre le Diable en déroute. Après cela, il quitta la maison de Dieu d'un pas mécanique, traversa la place Saint-Étienne sous l'œil haineux des clients de Mignard qui désapprouvaient l'incarcération de Gaillarde, et entra dans l'hôpital où Guillemette lui servit une écuelle de soupe qu'il mangea sans mot dire. Il se coucha et dormit pendant deux jours. Quand il s'éveilla, il était frais et dispos et le répit des bourgeois de Minerve était terminé.

Gaillarde écumait de rage : elle était venue narguer le dominicain qu'elle croyait complètement abattu et se retrouvait privée de liberté après avoir été maltraitée. Mais elle n'avait pas l'intention de se laisser faire, et avait aussitôt contre-attaqué en glissant à Pons, avant qu'il ne la quitte :

— Dis à ton père qu'il a intérêt à me sortir de là.

Le garde avait transmis le message et vu pâlir son destinataire. Il imaginait sans peine le désir de vengeance qui s'emparerait des femmes de Minerve, et particulièrement de sa mère, si Gaillarde décidait de rendre publique la liste de ses clients, et il eut pitié de son père dont la vie conjugale n'était déjà pas facile.

— Que vas-tu faire, demanda-t-il?

— Aller voir Rieussec. On avisera.

Le consul trouva le commandant furieux. Ce dernier estimait que Barthès avait outrepassé ses droits : le chef temporel, c'était lui. L'inquisiteur pouvait émettre des recommandations mais, en aucun cas, il n'était habilité à emprisonner les gens. L'indignation de son allié eut raison de l'accablement de Chauvès. Ils résolurent d'aller ensemble trouver le dominicain pour le sommer de rester à sa place. À leur grand dépit, ils furent éconduits par Guillemette, qui veillait à son repos, et durent ronger leur frein pendant les deux jours que Barthès mit à récupérer.

Lorsque l'inquisiteur leur fit dire qu'il était prêt à les recevoir, ils se rendirent à l'hôpital. Les conversations de taverne avaient décuplé leur mécontentement, et c'était forts de l'approbation de tout le village qu'ils venaient revendiquer la liberté de Gaillarde. Malgré leurs discours bravaches, ils n'avaient toutefois pas osé la délivrer sans l'autorisation de Barthès.

Le dominicain les attendait de pied ferme : il ne leur laissa pas le temps d'exprimer leurs récriminations et les attaqua tout de suite. Ses reproches touchaient tant à l'incurie qui avait présidé à l'enquête sur le meurtre qu'au laxisme des notables à l'encontre des hérétiques. Il n'oublia pas, non plus, la coupable tolérance de la population minervoise envers les créatures sans mœurs. Il conclut, laissant Chauvès et Rieussec interloqués :

— Vous êtes sans doute venus me remercier d'avoir commencé de mettre de l'ordre dans cette cité que vous êtes incapables d'administrer correctement. N'ayez crainte, je mènerai à bien la tâche que j'ai entreprise.

Il les renvoya sur ces mots et ils se retrouvèrent dehors, Gros-Jean comme devant. Le pichet de claret que lui servit Mignarde ne suffit pas à réconforter Chauvès. Considérant qu'il avait eu son content de désagréments, il remit à plus tard l'inévitable affrontement avec Gaillarde.

❧

Les premiers convoqués furent les frères Lefèvre. Barthès envoya Pons Chauvès les chercher, sans les avoir avertis au préalable, de manière qu'ils n'aient pas le loisir de mettre au point une stratégie commune. Il avait décidé de mener ses interrogatoires à l'église, et demanda au garde de faire attendre Étienne sur le parvis pendant qu'il questionnait Jean.

Le forgeron entra avec une assurance qu'il perdit rapidement. L'inquisiteur était dans le chœur, assis à la table qu'il avait fait installer pour prendre en note les dépositions, et la lumière que les vitraux laissaient filtrer dessinait sa silhouette penchée sur le registre. Tout chez lui était menaçant : son regard d'oiseau de proie, sa main, crispée comme une serre sur le manche d'un stylet qu'il plantait machinalement dans le bois de la table, sa fonction d'envoyé de l'Église de Rome et son savoir d'homme lettré.

Barthès lisait le registre et ne releva pas la tête tout de suite, laissant l'homme se dandiner d'un pied sur l'autre, embarrassé. Rien n'avait été prévu pour que les gens puissent s'asseoir. Le forgeron, qui était accoutumé au respect de ses concitoyens et à la soumission craintive de sa famille, ressentait un grand malaise face au religieux devant lequel il était obligé de comparaître, et qui ne lui montrait aucune considération.

Quand l'inquisiteur releva la tête, ce fut pour demander à Lefèvre :

— Pourquoi n'avez-vous pas dit que c'était votre frère le dominicain qui accompagnait le mort et qui a disparu ?

Cette attaque frontale désarçonna le forgeron. Il se mit à bredouiller sous le regard implacable de Barthès qui ne fit rien pour l'aider.

— Pourquoi ? répéta-t-il.

Jean Lefèvre n'osa pas affirmer qu'il l'ignorait : l'autre ne l'aurait pas cru. Il essaya de prétendre que son frère et lui n'étaient pas sûrs d'avoir reconnu frère Saturnin.

— Mais je vois que vous vous souvenez bien de son nom…

Le forgeron maudit sa maladresse, mais sut qu'il en commettrait d'autres : il n'était pas de force à lutter contre un homme rompu aux subtilités des joutes oratoires. Barthès, cependant, ne poursuivit pas sur ce sujet et Lefèvre respira mieux tandis qu'il lui demandait de préciser le nom de son parrain et de sa marraine, ceux de sa femme et de ses enfants. Il le fit parler de sa belle-famille, puis de ses parents à lui. Quand il l'eut bien endormi avec des questions sans importance, il revint à ses frères.

— Vous n'aviez pas beaucoup de différence d'âge, tous les trois ?

— Oh non ! Un an seulement. Je suis l'aîné et Étienne le plus jeune.

— Donc, quand vous étiez enfants, vous jouiez ensemble ?

— Bien sûr ! Nous étions inséparables.

— En grandissant aussi ?

— Oui. Jusqu'à ce que Jourdain entre en religion. Mais Étienne et moi, nous avons continué d'habiter la même maison.

— Et vous avez épousé deux sœurs…

— C'est ça, et on vit tous ensemble, avec nos enfants.

— Vous avez dû être tristes quand votre frère Jourdain vous a quittés.

Jean Lefèvre, que les questions anodines avaient rassuré, fut de nouveau sur le qui-vive, d'autant que l'inquisiteur ajouta, dubitatif et en ayant l'air de se parler à lui-même :

— Tristes et un peu surpris, sans doute. Rien auparavant n'avait laissé deviner sa vocation. À mon avis, il est survenu un événement qui l'a bouleversé.

Il laissa planer le silence un moment, pour que son interlocuteur médite sa dernière phrase puis, tout d'un coup, il fixa Lefèvre de son œil de busard et demanda d'un ton incisif :

— Que s'est-il passé ?

— Rien ! cria Lefèvre, il ne s'est rien passé !

Il paraissait terrorisé et Barthès comprit qu'il n'en tirerait rien de plus. Du moins ce jour-là.

— C'est tout pour le moment, dit-il, sortez et envoyez-moi votre frère.

Jean aurait bien voulu mettre Étienne en garde avant la confrontation, mais devant Pons Chauvès, il n'osa pas.

Étienne entra, et l'inquisiteur commença aussitôt :

— Votre frère m'a dit…

Monge, qui était aux aguets avec Delprat et Baille, héla Jean Lefèvre à sa sortie de l'église :

— Viens boire un coup, Lefèvre, ça te fera du bien !

Mais l'autre s'en alla sans même tourner la tête vers la taverne. Mignard se joignit à ses clients pour commenter l'étrange attitude du forgeron. Jean n'avait pas la réputation d'être fort aimable, mais tout de même, il répondait, d'habitude, lorsqu'on lui parlait.

— On dirait que ça ne s'est pas bien passé. Pourtant, Lefèvre, ça m'étonnerait qu'il soit hérétique...

— Moi aussi. Et avec un frère dominicain dans la famille, il devrait être à l'abri des soupçons.

— On va voir si Étienne est plus causant.

Mais il ne le fut pas. Il sortit de l'église comme une flèche et s'en alla chez lui aussi vite que s'il avait le Diable aux trousses. Les ivrognes et le tavernier, dévorés de curiosité, se précipitèrent à sa suite. Une poignée de désœuvrés, intrigués par leur comportement, supposèrent qu'il y avait quelque chose à voir et leur emboîtèrent le pas, formant un petit groupe qui arriva à la forge pour assister à l'empoignade entre les deux frères. Car le tonnelier, qui était le plus violent de la famille, avait saisi Jean à la gorge et le secouait comme un prunelier en hurlant :

— Imbécile ! Pourquoi lui as-tu dit que c'était le compagnon de Jourdain ?

Les deux frères étaient violacés : le premier, de colère, le deuxième, de suffocation.

— Il faudrait les séparer, dit quelqu'un.

Mais personne n'intervint, de crainte d'attraper un mauvais coup. Jean Lefèvre commençait d'émettre des sons inquiétants lorsque le consul arriva. De l'écurie où il renouvelait la litière, il avait aperçu le rassemblement et venait aux nouvelles. Il éloigna le forgeron de son agresseur d'une poigne vigoureuse et les deux hommes reprirent difficilement leur souffle tout en continuant de se lancer des regards furieux.

— Qu'est-ce qui se passe ? demanda Justin Chauvès.

— Cet idiot, répondit le tonnelier en montrant son frère, est allé dire à l'inquisiteur que le mort était le compagnon de Jourdain.

Nombreuses furent les exclamations de surprise, et l'on entendit, ici et là, les gens en tirer la conclusion logique :

— C'est donc Jourdain, le dominicain qui a disparu !

Pendant que Jean, hors de portée de son frère, lui expliquait que Barthès savait la vérité avant de l'interroger et qu'il avait manœuvré pour les dresser l'un contre l'autre, Étienne pouvait mesurer les conséquences de son impulsivité.

En effet, la nouvelle se répandait à mesure que les gens se regroupaient place de la Citerne, et on les entendait se demander pourquoi les frères Lefèvre avaient gardé pour eux ce qu'ils savaient. Ils n'étaient peut-être pas étrangers à la disparition de Jourdain, suggéraient certains, sinon, pourquoi auraient-ils caché l'identité du prêcheur ?

Chauvès renvoya les badauds chez eux, mais les Lefèvre savaient bien que cela ne suffirait pas à faire taire les gens, et ce furent leurs femmes qui essuyèrent la mauvaise humeur subséquente quand elles se manifestèrent en larmoyant :

— Mon Dieu, mon Dieu, qu'allons-nous faire ?

Étienne, excédé, donna une gifle à Anne en disant :

— Comme ça, tu sauras pourquoi tu pleures !

Et Jean, ne voulant pas être en reste, en fit autant avec Bérangère en ajoutant :

— Allez donc pleurer ensemble, vous n'êtes bonnes qu'à ça!

Pour leur part, les enfants détalèrent avant de profiter de la distribution, et les deux frères se remirent au travail, frappant l'un sur un cerceau de fût, l'autre sur un fer à cheval, avec une rage qui fit remarquablement avancer le travail.

❧

Le premier jour, Barthès se contenta d'interroger les Lefèvre. Il voulait laisser aux nouvelles le temps de circuler. Il voulait aussi réfléchir. Il était sûr de deux choses : d'une part, les Lefèvre avaient menti, d'autre part, ils étaient effrayés. Pour leur faire avouer ce qui provoquait leur crainte, il allait devoir faire preuve de toute son habileté, car ils étaient méfiants et sa petite ruse, qui avait consisté à provoquer un affrontement entre eux, ne lui avait finalement guère servi : Étienne Lefèvre, même furieux, n'avait rien laissé échapper.

Barthès pressentait que les informations qu'il détenait étaient sujettes à caution : Guillemette, comme Gaillarde, avait prétendu lui dénoncer les hérétiques de Minerve, et les deux listes concordaient. Cependant, sa logeuse n'avait pas pu lui donner des éléments concrets pour étayer ses affirmations. On aurait dit que ces noms, quelqu'un les lui avait soufflés. Peut-être était-ce Gaillarde? Il aurait fallu interroger la prostituée pour vérifier si elle, elle avait des informations plus précises, mais il repoussait le moment de le faire, car il n'était pas sûr, en la voyant, de ne pas replonger dans les affres de la tentation.

Barthès repassa dans sa tête les six noms fournis par Gaillarde et Guillemette. Décidément, cette liste le laissait sceptique. Selon les deux femmes, tous ces gens-là étaient hérétiques. Si c'était vrai, il s'agissait de la moitié des notables de Minerve. Quelque chose, dans cette série de noms l'intriguait : il se serait attendu à ce qu'elles lui disent : « La famille Untel… » ou bien « La maison Untel… » Mais non : elles avaient cité uniquement des hommes, alors qu'il était connu que la peste hérétique était généralement transmise par les femmes, les bûchers des trois dernières décennies en témoignaient. De plus, le tisserand du village n'était pas du nombre, or il était de notoriété publique que c'était dans cette profession que se recrutaient le plus souvent les cathares.

Il soupçonna que si elles lui avaient désigné ces hommes-là, c'était peut-être parce qu'elles leur en voulaient particulièrement. Mais pourquoi à eux? Il n'en savait pas assez sur Gaillarde pour répondre à cette question. Quant à Guillemette, la seule rancœur qu'il lui connaissait était la lapidation de l'étranger. Or, aucun des membres du conseil n'y avait participé, et ceux-là en faisaient tous partie. Quand Guillemette lui avait raconté le drame, il avait deviné sa relation avec Gauthier et compris que sa vie avait été bouleversée, même si elle n'en avait pas soufflé mot. « Toutes des chiennes, avait-il pensé avec mépris, et celle-là regrette sa chiennerie. » Néanmoins, quelque suspecte que fût cette liste d'hommes, c'était par là qu'il fallait commencer les interrogatoires.

Barthès était conscient de devoir agir avec circonspection, car il ne pouvait reprocher le moindre fait à ceux qu'il accuserait de déviance religieuse : la liste des deux femmes ne pouvait être qu'indicative. De l'avis de l'inquisiteur, il y avait peu de chances que le meurtre du dominicain ait un rapport avec la présence des hérétiques au village : ces gens-là commettaient un péché mortel en déformant la parole de Dieu, mais n'appartenaient pas à la sorte de délinquants qu'il recherchait. Par contre, il était persuadé que le meurtre de frère Saturnin était lié au crime ancien. Pour tromper les coupables, il résolut de faire semblant de croire que c'étaient les cathares qui avaient commis le crime : ainsi, les vrais responsables ne se méfieraient pas et seraient plus faciles à piéger, alors que les hérétiques, pour ne pas être impliqués, l'aideraient à découvrir le meurtrier.

Barthès fit appeler le consul. Il lui était difficile de croire que le frère du curé soit hérétique. Après seulement quelques minutes d'entretien, il se convainquit qu'il ne l'était pas. Pour Justin Chauvès, les cathares étaient coupables de tous les malheurs : autrefois, ils avaient provoqué le siège de Minerve qui avait abouti à la ruine de la cité, et maintenant, ils déconsidéraient tous les habitants du bourg auprès de l'évêché. Ils n'étaient qu'une poignée et faisaient du tort à tout le monde.

— Si ça ne dépendait que de moi, on les ferait tous brûler !

— Qui, tous ? intervint brutalement Barthès, donnez-moi leurs noms.

— Qui ? mais je ne sais pas, moi, bredouilla Chauvès se rendant compte qu'il s'était laissé emporter. Malgré son âge mûr et son statut de premier magistrat du village, son père, quand il l'apprendrait, allait lui dire son fait. Il mit alors à se taire une obstination que l'inquisiteur ne parvint pas à vaincre.

Le consul tenait le même discours que le curé, et avec autant de véhémence. Barthès se demanda pourquoi il figurait sur la liste des deux femmes. Guillemette ne ratait jamais une occasion de lui répéter ces noms, comme si elle avait peur qu'il les oublie. Il semblait qu'il soit pour elle d'une importance capitale qu'il parvienne à les accuser et à les condamner. L'inquisiteur était de plus en plus persuadé que ce n'était pas d'hérésie que ces hommes étaient coupables. Qu'avaient-ils donc fait pour s'attirer tant de haine, et qui se servait du désespoir de sa logeuse pour les faire punir ?

Dans le but de l'apprendre, il résolut de mieux écouter Guillemette. Il lui fit narrer une nouvelle fois la scène de la lapidation. À mesure qu'elle décrivait l'horreur, qui s'était déroulée trop vite pour que quiconque puisse intervenir, elle prenait un visage d'hallucinée. Il l'interrompit alors qu'elle allait évoquer le sang, les chairs déchirées, les os écrasés : cette description, qu'il avait déjà entendue, ne lui apprendrait rien.

— Qui y a participé ? demanda-t-il.

— Tous ! Ils étaient tous là.

— Même le curé ?

— Non. Le curé est arrivé après, quand c'était fini.

— Qui sort de l'église en premier, à la fin de l'office ?

— Les membres du conseil et leurs femmes.

— Ils ont lancé des pierres ?

— Les femmes, oui, mais pas les hommes : ils étaient déjà entrés chez Mignard.

— Mignard était donc chez lui. Et sa femme ?

— Elle aussi : elle se dépêche toujours de sortir parce qu'il y a des clients à la taverne après la messe.

— Donc, si je comprends bien, tout le monde a lancé des pierres sauf les membres du conseil, Mignarde et toi ?

— Gaillarde non plus n'a rien fait.

— Ah bon ? Pourquoi ? Elle est cathare ?

— Non ! Non, elle ne l'est pas.

Guillemette, soudain, semblait inquiète.

— Ce n'est pas une mauvaise femme.

Et devant le visage étonné de l'inquisiteur, elle ajouta :

— Enfin, pas vraiment…

— Comment une femme qui vit dans le péché pourrait-elle ne pas être mauvaise ?

— Sa vie, elle ne l'a pas choisie : ce n'est pas sa faute.

Guillemette s'empressa de s'en aller, prétextant les soins à donner aux malades et le laissa à sa méditation. Quand, à sa demande, elle lui avait décrit tous les gens du village, il avait remarqué qu'elle ne ressentait pas pour Gaillarde l'animosité que les femmes ont d'ordinaire à l'encontre des putains. Il l'avait attribué au fait qu'elle n'avait pas d'homme, et ne la considérait donc pas comme un danger. Par la suite, Barthès avait trouvé bizarre que, non seulement elles soient les deux seules à lui donner des informations, parmi tous les gens qu'il avait interrogés, mais qu'en plus elles lui disent exactement la même chose. La collusion entre les deux femmes était évidente, mais ce n'était pas la vérité qu'elles lui avaient révélée. Il était probable que Gaillarde, si elle le voulait, pourrait l'aider à découvrir ce qui s'était passé. Malgré son appréhension, Barthès ne pouvait plus éviter d'aller affronter la prostituée. Cependant, il s'accorda encore un délai : il se rendrait à la prison dès qu'il aurait questionné tous les suspects.

Avec une grande perplexité, Melgueil, depuis l'échoppe de Delbosc, regardait Minot se diriger vers l'église. Pourquoi Barthès ne l'appelait-il pas ? Il avait déjà interrogé le consul et les Lefèvre. Or, le tisserand était bien placé pour le savoir, aucun d'entre eux n'était hérétique. Pourtant, d'après la rumeur, le dominicain était bien informé sur le village. Par sa logeuse, probablement. Melgueil ne pouvait pas croire que tout le monde, à Minerve, ignorait qui était cathare et qui ne l'était pas. Malgré tous les efforts de discrétion des *croyants*, leurs voisins avaient dû en voir et en entendre assez, au cours des ans, pour être édifiés. Les maisons étaient tellement tassées que l'on entendait ronfler à travers les cloisons. Alors, dans ces conditions, les secrets… Guillaume Chauvès avait donné la consigne de se taire, mais le vieil homme avait-il assez d'emprise sur le village pour imposer le silence à tout le monde ? Et les gens de Minerve auraient-ils le bon sens de comprendre que leur sort à tous était lié ? Melgueil voulait le croire, mais il ne l'espérait guère.

Minot les avait salués en passant. Il était pâle, et on voyait bien qu'il redoutait l'interrogatoire. Quand il fut entré dans l'église, Pons vint informer Delbosc qu'il serait le suivant. Melgueil, extrêmement intrigué, vit que la main du marchand tremblait en pesant le sel.

❧

Le dominicain avançait à tâtons. Il avait interrogé les six hommes dont Guillemette lui avait inlassablement répété les noms, et il aurait juré qu'ils étaient tous d'honnêtes catholiques. À part Prades, peut-être, qu'il devrait questionner de nouveau parce que ses réponses lui avaient paru trop préparées, trop conformes à ce qu'il fallait dire pour ne pas éveiller le soupçon et qui, de ce fait, produisaient l'effet contraire.

Barthès était de plus en plus convaincu que quelqu'un se servait de Guillemette – et peut-être de Gaillarde – pour se venger de ces hommes. Mais qu'avaient-ils en commun ? Étaient-ils les auteurs du crime mystérieux ? Guillemette ne devait pas le savoir, sans quoi, elle le lui aurait déjà dit. Il fallait interroger Gaillarde, c'était évident, mais le dominicain trouvait sans cesse un nouveau prétexte pour reculer le moment de se retrouver en présence de la prostituée. Il se dit, une fois de plus, qu'en interrogeant toute la cité, hommes, femmes et enfants, il devrait parvenir à identifier les hérétiques et découvrir le vieux secret. Comme il l'avait fait ailleurs par le passé, il amènerait les Minervois à se trahir les uns les autres : il suffisait d'être patient et tenace, et il l'était.

Pensant qu'il serait plus facile de faire parler les gens en se mêlant à eux qu'en les convoquant, l'inquisiteur se rendit dans les divers lieux où ils avaient l'occasion de se rencontrer. Il commença par le puits, rendez-vous de toutes les femmes du village. Elles avaient coutume de s'y attarder à échanger des nouvelles ou propager des commérages, mais quand elles le virent arriver, elles s'égaillèrent comme une volée de moineaux. Celles qui restèrent parce qu'il les avait harponnées avant qu'elles ne puissent s'enfuir demeurèrent figées et muettes. Ne pouvant rien en tirer, il les libéra et tenta sa chance auprès des hommes. C'est ainsi qu'il vida, par sa seule présence, la forge, le moulin, l'échoppe et même la taverne. Il fallut donc qu'il reprenne ses interrogatoires à l'église.

Lorsqu'il était allé à la taverne, Barthès avait aperçu le valet de Mignard. Songeant que cet homme, qui avait l'occasion d'entendre beaucoup de conversations qui ne lui étaient pas destinées, devait savoir une quantité de choses, il l'envoya chercher par Pons Chauvès. Avant que Félix ne se rende à l'église, Mignard lui rappela qu'il ne devait rien raconter de ce que disent les clients.

Quand son valet fut sorti, le tavernier marmonna à l'adresse de sa femme :

— Qu'est-ce qu'il peut bien lui vouloir ?

Elle haussa les épaules :

— Il interroge tout le monde, pourquoi pas Félix ?

— Si tu savais tenir ta langue, je ne m'en ferais pas autant.

— Mais je n'ai presque rien dit ! Et il ne l'a pas remarqué puisqu'il n'a pas posé de questions.

— Hum… Depuis quelque temps, il me semble qu'il me regarde d'un drôle d'air.

— Mais non ! Il regarde toujours comme ça : c'est parce qu'il louche.

Malgré l'assurance de sa femme, Mignard était inquiet, et il attendit avec impatience le retour de son valet. Dès qu'il le vit, il le bombarda de questions. Sous le regard suspicieux de son patron, Félix répéta obstinément qu'il n'avait rien pu raconter puisqu'il ne savait rien.

— Tout ce que je lui ai dit, moi, à l'inquisiteur, c'est que je ne connais pas les hérétiques, affirma-t-il avec force avant de se remettre au travail.

Mignard, rassuré, le laissa tranquille. Mais il s'alarma de nouveau quand ce fut Monge que l'inquisiteur convoqua.

Félix l'avait mis sur la piste bien malgré lui. Barthès avait rapidement compris que le valet de Mignard lui cachait quelque chose et il n'avait eu de cesse qu'il le lui avoue. Félix, qui tenait à sa tranquillité et n'avait jamais eu l'intention de servir d'informateur, nia aussi longtemps qu'il le put, mais il n'était pas de taille à résister à l'habile questionnaire de l'inquisiteur. Cependant, il réussit à ne pas tout dire, faisant état des réticences de Monge, sans signaler l'intervention de Mignard pour faire taire l'ivrogne.

En tirant le vin, Félix souhaita, pour le bien de tout le monde, que Monge n'ait rien d'important à raconter.

Monge avait l'air de résister : depuis trois jours, l'inquisiteur ne convoquait que lui. Au sortir des interrogatoires, il se rendait droit à la taverne où Mignard le servait toujours lui-même en disant :

— C'est bizarre qu'il n'appelle que toi, Monge. À ton avis, qu'est-ce qu'il veut te faire dire ?

Invariablement, Monge répondait :

— Il ne peut pas me faire dire ce que j'ignore.

Mais à mesure que les jours passaient, Monge devenait plus anxieux et Mignard aussi, car chacun savait que l'inquisiteur ne lâcherait pas sa proie.

❧

Tous les hommes valides étaient sur les remparts. Chaque année, il fallait consolider les parties les plus faibles, et le conseil du village choisissait un moment creux entre moisson et vendange. C'était Gélis de Rieussec qui dirigeait les travaux. Les villageois grognaient toujours à la perspective d'accomplir les corvées collectives qui les obligeaient à travailler gratuitement plusieurs jours par an, mais en même temps, ce labeur partagé, surveillé par un bayle qu'on ne craignait point trop, était l'occasion de joyeux rassemblements. À midi, par exemple, quand les femmes portaient le repas, des petits groupes se formaient et on riait fort aux plaisanteries des plus joyeux lurons.

L'atmosphère de la corvée des remparts n'était, évidemment, pas aussi légère qu'à l'ordinaire. Rassemblés par affinités, les hommes parlaient de Barthès, des hérétiques, du meurtre et de la disparition de frère Jourdain. Tout cela pesait lourd sur les esprits et, même si les rires fusaient ici et là, on sentait que les soucis étaient présents. Le vieux Chauvès, allait d'un groupe à l'autre, sur sa brouette. Il s'efforçait de passer inaperçu, saluait, se taisait et observait. Il bénit le ciel d'avoir inspiré au dominicain l'idée de faire retraite pendant la durée des travaux communautaires. En effet, si Barthès avait eu l'idée d'entreprendre la même tournée que lui, il aurait eu la réponse à beaucoup de ses questions : il lui eût suffi d'observer les clans qui s'étaient formés. À l'arrivée de Chauvès, ceux qui n'étaient pas de son bord se taisaient, mais au bout d'un moment, comme il était aussi silencieux qu'un lézard sur un mur, ils l'oubliaient, et le vieux percevait, ici et là, quelques mots significatifs. Il constata que tous les hérétiques s'étaient mis ensemble et tentaient de se rassurer en se berçant de l'illusion qu'ils avaient toujours été prudents.

Le deuxième jour, un accident vint interrompre momentanément la corvée : Monge tomba du sommet des remparts. En équilibre précaire au-dessus du vide, le vieil ivrogne pérorait en accompagnant son discours d'un mouvement emphatique juste au moment où Mignard venait servir à boire. Bousculé par le tavernier, dont on ne savait trop ce qui l'avait fait trébucher, Monge avait suivi sa main qui effectuait de dangereuses volutes au-dessus du confluent de la Cesse et du Brian, et c'était miracle qu'il n'ait pas péri de la chute. Seules les jambes étaient touchées, mais elles refusaient de lui obéir et on avait peu d'espoir de le voir remarcher jamais. Curieusement, alors que le haut du corps était intact, il avait perdu la parole. Depuis, il roulait des yeux effarés et tentait de se faire comprendre par gestes.

Barthès était furieux d'avoir perdu son principal témoin au moment où il sentait qu'il allait céder. Nourrissant quelques doutes au sujet de l'accident, il interrogea longuement Mignard dans l'espoir de lui faire avouer que quelqu'un l'avait poussé, mais le tavernier jura, la main sur le cœur, qu'il s'agissait d'une maladresse – dont il était d'ailleurs fort marri. Les gens qui se trouvaient dans les parages n'avaient, évidemment, rien vu d'anormal, et il ne lui resta plus qu'à essayer de trouver tout seul les hérétiques en espérant que cela le conduirait à éclaircir le meurtre.

L'inquisiteur connaissait parfaitement le dogme et les doctrines des cathares, et il ne doutait pas d'arriver à les démasquer. Mais ce serait long ; avec l'aide de Monge il avait espéré aller beaucoup plus vite. Sa méthode favorite, qui avait maintes fois fait ses preuves, et avait failli réussir avec l'ivrogne, était de choisir soigneusement un petit nombre de victimes et de les harceler jusqu'à ce qu'elles craquent. Il décida, faute de mieux, de se concentrer sur les six hommes dénoncés par Guillemette.

Sur le chemin de ronde, tout un chacun était inquiet. Cependant, à part Justin Chauvès qui s'était résigné à aller rencontrer Gaillarde dans sa prison et qui rejoindrait ses compères par la suite, les plus affectés par la situation n'étaient pas là. Étant assez riches pour payer quelqu'un qui faisait le travail à leur place, ils ne participaient pas aux corvées et avaient profité du fait que tout le monde était occupé aux remparts pour se retrouver secrètement au moulin.

L'entrevue entre Chauvès et Gaillarde fut rude. Le consul, désorienté, découvrait une ennemie en la personne de cette femme qui lui monnayait ses faveurs deux fois la semaine, et dont il croyait avoir acheté l'affection en même temps que le corps. Il se sentait lésé de trouver à la place une haine bien vivante, et cela le rendait malheureux comme un enfant qui se croit injustement puni.

Depuis qu'ils avaient appris l'identité du dominicain disparu, ses complices et lui-même avaient deviné la nature du crime ancien auquel Barthès faisait allusion, et cela les avait alarmés. En échangeant quelques mots à l'occasion, quand ils se croisaient à la forge, à l'échoppe ou à la taverne, ils avaient essayé de se libérer de leurs inquiétudes : il n'y avait pas lieu de se mettre martel en tête, se disaient-ils avec plus d'espoir que de conviction, car si l'inquisiteur avait su de quoi il retournait, il les aurait interrogés là-dessus lorsqu'il les avait convoqués.

Ce qu'ils pensaient secrètement, sans jamais en parler, c'était que l'un d'eux, se trouvant sur le causse au moment de l'arrivée des prêcheurs, avait jugé que les religieux ne devaient pas arriver vivants à Minerve. Ils lui étaient reconnaissants de l'avoir fait, même ceux qui avaient assez de sens moral pour désapprouver un meurtre commis de sang-froid, car le risque qu'ils avaient couru était énorme. Ils avaient un frisson rétrospectif à la pensée que Jourdain aurait pu les dénoncer à leurs concitoyens. On les aurait regardés avec horreur, puis on les aurait conduits à Carcassonne pour être jugés…

Ils devaient continuer d'être solidaires, et empêcher coûte que coûte l'inquisiteur d'arriver à ses fins. Barthès, de toute façon, n'avait aucun élément pour le guider et personne, hormis les intéressés, ne savait ce qu'il recherchait. Sauf Gaillarde, bien sûr, mais elle ne comptait pas.

Or elle comptait, Justin Chauvès venait de s'en apercevoir, et elle se souvenait parfaitement de ce dimanche après-midi où sa vie avait basculé. N'ayant rien pardonné, elle menaçait de se venger en les dénonçant s'ils ne la sortaient pas de là. Le consul acquiesça à tout ce qu'elle voulut en échange de sa promesse de lui donner quelques jours de répit pour trouver un moyen d'agir. Avant de se laisser convaincre, elle se fit longuement prier, et il la quitta avec l'impression d'avoir remporté une victoire. En réalité, elle savait que de les dénoncer ne la tirerait pas d'affaire, car le dominicain la haïssait trop pour accepter de l'innocenter. Il l'accuserait probablement d'avoir incité ces hommes à violer et à tuer par ses attitudes impudiques, et il en donnerait pour preuve sa vie actuelle. Chauvès était trop bête pour le deviner, et c'est pour cela qu'elle avait choisi de traiter avec lui.

Outre le meunier, il y avait au moulin les frères Lefèvre, Augustin Prades et Delbosc : cinq des six hommes dénoncés comme hérétiques par Guillemette, qui étaient unis, en réalité, par bien autre chose qu'une croyance religieuse que, du reste, ils ne partageaient pas.

Minot, le plus perspicace du groupe, était à l'origine de la réunion : c'était lui, le premier, qui avait été alerté par le choix de Barthès quant à ses interrogatoires.

— Ce n'est pas par hasard qu'il n'a convoqué que nous, avait-il dit. D'autant plus que le dominicain disparu est Jourdain et que l'inquisiteur ne l'ignorait pas à son arrivée à Minerve.

— Mais il ne sait rien, objecta Delbosc. Il n'a posé aucune question sur « ça ».

Le « ça » pudique fit baisser toutes les têtes tandis qu'ils se souvenaient. Jamais ils n'avaient reparlé du dimanche après-midi où ils avaient commis ensemble le forfait pour lequel ils craignaient de payer aujourd'hui. Ce jour-là, dès le début de la promenade, ils avaient bu du vin à leurs gourdes en faisant assaut de vantardises ; ils parlaient haut, riaient plus fort encore et cherchaient noise aux uns et aux autres. Qui avait proposé à ses camarades de suivre Pastou et Gaillarde lorsqu'ils s'étaient éloignés du sentier ? Ils ne s'en souvenaient pas. Et ils avaient aussi oublié lequel d'entre eux avait dit : « Il en reste pour nous ? » en voyant la jeune fille allongée, les jupes relevées sur ses belles jambes, répondre avec passion aux baisers du berger. Ils avaient agi très vite, sans se concerter : pendant qu'ils se mettaient à deux pour maîtriser Pastou, leurs compagnons violaient tour à tour Gaillarde sans défense. Quand le dernier se fut rajusté, ils lâchèrent le berger, mais celui-ci, fou de rage, se jeta sur eux à coups de pieds et de poings. Ils étaient sept : il ne résista pas longtemps. Ils le laissèrent pour mort dans une grotte voisine et abandonnèrent sur le causse Gaillarde folle de douleur.

Ils avaient enterré cette histoire au fond de leurs mémoires, et leurs consciences, peu sourcilleuses, ne les tourmentaient pas souvent : après tout, ils avaient été généreux avec Gaillarde, une fille pauvre qui était maintenant la mieux habillée du village. Le seul qui avait eu du mal à vivre avec le souvenir de son crime était Jourdain. Ce garçon, qui avant le drame était l'un des plus joyeux du groupe, était devenu taciturne et avait montré tous les signes du remords. Il les avait entraînés quelques fois sur le causse, loin des oreilles indiscrètes, pour les accuser et s'accuser lui-même du meurtre de Pastou et du viol de Gaillarde : il voulait les convaincre de dire la vérité et de payer pour leurs fautes. Mais c'était un discours qu'ils ne voulaient pas entendre. Non seulement ils cessèrent de l'écouter, mais certains d'entre eux, principalement Prades et son frère Étienne, commencèrent de murmurer que s'il ne se calmait pas, il faudrait envisager de l'obliger à se taire. Quand enfin Jourdain leur annonça sa décision de rentrer dans les ordres et de partir pour Carcassonne, ses complices poussèrent un soupir de soulagement : ils n'auraient plus rien à craindre et il ne serait pas nécessaire d'intervenir.

Au bout du compte, il avait dû les trahir, puisque l'inquisiteur n'avait convoqué qu'eux.

— Ce dominicain… grinça Étienne Lefèvre, en serrant les poings.

— On s'en passerait bien, mais il est là, répondit Minot. Si nous sommes assez malins, il ne trouvera pas ce qu'il cherche. Après tout, il ne sait rien : il n'a que les noms.

— Je maintiens que si on dénonçait les hérétiques… dit Delbosc qui était un catholique fervent.

— Ça ne changerait rien et ajouterait aux problèmes du village, coupa Minot, pourtant lui aussi hostile aux cathares. C'est l'avis du vieux Chauvès, et vous savez qu'il est de bon conseil.

Prades dit alors :

— Si le dominicain disparaissait…

— Je ne vois pas comment… commença Minot qui soudain s'arrêta.

Il venait de penser aux prêcheurs assassinés et, soudain, il voyait très bien comment Barthès pouvait disparaître. Seulement, il n'était pas du tout d'accord et il ne voulait surtout pas y être associé.

— On n'est pas des meurtriers, protesta-t-il avec force.

Ètienne Lefèvre grommela :

— Des meurtriers ! Toujours des grands mots ! Qu'est-ce que tu vois d'autre comme solution, monsieur le délicat ?

— Certainement pas celle-là !

Delbosc l'approuva vigoureusement. Entre un meurtre commis sous l'effet du vin, sans l'avoir vraiment voulu, et un crime prémédité, il y avait une distance qu'il n'envisageait pas de franchir.

— Alors, qu'est-ce qu'on fait ? demanda Prades agacé.

— Rien, répondit Minot avec fermeté. On se contente de faire très attention à ce qu'on dit. De toute façon, on ne court pas de danger puisqu'il ignore ce qu'il cherche et que personne au village n'est au courant.

— À part Gaillarde, insinua Delbosc, le seul à ne pas fréquenter chez elle.

Ils se récrièrent tous :

— Gaillarde ! Mais non ! Elle a oublié tout ça depuis longtemps. Surtout qu'elle a une bien meilleure vie que si elle était la femme d'un berger pauvre.

— Ne croyez pas ça, dit Justin Chauvès qui venait d'arriver.

Consternés, ils l'écoutèrent raconter son entrevue avec la femme qu'ils croyaient si bien connaître.

— Si elle parle, nous sommes perdus, affirma Jean Lefèvre avec conviction. De plus, l'inquisiteur en profitera pour nous accuser du meurtre de frère Saturnin et de celui de Jourdain.

— On n'est pas sûrs de la mort de Jourdain, dit Delbosc, mais personne ne lui répondit.

La situation était grave, et aucun des hommes présents n'avait la moindre idée de ce qu'il convenait de faire pour

éviter la crise. Alors, quand Prades répéta : «Si le dominicain disparaissait...», ils se contentèrent de baisser la
tête.

≈

Amiel se dirigeait vers la maison des *bonnes dames*. Il
avait trouvé un prétexte qui lui permettait de s'y rendre
toutes les deux semaines. Lorsqu'il était descendu au village rendre compte de sa conversation avec le *bon homme*,
il avait obtenu des *croyants* la permission de soustraire un
peu de lait à la part de chacun pour faire un fromage aux
recluses de Ferrals-les-Montagnes. Les hérétiques minervois avaient accepté d'autant plus volontiers qu'Amiel leur
apportait l'absolution d'Élix, le *parfait* : ils avaient toute
latitude pour feindre d'être fidèles à l'église catholique.
«Nécessité de temps de guerre n'est pas péché», avait dit le
bon homme à la grande satisfaction de ses ouailles. Le
catharisme n'était exigeant qu'envers ses religieux : les
simples *croyants* n'étaient pas tenus d'en respecter toutes
les règles.

En marchant vers Ferrals-les-Montagnes, Amiel se
demandait s'il aurait le bonheur de voir Jordane. Elle ne
lui avait rien dit avant de partir, n'avait fait aucune allusion à leur conversation de la veille, n'avait pas montré
non plus qu'elle avait moins peur de lui ou qu'elle le
considérait autrement que les autres. Il souhaitait très fort
la voir, mais il savait que si elle ne le voulait pas, il n'aurait
aucun moyen de l'approcher.

Le logis des hérétiques n'était pas visible du chemin,
car il se nichait au creux d'un bouquet d'arbres. Quand
Amiel l'eut contourné, il vit une bâtisse beaucoup plus

261

importante qu'il ne l'eût cru. C'était une ancienne maison forte, désarmée par les vainqueurs de la croisade qui s'étaient emparés du château dont elle dépendait et avaient abandonné ce bâtiment de moindre importance à la veuve du seigneur mort au combat. Celle-ci, dame Péreille, y avait rassemblé les *bonnes dames* qu'auparavant elle recevait à sa cour, et avait créé une maison religieuse à la barbe des Français. Pour y accéder, il fallait traverser le hameau de Ferrals-les-Montagnes. Si l'inconnu qui se proposait de les visiter semblait suspect, une villageoise partait en courant avertir les hérétiques de l'imminence du danger. Elles s'empressaient alors de se déguiser en moniales, et le tour était joué.

Amiel s'informa de Jordane et d'Agnès auprès d'une femme qui sarclait des choux dans le jardin. La vieille prétendit ne rien savoir, lui demanda de l'attendre et s'en alla chercher dame Péreille. Amiel vit arriver une petite femme maigre aux yeux profondément enfoncés dans un visage ridé à l'extrême. Ses cheveux étaient cachés sous un fichu noir et elle semblait flotter dans une robe austère que rien ne venait égayer. Pour autant qu'il put en juger, toutes les femmes étaient vêtues de ces mêmes hardes ternes et sans grâce. Dame Péreille paraissait tellement immatérielle qu'il n'était guère possible de lui donner un âge. Elle avait néanmoins la parole ferme et dégageait une autorité tranquille à laquelle bien peu devaient résister.

Elle questionna longuement le berger et, quand elle fut bien certaine qu'il ne représentait une menace ni pour ses deux nouvelles protégées ni pour le reste de la communauté, elle lui confirma que deux jeunes filles étaient arrivées la semaine précédente. Elle les instruisait chaque jour dans la connaissance de l'Évangile, et le reste du temps, elles travaillaient aux métiers à tisser, puisque c'était là l'ouvrage qu'elles savaient faire. Amiel demanda à les voir et dame Péreille acquiesça. Elle emporta l'offrande du berger, non sans lui avoir dit gentiment, avec un sourire montrant qu'elle lui pardonnait son ignorance, qu'il était inutile d'être aussi généreux s'il revenait, puisque les *parfaites* ne mangeaient pas de nourritures animales et que les simples *croyantes* étaient peu nombreuses à Ferrals-les-Montagnes.

Quand la *parfaite* se fut éloignée, Amiel attendit, plein d'espoir, que la silhouette de Jordane se profile dans l'embrasure de la porte qu'on ne l'avait pas invité à franchir. Il cacha sa déception quand il vit qu'Agnès était seule.

La jeune fille était heureuse de voir un visage connu. Elle le questionna sur sa famille et sur Arnaud, que le berger avait rencontrés la veille. Elle voulut savoir comment leur départ avait été interprété et devint triste en apprenant la teneur des ragots que les villageois colportaient sur leur compte.

— Et Arnaud, il ne croit pas ça, quand même?

— Bien sûr que non, répondit Amiel d'une voix apaisante.

— Que t'a-t-il dit? As-tu un message pour moi?

— Non, je n'ai pas de message. Arnaud ne m'a pas parlé. Il croit comme ta famille que tu veux devenir *parfaite*.

— Mais ce n'est pas vrai! Je voudrais tant qu'il sache que je l'aime! Tu pourrais le lui dire la prochaine fois, ajouta-t-elle avec une voix pleine d'espoir.

— Non! Il ne dira rien.

C'était Jordane qui venait d'intervenir. Elle avait dû suivre la conversation depuis l'intérieur et ne s'était manifestée que parce qu'elle jugeait nécessaire de ramener son amie à la raison.

— Tu as fait un choix, Agnès, et tu dois t'y tenir, sinon tu vas mettre tout le monde en péril. Sois courageuse : ça ne durera pas plus de quelques semaines.

Agnès, désespérée, s'enfuit dans les profondeurs de la maison et laissa Jordane et Amiel face à face.

— Et pour toi, ça va bien, demanda-t-il, tu ne regrettes pas?

Elle répondit brièvement, se prétendant tout à fait heureuse, et il partit la tête basse.

Lorsqu'il retourna au village, il put calmer l'angoisse que donnait aux familles Cathala et Vignal le sort de leurs filles, mais il regagna ses alpages fort soucieux, car on lui avait appris la décision du dominicain d'interroger tous les habitants du bourg. Les hérétiques redoutaient beaucoup l'épreuve, car ils n'étaient pas sûrs qu'il leur suffirait de mentir à l'inquisiteur pour se tirer d'affaire.

Comme les six hommes résistaient aux interrogatoires, la toile d'araignée tissée par l'inquisiteur s'étendit peu à peu à toute la cité. Chacun vint et revint dans la sombre église de pierre, à la croisée du transept, lieu que la chiche lumière des trois vitraux du chœur éclairait le mieux, face au dominicain dont il ne voyait que la silhouette, répondre aux mêmes questions :

— Acceptez-vous de jurer sur l'Évangile?

— Oui.

Ils juraient tous. Barthès supposa que les *parfaits* en avaient donné la permission. Tant d'hérétiques étaient morts sur le bûcher, depuis la croisade, qu'ils craignaient sans doute l'extinction des *croyants* s'ils suivaient leurs préceptes de trop près.

— Mangez-vous de la viande?

Là aussi, les réponses étaient satisfaisantes : «Bien sûr, tous les jours», répondaient fièrement les notables; «Pas souvent. Vous savez, nous ne sommes pas riches, mais il y a toujours un peu de lard dans notre soupe», disaient les gens du Barri.

L'inquisiteur se rendait compte qu'il ne serait pas facile de trouver les hérétiques : tout le monde jurait sur l'Évangile, tout le monde allait à la messe et mangeait de la viande et les derniers morts du village avaient tous reçu l'extrême-onction. Pourtant, il le savait, c'est au moment de la mort que les cathares se tournaient le plus volontiers vers leur fausse religion et se faisaient *consoler*. Il avait un profond mépris pour ces gens qui avaient la conviction qu'il suffisait de regretter ses erreurs à la fin de sa vie pour être pardonné. Leur formule «Faire une bonne fin» faisait ricaner Barthès. Par contre, il avait du respect pour les *parfaits*. Leur ascétisme sans faille était frère du sien, et il eût aimé leur faire quitter leurs croyances erronées. Après y avoir bien songé, il comprit que c'était à partir des décès qu'il avait des chances de trouver quelque chose. Il appela Pons Chauvès, en faction devant l'église, pour savoir le nom du dernier mort.

Le garde comprit le danger que sa réponse représenterait pour Agnès et les siens. Il avait entendu raconter par des voyageurs horrifiés que le cimetière ne mettait pas à l'abri de l'Inquisition : à Carcassonne, à Toulouse, ailleurs aussi, sans doute, quand l'Église était convaincue qu'un mort avait reçu la *consolation* avant de passer, elle le faisait déterrer pour brûler son cadavre. La famille, accusée de complicité, était durement punie, condamnée au *mur* ou au bûcher. Pons n'hésita qu'un instant. Faisant taire sa rancœur, il omit de mentionner le décès de Marie Cathala et donna à Barthès le nom du mort précédent dont l'attachement à l'église catholique ne pouvait être mis en doute.

Depuis la disparition d'Agnès, Pons n'avait cessé de réfléchir à ce mystère. Il était pris, par moments, d'accès de rage qui lui donnaient de furieuses envies de tout détruire sur son passage. Il avait même eu, à un moment, la tentation de dénoncer à Barthès l'appartenance de la famille Cathala à l'hérésie, mais il n'allait pas jusqu'au bout de ses velléités de vengeance, car il espérait toujours que la jeune fille allait resurgir et l'accepter pour époux. Il savait qu'elle n'avait pas pu s'enfuir avec un homme puisqu'elle n'avait parlé à aucun étranger depuis la noce de Jacques Prades, et il ne pouvait pas davantage croire qu'une fille pauvre ne soit pas éblouie par le beau parti qu'il était. Au terme de ses réflexions, il revenait toujours à l'hypothèse qui lui paraissait la plus plausible : elle devait subir les pressions de sa famille et le repoussait parce qu'il n'était pas cathare. Ainsi, son prétendu amour pour Arnaud, de même que la rumeur qui salissait sa réputation n'étaient que faussetés. On l'avait sans doute enfermée quelque part et il devait la délivrer. Dans la mesure où son service auprès du dominicain lui en laissait le temps, Pons surveillait les maisons Vignal et Cathala dans l'espoir – toujours vain – d'apprendre quelque chose sur le sort d'Agnès.

Pourtant, même s'il la retrouvait et qu'elle accepte de l'épouser, il n'était pas sûr de parvenir à imposer son choix à ses parents. En effet, un soir où la fuite des jeunes filles fit les frais de la conversation de la famille Chauvès réunie chez le consul après souper, Mélanie, fielleusement, en fit un portrait si outrageant que Pons ne put s'empêcher d'intervenir et de se poser en défenseur d'Agnès. Blanche, pour une fois, n'avait pas pris le contre-pied de ce que disait Mélanie, car elle avait en tête le commérage surpris à la forge et ne voulait surtout pas encourager l'intérêt de son fils pour une pauvresse.

— Ce n'est pas une fille perdue, dit Pons avec conviction. Ses parents l'ont obligée à disparaître parce qu'ils sont hérétiques et veulent l'empêcher de se marier avec un catholique.

Le silence consterné qui suivit montra que personne n'avait de doute sur l'identité du prétendant.

— Si c'est le cas, dit sèchement le vieux Chauvès, ils ont raison : il faut s'allier avec des gens de même croyance. Et toi, Pons, je ne sais pas comment tu es au courant, et je ne veux pas le savoir, mais quoi qu'il en soit, que cette information ne sorte pas d'ici.

Il les fixa tour à tour et ils approuvèrent. L'ancien apprécia l'éclair de connivence qui passait dans le regard de Blanche. Ah! regretta-t-il, que n'est-elle mon fils, au lieu d'être ma bru!

CHAPITRE IV

Alors que Pons Chauvès restait au service de l'inquisiteur, Bertrand Prades se trouvait affecté à la garde de la prisonnière. Barthès avait recommandé qu'elle soit isolée et il n'imaginait pas à quel point ses ordres étaient peu suivis. En réalité, Gaillarde recevait qui elle voulait, et son geôlier lui faisait office de commissionnaire.

D'abord, elle avait voulu voir Guillemette pour lui confier le sort de ses protégés incapables de survivre par eux-mêmes. La femme s'était empressée d'accourir à l'appel de celle qu'elle jugeait injustement traitée, prête à faire tout ce qui était en son pouvoir pour adoucir sa condition. Elle croyait que Gaillarde avait besoin de linge ou d'aliments et elle avait été très étonnée d'apprendre qu'il lui faudrait apporter de la nourriture à deux personnes cachées sur le causse. Il lui suffirait de déposer les vivres à l'entrée d'une grotte facile à repérer grâce aux indications qui allaient lui être fournies.

— Tu ne les verras pas, car ceux qui se cachent là ne se montrent qu'en entendant un signal qu'eux et moi sommes seuls à connaître.

— De qui s'agit-il?

— Tu n'as pas besoin de le savoir. Apporte-leur ton panier et retourne à l'hôpital.

— Et pour toi, il ne te faut rien?

— Ne t'en fais pas pour moi : je ne risque pas d'être délaissée, répondit Gaillarde ironiquement.

Guillemette s'éloigna, perplexe. Qui étaient ces inconnus dont tout le monde devait ignorer l'existence? Deux personnes, avait dit Gaillarde… À part les frères prêcheurs – qui d'ailleurs n'avaient aucune raison de se cacher – c'étaient les *bons hommes* et les *bonnes dames* qui allaient par deux. Mais Guillemette savait que Gaillarde n'était pas hérétique puisqu'elle avait dénoncé les cathares à l'inquisiteur. Sa curiosité était piquée au vif, et elle se dit qu'avec un peu de chance elle parviendrait peut-être à apercevoir les deux mystérieux individus qu'elle avait pour mission de nourrir.

❧

Gaillarde ne voulait prendre aucun risque : il fallait qu'elle échappe aux griffes de l'inquisiteur dont elle ne doutait pas qu'il trouverait sans peine un prétexte pour la faire brûler. Il avait parlé à son sujet d'incarnation du Démon, ce qui était la meilleure façon d'allumer un bûcher. Gaillarde avait déjà menacé Justin Chauvès pour obtenir son aide, mais elle n'avait aucune confiance en lui : c'était un pleutre et l'on ne savait de quoi il aurait le plus peur. Par Chauvès, elle atteignait les cinq autres, mais ce n'était pas encore suffisant. Le moyen le plus sûr de se mettre à couvert était d'exercer un chantage sur tous ceux que leurs bavardages avaient placés à sa merci, et il y en avait plusieurs.

En dégustant un délicieux fromage de brebis volé par Blaise, gâterie qui agrémentait joliment le pain de la prison, elle fit mentalement la liste de ses futures victimes. Nombreux étaient les lâches et les velléitaires, estima-t-elle avec mépris, mais il devait bien y en avoir un sur le lot qui attacherait plus de prix à sa réputation qu'à la paix de sa conscience. Il fallait qu'elle le découvre et l'amène à débarrasser la communauté de l'indésirable dominicain. Faute de savoir lequel choisir, elle allait tirer toutes les ficelles.

Outre le fromage que Gaillarde venait de finir, sa cellule exiguë fleurait bon les figues mûres, le raisin gorgé de soleil et les charcuteries diverses : déposées devant la porte Basse par des mains anonymes, les victuailles – et les meilleures – abondaient : Gaillarde n'était pas abandonnée par ses fidèles, même s'ils n'osaient pas montrer leur visage.

Cependant, peu à peu, ils déchantèrent à mesure qu'elle les convoquait dans sa geôle par l'entremise de Bertrand, le garde, mis à sa dévotion par l'octroi de quelques privautés.

❧

Après une rapide visite à la barbacane qui servait de prison, Mignard fut tout le reste du jour d'une humeur massacrante. Monge, Delprat et Baille, désarçonnés par des répliques acerbes auxquelles l'affable tavernier ne les avait pas accoutumés, s'en plaignirent à sa femme qui, le soir, n'eut de cesse que son époux lui raconte sa conversation avec la prisonnière. En fait, cela avait plutôt été un monologue, et fort déplaisant. Mignard eut quelque mal à avouer à sa femme qu'un jour de fâcherie avec elle, il avait raconté à Gaillarde qu'elle avait déjà un mari lorsqu'il l'avait épousée. Le dominicain, s'il apprenait cela, aurait de quoi ruiner deux existences actuellement prospères et heureuses. Gaillarde l'avait également menacé de dire à l'inquisiteur qu'il était sur le causse le jour de l'assassinat du frère prêcheur, mais il ne le lui dit pas, car cela aurait suscité des questions, et il préférait ne pas avoir à y répondre.

Mignarde, assommée par la nouvelle, ne reprocha même pas son imprudence au tavernier : le mal était fait et, en fille peu habituée à la chance, elle avait pressenti que cela arriverait un jour. Mignard, pourtant, ne l'entendait pas ainsi :

— Il doit bien y avoir un moyen de la faire taire ou de neutraliser le dominicain, dit-il avec rage avant de s'endormir, laissant à ses mauvais souvenirs la jeune femme qu'il n'avait ni le courage ni l'envie de consoler.

Les yeux grands ouverts dans l'obscurité, Mignarde se revoyait telle que le tavernier l'avait trouvée, au bord d'un chemin, affamée et recrue de fatigue, ne sachant où aller. Elle était partie sans réfléchir, à la suite d'une rossée de trop, mais après deux jours sans manger et une terrifiante nuit dans les bois, elle n'entrevoyait pas d'autre solution que de retourner chez son mari qui la battrait tout son soûl pour la punir d'avoir voulu s'enfuir. Par chance, elle avait plu à Mignard qui l'avait amenée avec lui, et elle était heureuse depuis qu'elle était la tavernière de la cité. Mais ils n'auraient pas dû se marier, elle l'avait toujours su. L'Église, qui était très sévère avec les femmes adultères, devait être terrible pour les bigames. Si le fait était connu, elle risquait sans doute la mort.

Elle pensait que le dominicain trouvé à côté du puits de Saint-Rustique était venu à Minerve pour ruiner sa vie, car c'était lui qui les avait mariés, à Carcassonne, quelques années auparavant. Depuis, il avait dû aller prêcher dans son village, apprendre la vérité, et décider de la confondre. Le meurtrier lui avait rendu un fier service en l'éliminant. Elle écouta, à ses côtés, le souffle régulier de Mignard. *Le souffle d'un assassin*? Non! Celui d'un imbécile, qui raconte sa vie à une putain. Mignard n'aurait pas tué. Malgré sa jalousie maladive et son désir, sans cesse affirmé, de la garder pour lui seul toute sa vie, il n'avait jamais eu envers elle le moindre geste violent. Elle ne pouvait pas croire qu'il soit un tueur.

Un inconnu l'avait sauvée du dominicain. Qui la sauverait de Gaillarde? La rumeur disait qu'elle faisait chanter à peu près tous les hommes du village. Elle se persuada qu'il y en aurait un qui saurait la faire taire et elle s'endormit, apaisée.

≈

Augustin Prades sortit de la geôle avec le visage empreint d'une colère blanche qui fit involontairement s'écarter ceux qui le croisaient.

— Vous rendez-vous compte, fulmina-t-il à la table familiale, qu'elle connaît tous les hérétiques de Minerve? Tous! Elle sait même où sont Jordane et Agnès! Si je tenais le sot qui est allé lui raconter ça, il passerait un mauvais moment!

Blaise, devenu très pâle, se tassa sur son banc, mais personne ne faisait attention à lui.

— Qu'attend-elle de vous? demanda timidement Linette.

— Que je la sorte de prison, ricana son beau-père. Comme si je pouvais avoir une quelconque influence sur l'inquisiteur!

— Peut-être que le conseil pourrait le convaincre de se contenter de la bannir, suggéra Jacques.

— En supposant qu'ils soient tous d'accord pour le demander et que le dominicain l'accepte – ce qui m'étonnerait beaucoup – cela ne lui suffirait pas, répondit amèrement son père. Gaillarde veut rentrer chez elle et reprendre sa vie d'avant.

C'était une chose que Barthès ne tolérerait jamais, ils le savaient tous.

— Que va-t-il nous arriver? demanda Linette d'une voix tremblante.

Elle n'obtint pas de réponse. Il vint alors à la jeune femme une irrépressible envie de s'enfuir, de quitter ce village maudit et de se libérer de ce mariage qui ne promettait que douleur et mort, pour retourner dans la maison de son père, reprendre la place de petite fille protégée et heureuse qu'elle n'aurait jamais dû quitter. «Demain, se dit-elle, demain, je m'enfuirai.»

❧

Pendant que son frère se rendait sur le chantier des remparts, Roger de Rieussec s'en fut voir si Gaillarde supportait bien son incarcération. Il sifflotait une *aube*[*], content de la vie et de lui-même. Il avait une grande facilité à écarter de son esprit ce qui le dérangeait et un incurable optimisme. Il ne doutait pas que l'inquisiteur reparte sans rien apprendre : depuis le temps que Barthès questionnait les gens, s'il avait dû trouver quelque chose, ce serait fait. Quant à Gaillarde, le dominicain ne pourrait

---

[*] *Aube*: chanson d'amour dont le sujet est la séparation des amants qui, après une rencontre nocturne secrète, sont réveillés à l'aube par l'appel du guetteur.

pas décemment l'emmener avec lui à son départ. Donc, quand il ne serait plus là, on la relâcherait et elle irait se faire pendre ailleurs. Rieussec eut une pointe de nostalgie à l'idée de perdre Gaillarde, mais la pensée était morose et il la chassa.

L'épée battant fièrement le jarret, le port de tête avantageux, le commandant sortit de chez lui. Il salua la veuve Martin, qui allait au puits, avec la civilité d'un bon voisin et vit le vieux Chauvès, déjà installé devant sa porte, les observer d'un œil lourd d'ironie. La bonne humeur de Rieussec s'en trouva quelque peu affectée. Sans que l'on sache comment, ce diable d'homme s'arrangeait toujours pour être au courant de tout !

Le commandant ne mésestimait pas le rôle joué par l'ancien : lui-même n'aurait pas eu assez d'autorité sur le village pour imposer efficacement la loi du silence. Seulement, le prestige du vieux s'en trouvait grandi, et le sien diminué d'autant. Rieussec attendait la mort de Guillaume Chauvès depuis longtemps : lui vivant, le commandant ne serait jamais le maître du village. Lors de la paralysie du vieux, il avait espéré un décès rapide mais, plusieurs mois plus tard, l'infirme se portait bien et l'on racontait que des gens avaient vécu dix ans dans de semblables conditions.

Roger de Rieussec trouva Bertrand devant la porte. Le garde arborait un visage épanoui : il était clair que sa surveillance lui offrait des à-côtés qu'il appréciait. Rieussec fut agacé de le voir afficher autant de satisfaction.

Quand il le salua, Bertrand Prades se dit : « Il n'a pas l'air content, le commandant », mais lorsqu'il ressortit, il vit que c'était pire.

Gaillarde, à qui il était venu faire une visite de courtoisie pour soutenir son moral, n'avait pas ménagé Rieussec : elle l'avait menacé de révéler à l'inquisiteur la liaison que son frère et lui-même entretenaient avec la veuve Martin s'il ne la sortait pas de ce cul-de-basse-fosse. Il était d'abord resté coi devant tant de duplicité : cette femme, qu'il fréquentait depuis l'adolescence et qu'il avait toujours généreusement payée, poussait l'ingratitude jusqu'à utiliser ses confidences contre lui. Il les lui avait faites un jour où il brûlait de se faire valoir, et son effet avait été parfaitement réussi, car il avait eu la satisfaction de susciter l'admiration de Gaillarde que, pourtant, peu de choses impressionnaient. Ce plaisir de vanité, il fallait le payer maintenant. Il essaya l'intimidation, mais elle ricana ; toute honte bue, il voulut l'attendrir, mais elle rit plus fort. Alors il partit, rabattant la lourde porte qu'il barra rageusement et passa sa colère sur Bertrand Prades dont le niais sourire de contentement l'exaspéra :

— Cesse de prendre ce visage idiot et fais ton travail correctement, dit-il au garde qui se renfrogna et lui en voulut de son acrimonie.

Il restait à Gaillarde deux hommes à faire venir, ou plutôt, deux jeunes gens : Arnaud Vignal et Bernard Cathala. L'oncle et le père n'étaient pas de sa pratique, par contre, elle avait déniaisé les jeunes et ils étaient restés des clients réguliers jusqu'au moment où ils s'étaient mis à fréquenter sérieusement Agnès et Ava. Les garçons étaient anxieux en franchissant la porte du cachot : des rumeurs couraient le village, disant que tous les hommes appelés par la putain emprisonnée ressortaient de la barbacane avec l'air d'avoir vu le Diable. Les deux amis se doutaient que rien de bon ne sortirait de l'entrevue. Et en effet, ils l'écoutèrent avec consternation réciter comme une litanie les noms de tous les habitants du village qui s'étaient rendus chez Cathala assister à la *consolation* de Marie et *adorer* les *parfaits*. Ils étaient atterrés : Gaillarde détenait des informations tellement précises qu'on eût dit qu'elle avait assisté en personne à la cérémonie. Sa dernière phrase, prononcée d'un ton moqueur, les acheva :

— Vous direz à Amiel de saluer pour moi Agnès et Jordane quand il retournera à Ferrals-les-Montagnes.

Ils sortirent comme leurs devanciers : chiens battus, mais hargneux et prêts à mordre s'ils percevaient quelque signe de vulnérabilité chez l'adversaire. Comme tous ceux que Gaillarde avait menacés, ils avaient eu une furieuse envie de l'étrangler sans autre forme de procès, mais cela n'aurait résolu qu'une partie du problème : le dominicain serait toujours là. S'ils malmenaient la prostituée, Barthès déduirait aussitôt qu'ils avaient essayé de la faire taire et il enquêterait avec une énergie renouvelée. Non, ce n'était pas Gaillarde qui était de trop, c'était l'inquisiteur. Comme Arnaud et Bernard, c'est cela que pensaient le commandant, Prades, Mignard et la cité entière.

❧

Le sermon du dimanche suivant les renforça dans leur conviction : non seulement Barthès ne désarmait pas, mais il devenait plus virulent encore si c'était possible. Il tempêtait, menaçait, insinuait, laissant entendre que certains villageois avaient fait des aveux qui lui permettraient de conclure prochainement. Au sortir de l'église, les habitants de Minerve se regardèrent avec suspicion, prêts à s'entre-déchirer. Guillaume Chauvès et quelques autres – parmi lesquels Blanche, sa bru, et Sicard Melgueil – avaient éventé l'astuce et s'employèrent à éteindre le brûlot. Ils durent faire œuvre de diplomatie l'après-midi durant, qui à la taverne, qui place de la Citerne, qui dans le Barri, afin de persuader leurs concitoyens de la fausseté de Barthès : s'il avait appris quelque chose, l'inquisiteur se serait empressé d'arrêter les coupables. Or, la seule qu'il avait réussi à mettre en prison était Gaillarde qui n'était ni une hérétique ni une criminelle. Le nom de la prostituée leur écorchait la bouche depuis qu'ils étaient au fait du chantage qu'elle exerçait sur une grande partie du village, mais il était de bonne politique de la présenter comme une victime.

Les gens se laissaient convaincre, quoique de mauvaise grâce, et la colère à l'endroit du dominicain devenait toujours plus forte.

≈

Barthès n'avait abouti à rien, et il savait qu'il n'avait plus le choix : il lui fallait questionner Gaillarde. Elle était la seule à vouloir collaborer et, s'il lui faisait miroiter un allégement de peine, elle le ferait probablement sans réticence. L'idée qu'elle puisse échapper au bûcher, qu'elle méritait en tant qu'incarnation du Démon, le frustrait terriblement, mais il n'avait pas d'autre choix : tous les autres Minervois avaient résisté à ses pressions. Chaque soir, il décidait qu'il l'interrogerait le lendemain, mais au matin, après avoir passé la majeure partie de la nuit à élaborer sa stratégie, il n'avait plus le courage d'affronter la prostituée et, lâchement, il reportait l'épreuve d'un jour. Afin de s'enlever la possibilité d'atermoyer encore, avant de libérer le garde, à la fin de la journée, il se contraignit à lui donner la consigne d'amener la prisonnière à l'église le matin suivant.

C'était un ordre que Pons Chauvès attendait depuis longtemps, et il savait que toute la cité l'attendait aussi avec la plus grande appréhension. Il l'annonça d'abord chez Mignard, où il entra dès que son service fut terminé. Le tavernier pâlit, de même que sa femme et quelques-uns de leurs clients, mais nul d'entre eux ne jugea bon d'en parler avec des étrangers de peur de se compromettre. Ce soir-là, personne ne s'attarda à la taverne.

La nouvelle, semant la panique sur son passage, mit moins de temps à faire le tour du village que si Raimond, le bedeau, l'avait annoncée publiquement.

Dans la plupart des demeures, on s'inquiéta. La même question revenait partout : Gaillarde allait-elle mettre ses menaces à exécution et raconter à l'inquisiteur tout ce qu'elle savait ?

Chez les hérétiques – Melgueil, Prades, Cathala, Vignal et bien d'autres – on se souvenait de la croisade et du bûcher allumé par Simon de Montfort et le légat du pape. C'est ainsi qu'ils finiraient si la putain les dénonçait : elle connaissait tous les détails de la cérémonie qui avait eu lieu chez Cathala ; dans ces conditions, comment contrer son témoignage ? Il aurait fallu trouver un moyen de l'empêcher de les accuser, mais lequel ?

La veuve Martin était amère : si Gaillarde parlait, elle allait devoir dire adieu à la vie qu'elle avait choisie. Habituée au respect et à l'admiration de ses concitoyens, il lui faudrait s'accoutumer à leur mépris. Pis que cela, peut-être : si l'Église choisissait de la traiter comme une prostituée, elle la condamnerait probablement à l'ostracisme. Ne pouvant accepter une chose pareille sans se défendre, elle se fit cinglante à l'égard de Roger de Rieussec afin de l'inciter à agir : puisqu'il avait eu la bêtise de la mettre dans cette situation, lui dit-elle, qu'il s'arrange pour l'en sortir ! Elle ne voulait pas savoir de quelle façon : c'était son affaire. Le commandant, éconduit par sa maîtresse pour la première fois, s'en retourna piteusement chez lui, avec son jumeau, solidaire dans la disgrâce, vouant aux gémonies Gaillarde et l'inquisiteur. « Il ne faut pas que Barthès apprenne ça », dit-il à son frère qui approuva gravement.

Chez Chauvès, si tout le monde était soucieux, personne ne l'était pour la même raison : Pons craignait pour Agnès et sa famille, son père pour la faute anciennement commise, sa mère et son grand-père pour l'ensemble du village que les accusations de la prostituée allaient mettre à feu et à sang.

Blanche demanda au vieux :

— Vous ne pourriez pas essayer d'intervenir auprès d'elle ? Il y a peut-être un moyen de la faire taire.

Après avoir longuement réfléchi, il répondit :

— Demain matin, j'irai la trouver. Je vais lui proposer de la faire évader et, si ça ne suffit pas, de lui donner un peu d'or. C'est trop tard pour en parler au conseil, mais je suis persuadé qu'ils approuveront.

Chez Prades, où l'on n'avait guère épilogué sur la situation que l'on jugeait inutile de commenter, Blaise se mit à hurler au milieu de la nuit ; Sibille dut se lever et le rassurer comme lorsqu'il faisait ses cauchemars d'enfant.

La même angoisse régnait chez Lefèvre, Minot, Delbosc, Mignard et dans toutes les maisons de Minerve. La cité entière, en proie à la terreur, englobait dans une haine semblable la prostituée et l'inquisiteur et espérait un miracle qui la délivrerait de l'un et de l'autre.

❧

L'atmosphère était très différente à Ferrals-les-Montagnes, où Jordane, bien à l'abri des tensions minervoises dans la paisible atmosphère de la maison des *bonnes dames*, aidait la cuisinière à confectionner le repas de la communauté. La jeune fille était surprise de ne plus rien ressentir en apprêtant le fenouil destiné à la soupe. Les premiers temps, lorsqu'elle tranchait les tiges, elle devait serrer les dents pour contenir la nausée qui lui montait aux lèvres. Le parfum de l'herbe aromatique avait un tel pouvoir évocateur qu'elle lui restituait chaque fois la sensation du poids du violeur sur son corps. Jordane en était affectée jusqu'au malaise, et dame Péreille, qui voyait tout, l'avait remarqué. La bonne dame avait conseillé à la jeune fille d'aller chaque jour cueillir la plante et la préparer afin que son arôme devienne banal et ne s'associe plus qu'à la soupe et au jardin où elle était cultivée. Jordane avait eu beaucoup de mal à s'y résoudre, mais elle se réjouissait de l'avoir fait, car maintenant, le maléfice était conjuré.

Dame Péreille n'avait pas longtemps été dupe de la prétendue vocation des jeunes filles. Agnès, habilement questionnée, avait avoué très vite les véritables raisons de sa présence à Ferrals-les-Montagnes. Jordane n'était venue aux confidences que plus tard, car dans son cas, la vieille dame n'avait rien fait pour la forcer à s'épancher : consciente de la gravité de sa blessure, elle s'était gardée de brusquer la jeune fille. Chaque jour, elle leur enseignait l'Évangile à toutes deux, et souvent, pour inciter Jordane à se poser des questions au sujet de son avenir, elle glissait une remarque qui commençait ainsi :

— Quand tu seras *parfaite*, Jordane…

Ces allusions rendaient la jeune fille terriblement mal à l'aise : elle ne voulait pas tromper dame Péreille, qui l'avait si généreusement accueillie, en lui laissant croire qu'elle allait se consacrer à la religion. Car elle ne serait pas une *bonne dame,* elle l'avait su très vite. Rien ne l'attirait dans la vie de ces femmes.

Lorsque Jordane et Agnès étaient arrivées à la maison des *parfaites,* dame Péreille les confia à Dulcie qui fut chargée de les aider à s'intégrer dans la communauté. Dulcie était une jeune fille de leur âge, abandonnée par des parents pauvres à dame Péreille dès sa plus tendre enfance afin que la *bonne dame* assure son avenir sur terre et son salut dans l'au-delà. Dulcie n'avait jamais connu autre chose que la vie en communauté et professait à l'égard du monde une méfiance teintée de pitié. Tous ces gens qui couraient à leur perte en faisant fi des préceptes de l'Église, qui mangeaient gras, forniquaient et juraient, lui paraissaient à la fois pitoyables et infiniment redoutables.

Dulcie était une créature malingre qui cachait sous une apparence fragile et effacée une volonté peu commune. Elle était sur le point de recevoir la *consolation* qui ferait d'elle une *parfaite* et, depuis un an déjà, pour faire la preuve qu'elle était capable d'imposer à son corps les plus cruelles privations, elle s'astreignait aux mêmes règles que si elle avait été déjà *consolée.* Quand les jeunes filles arrivèrent, les *parfaites* avaient commencé depuis huit jours l'un des trois jeûnes rituels de l'année. Non seulement elles se contentaient d'un minuscule croûton de pain arrosé d'eau claire, mais elles s'asseyaient à table, sous le fumet de la soupe chaude qui devait faire chavirer leurs estomacs vides. C'est du moins ce qu'imaginait Jordane, laquelle était plutôt gourmande et n'avait pas compté avec cet aspect de la vie des *parfaites* lorsqu'elle avait décidé de les rejoindre.

Dès le premier jour, on avait fait place aux deux Minervoises devant les métiers à tisser, et les jeunes filles, un peu perdues dans ce monde entièrement nouveau pour elles, s'apprivoisèrent en effectuant les gestes familiers. Dulcie travaillait elle aussi aux métiers, mais elle était peu bavarde, et elles en comprirent la cause lorsqu'elle s'effondra sur sa besogne. Dame Péreille vint l'aider et la raisonna doucement :

— Dulcie, dit-elle, quand tu jeûnes, tu ne dois pas travailler autant que d'habitude. Ton corps n'est pas assez fort pour cela. Va t'étendre.

— Mais l'ouvrage presse, protesta la jeune fille qui était revenue à elle.

— Il se fera, ne t'inquiète pas. Pour nous aider, nous avons deux nouvelles recrues qui ne boudent pas la tâche.

Tout en soutenant Dulcie, dame Péreille sourit à Agnès et Jordane que sa gentillesse encouragea.

Dans la maison des *bonnes dames*, tout le monde travaillait, et l'ouvrage ne manquait pas, car les *parfaits* de passage, qui se chargeaient d'apporter la laine et de repartir avec la marchandise prête, venaient à intervalles réguliers. À l'exemple des apôtres, dont ils suivaient l'enseignement à la lettre, les religieux hérétiques travaillaient tous pour gagner leur vie et s'imposaient une pauvreté scrupuleuse. Cette existence d'abnégation leur valait l'admiration des *croyants* : les catholiques romains étaient tellement éloignés de l'Évangile !

Au temps des vendanges, l'année précédente, Jordane se souvenait d'avoir vu Guilhabert et Thomas, les *parfaits* qui étaient venus par la suite *consoler* Marie Cathala, se louer chez Prades comme ouvriers agricoles. S'ils en profitaient pour enseigner la vraie religion, leur travail ne s'en ressentait pas, et ils étaient aussi durs à l'ouvrage que les plus vaillants. À Ferrals, c'était la même chose : jusqu'à dame Péreille, si âgée et si fragile, qui accomplissait sa part d'ouvrage.

Jordane les révérait, mais elle-même aspirait à autre chose : tout en se reprochant sa futilité, elle ne pouvait s'empêcher d'être hantée par le souvenir nostalgique des joyeuses veillées où l'on chantait des chansons profanes, où l'on se chuchotait des histoires un peu lestes, où l'on grignotait des friandises. Elle rêvait de soupe au lard, voulait se farder le dimanche et échanger avec ses amies de petites médisances sur telle ou telle autre, sotte ou mal fagotée.

Dans les premiers temps de sa présence à Ferrals, Jordane s'était sentie bien, parce qu'elle était à l'abri, mais très vite, elle s'y ennuya et se mit à regretter sa vie d'avant. L'atmosphère, pourtant, n'était pas triste dans la maison des *bonnes dames* : les jeunes enfants – dont leurs grand-mères *parfaites* avaient pris en charge l'éducation – menaient joyeuse sarabande, les jeunes filles et les adultes chantaient en travaillant, les femmes du village voisin, qui venaient apporter de menus cadeaux et *adorer* les *parfaites*, bavardaient un moment. N'eût été l'absence d'hommes, l'on se serait cru dans n'importe quel atelier de tissage bourdonnant de vie. Seulement, même si c'était cela qu'elle était venu chercher ici, ce manque donnait à Jordane l'impression qu'elle était dans un monde artificiel auquel elle ne parvenait pas à s'adapter.

Les bavardages d'Agnès ne l'aidaient pas : son amie ne parlait que du jour où elle quitterait la maison des *bonnes dames* pour retrouver Arnaud. Elle peignait sa vie future comme une existence de félicité et, lorsqu'elle évoquait ses futurs enfants, Jordane pensait, le cœur serré, qu'elle, elle n'en aurait pas. Elle tentait alors d'opposer systématiquement à Agnès l'envers des choses : Arnaud serait son maître et elle devrait lui obéir comme à un père ; il lui faudrait laver les linges souillés des enfants dans l'eau du Brian qui était glaciale six mois dans l'année – lesquels enfants, d'ailleurs, l'éveilleraient la nuit ; elle n'aurait plus le temps ni l'envie de se promener le dimanche, épuisée par ses tâches multiples. Mais rien n'y faisait : Agnès voulait Arnaud et elle était sûre d'être heureuse avec lui.

Amiel vint les voir régulièrement. Le jour où Perrin se rendait à Minerve, lui s'en allait à Ferrals-les-Montagnes, laissant le troupeau à la garde d'Athon que cette preuve de confiance emplissait de fierté. Jordane avait décidé qu'à partir du moment où elle aurait franchi les portes du refuge, elle ne le verrait plus. Mais cela s'était passé autrement : dès sa première visite, elle avait dû se montrer pour empêcher une imprudence d'Agnès. Depuis, elle était là chaque fois, se donnant pour prétexte la nécessité de surveiller son amie et le désir d'avoir des nouvelles de Minerve.

Celles-ci n'étaient pas bonnes et Jordane s'en affligeait : chaque fois, il lui fallait consoler Agnès qui devait encore différer son retour chez elle. L'inquisiteur semblait ne jamais devoir quitter la cité, et la jeune fille, au caractère autrefois si gai, sombrait peu à peu dans la mélancolie. Jordane était partagée dans ses désirs. Comme tout le monde, elle souhaitait le départ de Barthès, mais en même temps, elle le redoutait : quand le dominicain s'en retournerait à Carcassonne, Agnès partirait de Ferrals.

Jordane ne voulait pas perdre sa seule amie : dans la maison des *bonnes dames,* tout le monde était gentil avec elle, mais elle n'avait de véritable intimité avec aucune de ces femmes dont les aspirations étaient à cent lieues des siennes. Dulcie, la plus proche par l'âge, ne serait jamais une amie : le sentiment de sa propre infériorité morale glaçait Jordane en présence de la jeune fille à laquelle elle attribuait toutes les perfections. De plus, à la fin de l'automne, Amiel ramènerait le troupeau au village et elle n'aurait plus aucun contact avec Minerve. Il ne resterait à Jordane qu'à faire son noviciat, et c'était la dernière chose qu'elle voulait. Tant que la situation stagnait, cela reculait l'échéance et, secrètement, elle s'en réjouissait.

Dans la salle où elles travaillaient, Agnès et Jordane ne parlaient jamais ni du passé ni de l'avenir, mais elles s'éloignaient souvent pour cueillir dans les bois de quoi améliorer l'ordinaire de la communauté, et là, loin des oreilles de leurs compagnes qui n'auraient pu comprendre leur regret du monde extérieur, elles parlaient de Minerve, de leur famille et du temps si doux d'autrefois.

Au milieu du mois d'août, quelques violents orages entraînèrent une formidable poussée de champignons. Les femmes partirent nombreuses dans les châtaigneraies pour en faire la cueillette. C'était un plaisir dont elles ne se lassaient pas : à l'agrément de se promener sous la futaie, où la fraîcheur était exquise, s'ajoutait celui de quitter les métiers et de reposer leurs dos douloureux.

Tout le monde s'accordait à dire que de toutes les choses comestibles dues à la générosité du créateur, les champignons étaient la plus délectable. Leur présence ou leur absence dans les sous-bois semblait relever du seul caprice, ce qui ajoutait probablement au plaisir de la cueillette. Pendant les périodes d'abondance, les paysans, comme pris de folie, négligeaient tout pour ratisser les bois, et les recluses de Ferrals-les-Montagnes n'échappaient pas à cet engouement collectif.

Les femmes allaient par deux, et les Minervoises, comme d'habitude, étaient restées ensemble. Lorsqu'un renflement du sol leur paraissait prometteur, elles soulevaient avec précaution, du bout de leur bâton, les feuilles de châtaignier qui avaient formé, depuis l'automne précédent, une couche spongieuse. Une vague odeur d'humidité et de fermentation s'en dégageait et se mêlait à celle des cèpes qui emplissaient leur panier, les étourdissant un peu d'un plaisir sensuel qu'elles goûtaient avec délectation, les narines frémissantes.

Comme d'habitude, elles parlaient de Minerve. Agnès, surtout, qui interrompait son bavardage par une exclamation de ravissement lorsque l'une d'elles trouvait un beau cèpe bien ferme dont le chapeau était d'un brun si semblable à celui des feuilles qu'il aurait pu échapper à une recherche moins minutieuse. Elles retournaient ensuite à leur conversation.

Agnès faisait le siège de Jordane pour la convaincre de retourner au village avec elle dès que les circonstances le permettraient. Elle avait senti que la résolution de son amie de renoncer au monde n'avait pas résisté au temps écoulé. Elle savait aussi que Jordane avait surmonté, sinon sa peur des hommes, du moins celle d'Amiel. En réalité, Jordane était rendue beaucoup plus loin que cela, mais elle avait gardé secrète l'évolution de ses sentiments pour ne pas les galvauder par des paroles.

L'idée de retourner à Minerve l'effleura souvent jusqu'à devenir une nécessité. Les arguments de son amie, qu'au début elle repoussait avec conviction, se transformèrent peu à peu en évidences : c'était vrai qu'elle n'avait ni les qualités nécessaires pour devenir *parfaite* ni le désir de l'être, et c'était également vrai qu'elle avait un profond regret de sa vie au village. Quoiqu'elle se fût juré de ne plus jamais faire confiance à un homme, il lui venait souvent la pensée qu'Amiel n'était pas comme les autres : il l'avait aidée sans la trahir et il continuait de lui apporter son soutien bien qu'elle ne lui donne rien en échange. Le visage d'Amiel, avec son sourire timide et un peu malheureux, surgissait souvent dans l'esprit de Jordane, la nuit tombée, quand elle avait du mal à s'endormir.

Assez vite, Amiel cessa de lui faire peur, puis il commença de l'intéresser pour lui-même et non seulement pour les nouvelles qu'il apportait, même si elle tarda à se l'avouer. Vers la fin de l'été, elle se rendit compte qu'elle attendait ses visites et même qu'elle les espérait avec impatience. Le soir, elle prenait dans sa main le médaillon qu'il lui avait offert et ce contact lui faisait plaisir. Quand elle fut certaine d'être enfin prête à quitter le refuge des *bonnes dames* et à prendre le risque de se fier à Amiel, elle se demanda comment le lui faire savoir, car elle avait mis entre eux trop de distance pour qu'elle puisse espérer qu'il lui propose de l'épouser sans qu'elle ait fait, au préalable, un geste d'encouragement. Le bon moyen, se dit-elle, c'était le médaillon. Sûre qu'il comprendrait le message, elle l'accrocha à son cou.

Dans son panier tressé, Amiel avait délicatement posé, sur une couche de fromages de brebis, de savoureuses figues aoûtées qui lui valaient, depuis son départ, l'escorte obstinée de deux guêpes séduites par les fruits sucrés à point. Le berger transportait avec précaution son offrande destinée aux recluses de Ferrals-les-Montagnes. Pour que leur régal fut complet, il y avait ajouté quelques noix. Quant au pain, elles le faisaient elles-mêmes, et c'était tout ce qu'il manquait, dans la corbeille du visiteur, pour enchanter le palais le plus difficile.

Il l'avait préparé pour Jordane, mais il l'avait fait copieux, dans sa générosité de pauvre et d'amoureux, car il voulait les réjouir toutes, ces femmes et ces jeunes filles qui avaient choisi de quitter le monde afin de se consacrer à Dieu, et qui, pour ce faire, avaient élu domicile dans un sombre pays de châtaigniers où ne poussaient ni la vigne ni les abricotiers ni les figuiers. À Minerve, la nature était plus prodigue et il suffisait de tendre le bras pour se cueillir un festin.

Amiel était presque heureux. Il avait aisément fait taire sa conscience lorsqu'elle avait tenté de lui susurrer qu'un bon fils ne se félicite pas du malheur de son père. Est-on tenu d'être un bon fils, quand le père est mauvais ? Il s'était dit que non et s'était réjoui des bons côtés de l'impotence du vieux devenu inoffensif : sa mère et sa sœur vivraient désormais sans crainte à la maison et lui-même pourrait, s'il le voulait, y amener une épouse.

Peu après l'accident, Baille et Delprat venus l'assurer de leur amitié et lui proposer de le transporter chez Mignard dans une brouette, comme le vieux Chauvès, avaient trouvé porte close. Monge avait beaucoup de méfaits à expier et, maintenant qu'il ne pouvait plus nuire, sa femme comptait ne lui faire grâce d'aucun : il resterait dedans, au coin du feu, et ne recevrait pas de visites.

Amiel, survenant une dizaine de jours après l'accident, trouva l'ivrogne désespéré, tremblant et bavant, prêt à toutes les bassesses pour un verre de vin. Mais il ne s'apitoya pas : qu'il paye ses années de despotisme et de violence ! Le berger ne s'était arrêté qu'à une chose : « À la maison, ce n'est plus l'enfer. Je peux y amener une femme. Il me faut convaincre Jordane de revenir au village avec Agnès dès après le départ de l'inquisiteur. Et ensuite, de m'épouser. »

Au retour de Ferrals-les-Montagnes, Amiel rêvait, et il était heureux : l'avenir qu'il avait coutume d'imaginer aux côtés de Jordane n'était plus une illusion. Depuis des semaines, il avait vu la jeune fille changer lentement : au début, elle se contentait d'être présente et de tenir les yeux baissés tandis qu'il bavardait avec Agnès, puis elle avait posé une ou deux questions, et finalement, de visite en visite, la statue s'était animée et la Jordane d'aujourd'hui, si elle n'était pas tout à fait redevenue la jeune fille expansive d'autrefois, lui ressemblait beaucoup.

La veille, Jordane avait mis à son cou, pour la première fois, le médaillon qu'il lui avait offert sur les bords du Brian, le jour de la lessive. En voyant la pierre verte qui donnait plus d'éclat à ses yeux – ou était-ce l'émotion qui les faisait briller davantage ? – Amiel fut bouleversé d'une joie profonde qui l'habitait encore maintenant. Il avait compris qu'il n'aurait pas à discuter pour la convaincre : elle était enfin prête à l'accepter et elle retournerait à Minerve en même temps qu'Agnès. « Si seulement on pouvait se débarrasser de ce dominicain ! » regretta-t-il une fois de plus.

Barthès était un homme d'habitudes. Les villageois, à l'affût du moindre de ses gestes, pouvaient dire sans peine où il se trouvait à tout moment du jour. Après la prière matinale, qu'il faisait dans l'église, il franchissait la porte Saint-Rustique pour rejoindre le sentier qui menait au moulin par le flanc de la gorge. Il aimait ces lieux pour la force brutale qu'ils dégageaient. La nature avait creusé là un défilé profond dont les parois de roche blanche descendaient presque à la verticale jusqu'au minuscule filet d'eau estival du Brian que l'on entendait en bas. En passant devant les nombreuses grottes sombres, on soupçonnait qu'elles abritaient des êtres vivants au sujet desquels on préférait ne pas s'interroger. La végétation avait grand mal à s'agripper au rocher et, du sentier, on était au niveau du faîte des grands arbres qui poussaient sur les rives du cours d'eau. L'inquisiteur affectionnait cette promenade dans la lumière du matin et la fraîcheur de la rosée. Quelques heures plus tard, le soleil sans faiblesse de la saison chaude lui ôtait toutes ses vertus stimulantes.

C'est en marchant que le dominicain décidait de la journée à venir, analysait les réponses de la veille et choisissait les questions à poser. Son enquête n'avait guère avancé : il s'était heurté à une conspiration du silence qu'il n'était pas parvenu à abattre. À l'évidence, les villageois s'étaient donné le mot pour dire tous la même chose. Barthès se demanda qui était là-dessous, et un seul visage lui apparut : celui de Guillaume Chauvès. Dès le premier jour, il avait pressenti que l'ancien lui créerait des difficultés, mais il n'avait pas imaginé que le village se maintiendrait aussi fortement soudé. Par le passé, l'inquisiteur était toujours arrivé à circonvenir quelqu'un, même dans les communautés les plus unies, et ensuite, lorsqu'il tenait un bout du fil, rien n'était plus facile que de dérouler tout le peloton.

Avec les Minervois, il n'avait pas eu de prise : dès qu'il prononçait un nom, les visages se fermaient et les bouches restaient obstinément closes. Pourtant, grâce aux racontars de Guillemette, il connaissait toutes les inimitiés villageoises et il s'était efforcé de les exaspérer lors de ses interrogatoires. Malgré cela, il n'avait rien obtenu, comme si les gens craignaient, en disant du mal de leurs ennemis, de lui donner des informations susceptibles de leur nuire à eux-mêmes. Ce silence hermétique, qu'ils opposaient aussi bien à ses promesses d'indulgence qu'à ses menaces, avait irrité Barthès au plus haut point et lui avait souvent donné l'envie de frapper. Il avait espéré apprendre par les enfants ce que lui cachaient leurs parents, mais là aussi il avait échoué : quand ils arrivaient dans l'église, devant ce grand homme blanc et noir dont les adultes parlaient avec tant de crainte, ils étaient tellement terrorisés qu'il ne parvenait même pas à leur faire dire leur nom. Faute de pouvoir s'en prendre aux responsables de son échec inquisitorial, Barthès fustigeait violemment de son bâton les arbustes qui bordaient le sentier et accélérait involontairement le pas.

Cependant, finissait-il toujours par se dire, il devait y avoir, à Minerve comme ailleurs, un élément faible qu'il parviendrait tôt ou tard à découvrir. Sa réflexion le ramenait toujours à Guillemette et à Gaillarde. Très prolixe les premières semaines, sa logeuse ne lui disait plus rien d'intéressant. Elle maintenait obstinément sa liste de prétendus hérétiques, mais elle n'avait pas tenu aux interrogatoires : tous ces gens-là étaient de bons catholiques, sauf probablement Prades, dont le dominicain doutait depuis le début, mais contre lequel il n'avait pas trouvé de preuve. Barthès avait toujours su qu'il lui faudrait interroger Gaillarde, car Guillemette se montrait à l'endroit de la prostituée à la fois trop catégorique et trop évasive pour qu'il ne soit pas certain de leur complicité. Il avait retardé l'épreuve le plus possible parce qu'il n'était pas certain de posséder la force nécessaire pour faire face à la tentatrice, bien qu'il l'ait déjà vaincue une fois. Mais ce matin-là, conforté par une nuit de prière, il se sentait invulnérable et il jubilait à l'idée qu'il allait enfin triompher des Minervois.

Arrivé à mi-parcours, il ralentit, car le sentier était en ce lieu particulièrement étroit et dangereux. Attentif à l'endroit où il mettait ses pas, le dominicain n'eut pas conscience de la présence de l'homme surgi de la grotte qu'il venait juste de dépasser. L'ombre propice l'avait dissimulé à ses regards comme le bruit du Brian qui coulait au creux de la gorge couvrait celui de ses pas. La main qui précipita Barthès dans le vide ne trembla pas, non plus que le cri de terreur poussé par l'inquisiteur avant qu'il ne s'écrasât sur les rochers du fond du ravin n'émut le meurtrier.

❧

Ce fut Blaise, envoyé au moulin par son père, qui découvrit le dominicain quelques heures plus tard et rapporta la nouvelle au village.

❧

Guillemette avait pris la relève de Gaillarde, comme celle-ci le lui avait demandé, et apportait tous les jours leur provende aux réfugiés clandestins de la grotte du causse. Malgré ses efforts, elle n'était pas parvenue à les apercevoir. La ronde des supputations allait bon train dans sa tête, mais rien de ce qu'elle pouvait imaginer ne lui paraissait plausible. Elle revenait sans cesse à la thèse des hérétiques, pour l'écarter chaque fois : si elle avait eu des sympathies pour eux, Gaillarde ne lui aurait pas fait dénoncer l'appartenance – laquelle, à y bien réfléchir, semblait fort improbable à Guillemette – des six notables à la secte. Les cathares étaient à exclure, mais alors qui ? Le souvenir des deux jeunes filles disparues dans des conditions pour le moins bizarres lui traversait l'esprit, mais il ne lui venait pas d'explication logique à leur éventuelle présence dans la grotte de Gaillarde : pourquoi Agnès et Jordane se seraient-elles cachées sur le causse, et surtout, quelle raison la prostituée aurait-elle eue de les prendre sous sa protection ? Ces raisonnements, Guillemette les avait faits des dizaines de fois, à tel point que le désir d'éclaircir la situation était devenu obsessif : le seul moyen de s'en délivrer était d'apprendre la vérité.

Lorsqu'elle déposait la nourriture derrière la touffe de buis qui bouchait l'entrée, son chien aboyait furieusement en direction de l'intérieur : les deux personnes étaient donc là, terrées jusqu'à son départ. Ce jour-là, n'y tenant plus, elle voulut les voir coûte que coûte. Elle laissa le chien au village : ainsi, les protégés de Gaillarde ne l'entendraient pas venir et seraient sans défiance. Pour mettre toutes les chances de son côté, elle s'y rendit un peu avant le dîner au lieu d'y aller en fin d'après-midi comme d'habitude.

Guillemette se tapit derrière un bouquet de chênes kermès, disposée à attendre le temps qu'il faudrait pour résoudre l'énigme. Elle s'imaginait prête à affronter la plus étonnante des révélations. Malgré cela, quand elle vit sortir de la grotte ses deux habitants, et qu'elle les reconnut, elle fut prise d'un tremblement de frayeur, se croyant en présence de revenants. La mort honnête – celle des cadavres qui gisaient dans son hôpital, rigides et froids – ne lui faisait pas peur, mais ces morts-là, dont l'une remontait au moins à deux décennies, et l'autre datait du printemps, ne lui disaient rien qui vaille. Elle se crut transportée dans l'autre monde, et tout son être se crispa de refus : elle découvrit qu'elle voulait vivre, que son existence avait encore un sens et qu'elle devait s'enfuir de là à toutes jambes avant qu'ils ne l'aperçoivent et l'entraînent sans retour dans leur univers.

Seulement, il lui fallait attendre qu'ils ne fussent plus à portée, sans quoi ils la remarqueraient. Réduite à l'inaction, elle s'efforça de surmonter sa répugnance et de jeter un œil sur eux. Ils ne ressemblaient en rien aux peintures effrayantes qui représentaient la mort sur les murs de l'église : on ne voyait pas leur squelette, ils n'avaient pas les orbites vides, ils ne brandissaient pas de faux. À vrai dire, Jourdain et Pastou avaient l'air d'êtres humains normaux. Ils étaient beaucoup plus vieux que lorsqu'elle les avait connus : leurs cheveux étaient gris et clairsemés et leur silhouette différente, mais ils paraissaient tout à fait réels.

La peur commençait de refluer, et Guillemette se dit que ces revenants ne semblaient pas bien dangereux. Quand elle les vit soulager leur vessie quelques pas plus loin, tous ses restes de frayeur disparurent : les fantômes ne pissent pas, c'est bien connu, puisqu'ils sont immatériels. Elle eut envie de rire de ses craintes en comprenant que ces deux-là étaient bien vivants : Pastou et Jourdain avaient échappé à la mort et n'avaient jamais quitté le monde des hommes. Ce qu'elle ne s'expliquait pas, et qu'elle allait s'employer à éclaircir sur le champ, c'était comment ils avaient échoué là, sous la protection de Gaillarde, tant de temps après.

❧

Quand le corps du dominicain parvint place Saint-Étienne, porté par deux hommes, la rumeur avait annoncé son arrivée, et le village s'était réuni pour l'attendre. À sa vue, les conversations cessèrent tandis que les gens essayaient d'imaginer si cette mort, qu'ils avaient pourtant tous souhaitée, consciemment ou non, était opportune ou ne l'était pas. Dans le silence chargé d'attente, une voix s'éleva soudain, qui affirma avec force :

— C'est un accident !

Après un court instant de flottement, d'autres voix, de plus en plus nombreuses, reprirent, comme une antienne, dans un grand désir de convaincre ceux qui auraient pu en douter :

— C'est un accident ! … un accident !

Et tout le monde sembla soulagé que le décès fût accidentel – ou parût l'être – à l'exception du vieux Chauvès qui murmura entre ses dents :

— Ça ne nous avance pas à grand-chose, ils vont tout simplement nous en envoyer un autre.

Blanche, qui l'avait entendu, ajouta amèrement :

— Et il sera peut-être pire…

❧

L'arrivée de Guillemette sur la place Saint-Étienne, flanquée de frère Jourdain et de Pastou, survint peu après celle du corps de Barthès qui, de ce fait, fut reléguée au second plan. Les Minervois auraient vu surgir le Diable et ses acolytes qu'ils n'auraient pas été plus frappés de stupeur. Une rumeur sourde plana sur la foule qui répétait à voix basse les prénoms des deux hommes, comme pour se persuader que leur présence était bien réelle :

— C'est Jourdain… C'est Pastou… C'est Jourdain…

Le meurtrier les regardait avec des yeux exorbités. Essuyant machinalement son visage moite, il murmura, comme pour lui-même :

— Mais ce n'est pas possible… Il avait l'air mort… Puisqu'il est vivant, il va pouvoir dire que c'est moi…

Hébété, il se tourna vers Prades qui était à côté de lui et balbutia :

— Qu'est-ce que je vais devenir ?

Trempé de sueur, Mignard exsudait l'odeur âcre de la peur, et Prades, le voyant complètement affolé, craignit qu'il ne répète à haute voix son aveu de culpabilité. S'il était pris, il s'empresserait de dévoiler l'identité de celui qui avait accueilli les *parfaits* sur le causse en espérant obtenir ainsi l'indulgence de ses juges. Prades eut fugitivement la vision du bûcher qui l'attendait. Prenant rudement le tavernier par le bras, il le secoua et lui ordonna à voix basse :

— Tais-toi, on va t'entendre.

La poigne de fer et le regard impérieux de Prades aidèrent Mignard à se ressaisir. Maîtrisant son premier mouvement de terreur, il s'efforça d'évaluer calmement la situation. Le dominicain ressemblait à un spectre. Pastou aussi, d'ailleurs, mais il ne s'interrogea pas sur le mystère de sa présence : il avait d'autres soucis. Si Jourdain l'accusait, pensa-t-il, il ne devrait pas être difficile, vu son aspect, de convaincre les gens qu'il déraisonnait : après tout, c'était sa parole contre la sienne, celle d'un sain d'esprit contre celle d'un fou. Oui, mais le fou était un frère prêcheur, et la parole d'un religieux, même dément, avait des chances de peser plus lourd que celle d'un tavernier.

Mignard se remit à transpirer. Jamais il ne se sortirait de là. Jusqu'à présent, Prades ne l'avait pas dénoncé, mais c'était peut-être parce qu'il n'était pas sûr de sa culpabilité. Maintenant qu'il lui avait imprudemment fait savoir la vérité, qu'allait-il faire ?

Le tavernier regarda son voisin dans l'espoir d'être rassuré. Le visage crispé de Prades, qui semblait fasciné par les nouveaux venus, lui apprit que lui aussi avait très peur. Mignard avait souvent réfléchi à la signification de la présence du vigneron sur le causse ce jour-là. Il lui avait fallu un motif puissant pour quitter la noce de son fils aîné. Et justement, on avait dénoncé la présence de cathares au village le soir même. Difficile de ne pas faire le lien. Si lui-même risquait la corde, Prades, complice des hérétiques, était passible du bûcher. Mignard se convainquit que leur sort était lié : le vigneron préférerait soutenir un meurtrier que risquer d'être découvert à son tour. Ils se retrouvaient donc à deux contre un, deux citoyens respectables contre un illuminé. Il se reprit à espérer.

❧

Guillemette n'était pas parvenue à satisfaire sa curiosité : à ses interrogations répétées, le dominicain avait opposé des prières et le berger, répondu des sons incompréhensibles. Tant qu'elle n'avait pas su qui étaient les hommes dont elle s'occupait, Guillemette avait rendu à

Gaillarde le service qu'elle lui avait demandé sans le remettre en question : elle était désormais la seule amie de la prostituée et, dans l'adversité, il était de son devoir de l'assister. Mais après avoir vu les deux hommes, Guillemette n'avait plus voulu garder pour elle un aussi lourd secret. Pastou avait disparu depuis des années, et voilà qu'elle l'avait retrouvé dans une grotte où, visiblement, il avait vécu tout ce temps-là sous la protection de Gaillarde. Pastou avait perdu la raison et le dominicain, disparu lui aussi depuis longtemps, avait également sombré dans la démence. Guillemette avait retrouvé toute sa peur, car les fous l'effrayaient autant que les revenants, et elle n'avait plus eu qu'une envie : se dissocier de Gaillarde et se décharger du soin de ces deux individus.

Elle avait pensé que la seule chose à faire était de les ramener au village où le conseil aviserait. Un moment, elle avait craint qu'ils n'acceptent pas de la suivre mais, bien qu'ils n'aient pas l'air de comprendre ce qu'elle leur voulait, ils lui avaient docilement emboîté le pas.

À mesure qu'ils approchaient de la cité et que la silhouette de ses remparts devenait identifiable, Guillemette avait remarqué que l'hébétude dans laquelle elle avait trouvé Jourdain Lefèvre était remplacée par un air de profonde douleur. Mais il avait continué de se taire, et elle s'était gardée de recommencer ses questions, car sa nouvelle expression lui faisait très peur. En reconnaissant les lieux, le dominicain avait semblé retrouver des souvenirs qui généraient en lui une souffrance insoutenable. Une lueur alarmante tremblait dans son regard et, persuadée qu'elle était avec un fou, Guillemette n'avait plus eu en tête que de s'en débarrasser. Chez Pastou, par contre, les murailles de Minerve n'avaient rien évoqué, et son regard était resté toujours aussi vide.

Ils avaient franchi la porte sous le regard ébahi de l'homme de garde qui était resté muet tant il était stupéfait de voir entrer ces deux hommes qu'il croyait morts. Il s'était dit par la suite qu'il était étrange qu'ils fussent accompagnés de Guillemette et avait regretté de ne pas avoir interrogé la femme. Mais il était trop tard quand il avait réagi, et il allait lui falloir maintenant attendre que quelqu'un d'informé vienne lui expliquer ce mystère.

Dans la cité, le pas de Jourdain s'était accéléré : à partir de ce moment-là c'était lui qui avait précédé et guidé ses deux compagnons. Il avait descendu la Grand-Rue d'un pas rapide, comme quelqu'un qui sait où il va, et Guillemette avait imaginé qu'il se rendait place de la Citerne, là où habitaient ses frères et où lui-même avait vécu jusqu'à son départ pour Carcassonne. Mais ils n'y étaient pas parvenus, car ils avaient été empêchés de continuer par un grand concours de peuple qui débordait de la place Saint-Étienne et barrait le chemin. À leur vue, les gens s'étaient écartés, commotionnés, et Jourdain, dont c'était peut-être le but, s'était dirigé vers l'église.

❧

Jourdain Lefèvre aperçut le dominicain sur la civière que les porteurs, ne sachant qu'en faire, avaient déposée sur le parvis. Comme la tête du mort avait éclaté contre un rocher, ils l'avaient camouflée sous un linge, et de l'inquisiteur, on ne distinguait que la robe blanche et la cape noire communes à tous les membres de la confrérie. Indifférent aux réactions que suscitaient son apparition et celle de Pastou, il se précipita vers le parvis de l'église et s'écria :

— Saturnin !

Il traversa l'espace laissé vide par les villageois restés à distance respectueuse du cadavre, se jeta au sol, face contre terre, et commença une étrange supplique :

— Pardonne-moi, Saturnin, mon frère! Donne-moi l'absolution!

Tandis qu'il frappait la terre de son front en répétant sa prière, dans une plainte sans fin, les gens comprirent qu'il croyait voir le corps de son compagnon de route, frère Saturnin.

Mais pourquoi Jourdain Lefèvre lui demandait-il pardon? Qu'avait-il fait pour qu'il montre un tel repentir? Tout le monde se souvenait de Jourdain comme d'un homme doux que les misères du monde apitoyaient. Il était vrai qu'un peu avant son départ pour Carcassonne, il était devenu bizarre, mais pas violent. C'est pourquoi ils restèrent un moment incrédules en l'entendant s'accuser :

— Je suis un criminel, disait-il. C'est Dieu qui donne la vie, c'est à lui de la reprendre. Je serai puni jusqu'à la fin des temps.

Dans l'assemblée des villageois, six hommes se mirent à trembler tandis que Jourdain adressait au cadavre une aberrante plaidoirie : il lui parlait comme à un vivant.

— Nous n'aurions pas dû venir, affirmait-il avec désespoir. Tu voulais détruire le village, mais tu n'en avais pas le droit : tous ces hommes sont honorables. Depuis ce jour-là, ils n'ont pas commis d'autres crimes. D'ailleurs, ils ne voulaient pas le faire : c'est arrivé à cause du vin et des circonstances. Ils l'ont regretté par la suite, je te l'assure. Bien sûr, il faut payer pour les crimes que l'on a commis, je le sais, mais je voulais payer pour tous, j'avais pris la faute sur moi. Tu n'aurais pas dû t'en mêler. Tu n'avais pas le droit de trahir le secret de la confession.

Ses anciens complices suaient à grosses gouttes. Le dominicain était dans un tel état d'exaltation qu'ils pouvaient tout craindre. Jourdain, qui était tombé dans la démence, reprenait vraisemblablement avec le mort une discussion qu'il avait eue souvent le long de la route. Devant le village qui écoutait bouche bée, il risquait maintenant de les dénoncer sans le vouloir. Ceux qui eurent la tentation d'essayer de l'interrompre et de l'entraîner ailleurs n'osèrent pas, car tout le monde aurait compris que c'étaient eux les hommes dont il parlait, et il aurait fallu s'expliquer sur le crime auquel il faisait allusion. Aussi, ils demeurèrent figés, à l'écouter.

L'arrivée de Jourdain les avait stupéfiés, mais moins que celle de Pastou : ils étaient depuis si longtemps persuadés de l'avoir tué que sa vue les avait bouleversés. La présence de Pastou ne pouvait s'expliquer que par la volonté de Gaillarde de le soigner et de le cacher pendant toutes ces années. Cet homme, visiblement idiot, n'aurait pas pu survivre sans aide. Il était même probable qu'il ne se souvenait de rien et ne présentait pour eux aucun danger. Décidément, Gaillarde avait bien caché son jeu ! La vipère ! Et voici que ce dément de Jourdain risquait de leur faire perdre l'estime de leurs concitoyens et leur place au conseil ! Cette pensée les emplissait d'une rage froide.

Frère Jourdain s'était relevé, et les gens avaient instinctivement reculé de deux ou trois pas. Il continuait son monologue, mais il avait cessé ses allusions, se contentant de demander sans répit au cadavre pardon et absolution. Ce faisant, il marchait de long en large, à la manière d'un animal en cage, faisant demi-tour chaque fois au même endroit précis, comme s'il eût été empêché d'aller plus loin par d'invisibles barreaux. Pastou le suivait pas à pas et imitait chacun de ses gestes. La scène aurait été grotesque si elle n'avait été tragique : le regard halluciné de l'un et les yeux totalement vides de l'autre donnaient le frisson. Jourdain, sans même se tourner vers Pastou, habitué qu'il était à le savoir toujours attaché à ses pas, le désignait en disant :

— Il est mon châtiment : Dieu l'a renvoyé d'entre les morts pour me punir.

Les gens étaient tellement abasourdis que personne ne disait rien durant les pauses qui entrecoupaient le soliloque de Jourdain, et c'est dans l'un de ses silences que l'on entendit au loin le tintement de la clochette d'un lépreux. Jourdain l'entendit aussi. Il s'arrêta et son visage torturé refléta soudain une grande joie. Il s'approcha de la civière et dit de l'air inspiré de celui qui vient d'avoir une révélation :

— C'est la réponse de Dieu, mon frère. Je dois aller finir ma vie en enfer. À la maladrerie. La lèpre qui ronge mon âme est la sœur de celle qui ronge le corps. C'est en soignant les plaies des ladres que je vais expier.

Et, toujours suivi de Pastou, sans avoir eu l'air d'être conscient de la présence, sur la place, d'une foule de gens de sa connaissance, et pas seulement du cadavre auquel il venait de s'adresser, il s'en fut vers la porte Saint-Nazaire, sous le regard horrifié des Minervois qui avaient assisté à son délire dans le silence le plus total.

Après leur départ, on sentit l'atmosphère se détendre. Aussitôt, Étienne Lefèvre, devançant les velléités de commentaires, lança d'une voix forte :

— Ce Jourdain, quand même ! Qui aurait pensé qu'il tuerait son compagnon de route ?

Jean le regarda, complètement éberlué, mais Étienne insista, essayant, par la persuasion de son regard, de lui faire comprendre qu'il devait abonder dans son sens :

— Tu l'aurais cru, toi, Jean, qu'il ferait une chose pareille ?

Jean finit par saisir la manœuvre et s'empressa d'appuyer son frère :

— Pas du tout ! Quand il était jeune, il était un peu drôle, mais maintenant, il est complètement fou ! Jourdain, un meurtrier ! S'il ne l'avait pas dit lui-même, j'aurais refusé de le croire !

— Mais… bégaya le curé, il n'a jamais dit ça.

— Tais-toi, imbécile ! lui glissa son père en lui assenant un coup de canne dans les jambes.

Le curé sursauta, mais il se tint coi.

Les complices des Lefèvre ne furent pas lents à sauter sur la perche qu'on leur tendait.

— Et Pastou ? D'où sort-il, celui-là ? enchaîna aussitôt Minot. Il a quitté le village depuis des années et il revient complètement idiot !

— Barthès est mort, mais son enquête est terminée, affirma Augustin Prades d'un ton sans réplique : on sait maintenant que c'est Jourdain qui a tué frère Saturnin.

— C'est vrai, ça ! approuva vigoureusement Justin Chauvès qui semblait avoir enfin compris ce qui se passait.

— Eh bien, dit Minot, il n'y a plus qu'à retourner à Carcassonne pour annoncer à l'évêque l'accident de son inquisiteur et lui dire que le coupable a éclairci la mort de frère Saturnin et a choisi lui-même la plus terrible des pénitences.

— Puisqu'il en est ainsi, conclut le curé, à qui son père avait murmuré quelques mots à l'oreille, nous allons prier le seigneur pour le repos de l'âme du mort et pour le pauvre pêcheur qui vient de nous quitter.

Mignard eut un frisson rétrospectif à la pensée qu'il avait failli se dénoncer lui-même. Heureusement que Prades avait été le seul à l'entendre! Soudain, il se rendit compte que sa femme se tenait à ses côtés. Figée comme une statue, elle regardait droit devant elle. Il se demanda si elle était là depuis le début. Avait-elle compris ce qu'il avait dit? Il eut un instant d'inquiétude vite réprimé, car il se dit qu'après tout cela importait peu, puisqu'elle ne dirait rien. À y bien penser, il était même content qu'elle le sache : c'était pour elle qu'il avait tué, et elle ne l'aimerait que mieux. Il pouvait envisager l'avenir en toute quiétude, d'autant que cet inquisiteur était mort juste au bon moment. *Juste au bon moment…* Il chercha le regard du vigneron pour y trouver la confirmation du doute qui venait de le frapper, mais il ne le trouva pas. Peut-être, en définitive, était-ce vraiment un accident?

Le curé fit signe aux porteurs d'amener la civière dans l'église. Il les suivit, et tout le village, docilement, entra après eux. Le vieux Chauvès, dans sa sagesse, avait su couper court aux premières réactions, et il escomptait que le temps de la prière, les gens se rendraient compte que l'intérêt de tous était de ne pas trop chercher à comprendre et de simplement se réjouir que tout fût terminé. L'église était plus calme qu'à l'ordinaire, car chacun était perdu dans ses réflexions. Quoique inexprimé, le soulagement était immense.

Amiel avait des ailes en courant sur le sentier qui menait à Ferrals-les-Montagnes. Lorsque la nouvelle de la mort de l'inquisiteur était parvenue chez le consul, Blanche Chauvès venait de lui préparer le baluchon pour la semaine et il s'apprêtait à partir. Comme tout le monde, il s'était précipité à l'église et avait assisté au dénouement du drame. Il ne s'attarda pas à réfléchir à la signification de ce qu'il avait entendu, car une seule chose comptait pour lui : aller annoncer à Agnès que plus rien ne s'opposait à son retour. En effet, non seulement l'inquisiteur ne pouvait plus nuire aux hérétiques, puisqu'il était mort, mais l'évêché n'enverrait pas un autre dominicain enquêter, le mystère de l'assassinat étant élucidé. Les menaces de Pons Chauvès seraient désormais sans effet, car il n'y aurait plus personne à Minerve pour l'écouter dénoncer les hérétiques. Et si Agnès revenait, Jordane reviendrait aussi…

Il imagina la suite : ils s'épouseraient au printemps, en même temps qu'Agnès et Arnaud et que Bernard et Ava. Il voyait la noce, les trois amies radieuses se mariant le même jour, le Barri en fête. Une fête plus modeste que celle du mariage de Jacques Prades avec Linette, assurément, car aucun d'eux n'était riche, mais cela ne les empêcherait pas de festoyer, de rire et de chanter. Heureux, il esquissa un pas de danse, comme s'il y était déjà.

À l'estive, il ne prit que le temps de déposer son fardeau et d'annoncer les nouvelles à Perrin et à Athon avant de repartir vers Ferrals. Les deux bergers tentèrent de le retenir : ils auraient souhaité qu'Amiel s'assoie un moment et raconte ce qui était arrivé dans les moindres détails, mais rien n'aurait pu le retenir et, désappointés, ils le regardèrent s'en aller.

Amiel se présenta à la maison des *bonnes dames* à la fin de l'après-midi. Les jeunes filles, averties par la tourière, vinrent l'accueillir. Agnès, les traits crispés d'angoisse à l'idée d'être déçue une fois de plus, scruta avec avidité le visage du berger. Quand elle vit Amiel tout souriant, elle comprit qu'il venait la délivrer et, sans s'enquérir des détails, elle se jeta à son cou et lui plaqua sur les joues deux baisers retentissants. Ensuite, elle s'éloigna en courant et en riant aux éclats pour annoncer la nouvelle.

Amiel et Jordane se retrouvèrent seuls. Ils se regardèrent longuement, puis Amiel ouvrit ses bras. Après une imperceptible hésitation, Jordane alla vers lui.

La journée était déjà bien avancée, et les jeunes filles ne partirent que le lendemain matin. L'atmosphère était à la fête, ce soir-là, autour de la frugale table des *bonnes dames*. Les recluses, qui avaient compris depuis longtemps que les Minervoises n'étaient pas là pour rester, se réjouissaient de leur bonheur. Toute trace de mélancolie avait disparu du visage d'Agnès qui était intarissable ; ses compagnes, amusées, l'écoutèrent chanter les louanges d'Arnaud pendant tout le repas. Jordane garda le silence au sujet de ses sentiments, mais tout le monde devina les liens qui l'attachaient à Amiel. Convié à partager leur repas, le berger était assis à côté d'elle. Oubliant de manger, ils chuchotaient sous le regard attendri des convives dont ils avaient oublié l'existence.

C'est à l'aube qu'Agnès et Jordane firent leurs adieux à dame Péreille, tandis qu'Amiel les attendait un peu à l'écart. La *bonne dame* les bénit, elles firent les trois génuflexions rituelles et reçurent le baiser de paix. Dame Péreille leur recommanda de faire une bonne vie et d'élever leurs enfants dans le respect de la *vraie religion* et elles s'éloignèrent d'un pas impatient. La *bonne dame* les regarda partir avec un peu de regret, car elle eût aimé les avoir convaincues de devenir *parfaites*, mais elle se dit qu'elles y viendraient peut-être plus tard, comme elle, quand elles auraient compris la vanité du bonheur terrestre.

Durant le trajet, les jeunes filles s'inquiétèrent de l'accueil du village, car elles savaient que leur fuite avait été fatale à leur réputation. Mais Amiel les rassura : leurs familles avaient trouvé une parade. Elles avaient imaginé de raconter aux voisins, qui propageraient l'information, que contrairement à ce que les mauvaises langues avaient pu dire, leurs filles venaient de faire une retraite au couvent fontevriste de Ferrals-les-Montagnes. On laisserait entendre qu'Agnès répondait ainsi au souhait de feu sa grand-mère, Marie Cathala, et que Jordane l'avait accompagnée pour qu'elle n'y aille pas seule. Cette demi-vérité était sans risques, car ceux qui ignoraient la vraie vocation du couvent prendraient les jeunes filles pour de bonnes catholiques, et les cathares, qui connaissaient la vérité, en concevraient de l'estime pour elles. Apprenant que l'on s'employait à laver leur réputation, elles se laissèrent aller à la joie du retour.

Quand les hautes murailles de la cité surgirent à l'horizon, elles s'arrêtèrent, émues, et Agnès déclara avec une gravité nouvelle :

— Jamais plus je ne quitterai Minerve.

Dans la cité, les membres du conseil s'étaient réunis pour faire le point. Ils étaient détendus, cette fois, conscients que la menace qui avait pesé si lourd sur le village avait disparu. Tout ce qui avait troublé leur quiétude pendant plusieurs mois, en réalité, ne les concernait pas : seuls des dominicains étaient impliqués, et c'était aux autorités ecclésiastiques de se débrouiller avec ça. Eux, ils étaient tirés d'affaire. Les gardes allèrent chercher les bancs et les tables qu'ils installèrent en plaisantant et, cette fois, il n'y eut pas d'échange de regards au-dessus de la table : tout cela appartenait désormais au passé. Comme toujours, Mignarde apporta du claret, mais elle fit son service avec une modestie inhabituelle, jetant de temps à autre un regard craintif à son mari.

Les conseillers devaient préparer le départ du messager qui irait à Carcassonne porter les nouvelles à l'évêque. Ils se tournèrent tout naturellement vers Delbosc qui avait joué ce rôle la fois précédente, mais celui-ci refusa tout net : il avait fait sa part, c'était à un autre d'y aller. Son attitude sema la consternation : personne n'avait envie d'abandonner ses affaires pour courir les chemins, et encore moins d'affronter l'évêque. On fit valoir à Delbosc qu'il valait mieux que ce soit lui qui y retourne, car il savait aller à Carcassonne et connaissait la procédure qui permettait d'accéder au prélat. Ayant déjà rencontré l'évêque, il avait plus de chances qu'un autre de bien s'en tirer. Le marchand discuta longuement et finit par objecter que pendant qu'il se dévouait pour la cause commune en laissant son travail en plan, tout le monde continuait à s'occuper de ses biens : dans l'affaire, il était l'unique perdant. Quand les conseillers eurent compris que son premier refus visait uniquement à obtenir une compensation matérielle, leur préoccupation disparut : il ne restait plus qu'à négocier habilement pour que cela leur coûte le moins possible. Guillaume Chauvès s'en chargea. Aussi madré que le marchand, il mena la tractation avec beaucoup de savoir-faire et ils aboutirent à un arrangement qui satisfit les deux parties : le village fournirait le pain à la famille de Delbosc tout le temps que durerait son absence. Le marchand était content et ses compagnons aussi, car la charge, répartie sur tout le bourg serait assez légère.

Delbosc reçut donc le mandat d'aller annoncer à l'évêque l'accident mortel d'Aurélien Barthès et la confession publique de Jourdain Lefèvre ainsi que sa réclusion volontaire à la maladrerie. Ils se mirent d'accord pour passer sous silence l'extraordinaire réapparition de Pastou : l'évêque n'avait que faire de ce détail.

Restait à régler le problème de la prostituée. C'est le commandant qui le posa :

— Et Gaillarde, je la relâche ?

— Surtout pas ! s'exclama Minot indigné.

— Ah non ! dirent ensemble Justin Chauvès et les frères Lefèvre.

— Il n'en est pas question ! renchérit Delbosc. Pendant toutes ces années, elle a menti, elle a caché Pastou. Ensuite, elle a escamoté Jourdain. Elle nous a prouvé qu'elle est capable de tout. On ne peut pas la laisser libre dans le village.

Autour de la table, tout le monde hochait la tête en signe d'approbation.

— Et alors, qu'est-ce que j'en fais ? demanda Rieussec. Je ne peux pas la garder éternellement en prison.

— Qu'on la bannisse, dit Augustin Prades avec rancune.

— Oui, qu'on la bannisse ! reprirent avec hargne tous les hommes sur lesquels elle avait exercé un chantage.

C'est ainsi que le sort de Gaillarde fut décidé, sans qu'une seule voix s'élève pour la défendre.

Raimond, le bedeau, fut envoyé par les ruelles de la cité, avec son tambourin, pour crier les nouvelles. Les gens s'attroupèrent pour l'écouter annoncer le départ de Delbosc pour Carcassonne et le bannissement de Gaillarde. Avant de retourner à leur ouvrage interrompu, ils commentèrent les nouvelles entre eux. Les visages réjouis prouvaient qu'ils étaient bien contents que tout cela se termine sans dommage pour la cité. Seul Desbiau frappa le sol de son bâton avec colère en disant :

— Et les hérétiques ? Qu'est-ce qu'on leur fait, aux hérétiques ?

Mais personne ne l'écouta.

❧

Gaillarde sortit de la barbacane du Barri aussi droite et fière qu'elle y était entrée. Elle était vaincue et chassée, mais elle ne donnerait pas aux Minervois le plaisir de lui voir baisser la tête. Elle savait qu'elle s'effondrerait tôt ou tard. Probablement quand elle serait parvenue hors de vue de la cité, au-delà de la limite des vignes. Mais elle ne voulait pas se laisser émouvoir par cette perspective. Elle repoussa également la pensée qu'elle avait tout perdu et que personne ne se souciait d'elle. Pastou, son protégé depuis tant d'années, semblait heureux depuis qu'il s'était attaché à l'un de ses anciens tortionnaires comme un chien à son maître ; Guillemette, dont la complicité retrouvée lui avait été douce, l'avait trahie et ses clients, qui lui assuraient une certaine aisance matérielle, ne viendraient plus frapper à sa porte. À quelle porte, d'ailleurs ? Sa vie, qu'elle avait haïe de toutes ses forces, lui apparaissait presque enviable maintenant qu'on l'obligeait à y renoncer, car elle représentait la sécurité tandis que ce qui l'attendait était tout le contraire : elle allait devenir une proscrite, une errante, sans lieu d'attache, sans maison, sans l'assurance d'avoir tous les jours un morceau de pain.

Quand Guillaume Chauvès était venu lui dire qu'elle devait quitter Minerve sur-le-champ, elle avait d'abord essayé de plaider sa cause. D'une voix qui s'efforçait d'être convaincante, elle affirma qu'elle n'avait rien fait de mal et que jamais elle n'aurait dit quoi que ce soit à l'inquisiteur : ce n'étaient que des menaces en l'air. Mais le vieux ne se laissa pas attendrir. Changeant de stratégie, elle menaça ensuite de révéler tout ce qu'elle savait. Elle pouvait dénoncer les hérétiques, car elle connaissait tous leurs noms. Et ce n'était pas tout : les Minervois allaient apprendre qu'elle avait été violée, et par qui. Ils sauraient aussi que ces mêmes hommes, qui siégeaient au conseil et étaient respectés de tous, avaient battu Pastou et l'avaient laissé pour mort. Elle allait également leur dire que la femme Mignard était bigame et que cette hypocrite de veuve Martin couchait avec les jumeaux Rieussec. À mesure qu'elle parlait, elle s'excitait et élevait la voix. L'étroite cellule était emplie de ses cris, et ses révélations auraient fait bien des dégâts si elles avaient été proférées sur la place publique, mais les murs de la prison étaient épais, et seul le vieux Chauvès les entendait. Il la laissa hurler tout son soûl, puis il lui dit simplement : « Si tu dis un seul mot, tu finis comme Gauthier. » Gaillarde comprit qu'elle avait perdu, et elle se tut.

Vaincue, elle traversait le village pour la dernière fois avec, à la main, le petit baluchon que le vieux lui avait apporté dans sa geôle. Guillemette l'avait fait pour elle et avait mis dedans tout ce qu'elle avait trouvé, mais l'or n'y était pas, qu'elle avait caché derrière une solive du plafond de sa maison, et dont la femme ignorait l'existence. Pour l'or, c'était trop tard : il était perdu, comme le reste, et elle allait commencer sa nouvelle vie complètement démunie.

Malgré la lourde atmosphère orageuse, qui la surprit après la fraîcheur de la prison, elle marcha le long de la Grand-Rue d'un pas rapide et exagérément ferme, la tête bien droite et un sourire de défi collé sur le visage. Seule sa démarche un peu mécanique prouvait que son aplomb était factice, mais ce signe de vulnérabilité n'émut que Guillemette qui s'obligea à réprimer un mouvement de pitié, par crainte d'être associée à la proscrite.

Les gens s'étaient massés pour voir partir Gaillarde et ils l'accompagnèrent jusqu'à la porte Saint-Rustique. Les femmes l'insultaient et elle dut se faire violence pour ne pas leur répondre, mais elle se souvint de l'avertissement de Guillaume Chauvès : à la moindre réplique, elle se ferait lapider. Elle se taisait donc sous les lazzis de ces femmes qui déversaient sur elle toute leur amertume d'épouses trompées. Elle les entendait, mais ne leur prêtait pas attention. C'est l'encouragement des hommes qu'elle chercha, de tous ces hommes qu'elle avait tenus dans ses bras. D'eux, elle attendait un éclair de complicité, un signe d'émotion prouvant qu'ils se souvenaient de l'avoir aimée et qu'ils allaient la regretter, mais ils la trahirent l'un après l'autre : sur leurs visages, elle ne lut que rejet, haine et mépris. Même Blaise baissa les yeux lorsqu'elle passa près de lui. Alors, elle se redressa davantage encore, se ferma aux huées et franchit la porte sans faiblir.

La chaleur qui écrasait le village n'avait pas découragé les Minervois d'aller jusqu'aux remparts. Ils étaient tous là pour assister au départ de la brebis galeuse qui était le dernier obstacle à une existence sans menace.

Même Monge était présent, car Amiel, désireux de faire rayonner le bonheur qui l'habitait, avait eu pitié de lui et l'avait transporté sur le chemin de ronde malgré la désapprobation de sa mère et de sa sœur. L'ivrogne, éperdu de reconnaissance, l'avait remercié avec effusion, retrouvant miraculeusement la parole à la stupéfaction générale. Baille et Delprat lui passaient subrepticement une gourde et il buvait en fermant les yeux d'extase.

Pons Chauvès regardait Agnès avec dépit. Elle était perdue pour lui, et il enrageait de la voir s'exhiber au bras d'Arnaud. Toute crainte envolée, elle était au milieu de ses amis et elle plaisantait avec Ava et Bernard au sujet d'Amiel et de Jordane qui ne se quittaient pas des yeux.

Les femmes de la place de la Citerne étaient là elles aussi. Blanche et Mélanie, momentanément unies dans une même détestation, semblaient avoir désarmé. Linette Prades, qui avait abandonné son projet de fuite, se tenait auprès de Berthe Melgueil dont le calme lui rappelait celui de sa mère. La veuve Martin, forte de sa réputation intacte, arborait ostensiblement une expression de vertu triomphante tandis que Mignarde minaudait avec ses voisins, non sans avoir au préalable vérifié que son mari ne la voyait pas. Un peu à l'écart, les membres du conseil affichaient l'air satisfait de ceux qui ont accompli leur devoir.

Le vieux Chauvès avait fait placer sa brouette à l'angle d'un créneau, de manière à profiter à la fois de l'ombre du mur et d'une large vue, tant sur la cité que sur le paysage qu'elle dominait. Sa main effleurait la muraille qui prolongeait la falaise sans que soit bien visible la démarcation entre la nature et le travail des hommes. Il aimait sentir sous ses doigts la rugosité de la pierre, dure et sèche, à l'image des épineux qui s'accrochaient sur le sol ingrat du causse et de ces gens de Minerve si bien en harmonie avec cette terre de roches et de landes. Chauvès flatta la pierre de sa main racornie, déformée par de vieilles douleurs, et la tiédeur du mur lui passa dans le corps, réchauffant son sang appauvri de vieillard.

Quand on ne vit plus Gaillarde, qui s'était engagée dans le passage couvert, on entendit ici et là quelques rires joyeux, comme si les gens avaient oublié pourquoi ils s'étaient rassemblés. Puis elle reparut, et les rires s'éteignirent. Ils la regardèrent traverser le lit à sec de la rivière et remonter la falaise jusqu'aux vignes. Lorsqu'elle fut en haut, juste au moment où l'on allait cesser de la voir, toutes les voix s'unirent pour la conspuer une dernière fois. Brusquement, elle se retourna et brandit le poing tandis qu'un coup de vent faisait claquer sa jupe. Elle parut immense dans l'orage qui commençait. Impressionnés, ils se turent. C'est alors qu'elle les maudit, d'une voix vibrante de haine, qui se répercuta longuement sur les parois de la gorge du Brian et qui résonnait encore après qu'elle eut disparu, tonnant comme une menace sur la paix retrouvée.

REMERCIEMENTS

Je remercie vivement la secrétaire de la mairie de Minerve, madame Cavailles, et le conservateur du musée de Minerve, Jean-Claude Cagnat, pour l'aide précieuse qu'ils m'ont apportée et pour la chaleur de leur accueil.

Québec, Canada
1999